焦化设备状态维护与检修技术丛书

干熄焦设备状态维护与检修技术

上海五冶检修公司　编著

上海交通大学出版社

内 容 提 要

本书分绪论、炉窑篇、机械篇、电气篇及仪表篇4篇共13章。第1章为绪论。简要介绍了干熄焦概况及干熄焦设备组成和功能、干熄焦工艺流程等。第2章为炉窑篇。叙述了干熄焦本体维护检修简介、干熄焦的损坏机理及维修方法。特别突出了干熄焦热态维护新技术，从干熄焦热态产生故障的原理分析较为详细地叙述了干熄焦砌体维修技术。第3章至第11章为机械篇。第3章干熄焦装入吊车状态维护与检修技术，主要叙述了装入吊车日常巡检、点检项目、走行装置等状态维护和检修技术；第4章～第11章介绍干熄焦牵引、炉顶装料、炉底排料、循环、锅炉、除尘等设备基本工作原理及结构、点检检查标准、常见故障的诊断与排除、维护与保养、日常维护项目和年修维护项目及检修技术等。另外，对干熄焦的附属设备如电梯、轨道、发电系统等的维护与检修也作了较为详细的阐述。本章还增加了设备日常巡检、点检内容，同时将干熄焦钢结构状态把握与维修同机械设备状态把握与维修结合起来，形成了干熄焦完整的维修体系。第12章为电气篇。主要介绍干熄焦设备，从电气元件原理、系统控制原理到电气设备日常巡检、点检及状态维护作了系统阐述；重点讲述了牵引装置电气设备状态维护与检修技术，装入吊车电气设备常见故障分析与处理以及检修技术。第13章为仪表篇。分别介绍干熄焦主要仪表装置适用范围、基本工作原理、基本构成及功能、设备维修技术、日常点巡检内容及标准、常见故障及处理、危险预知以及检修安全预防措施等。

本书结构合理、条理清晰、层次分明，非常适合于炼焦设备维修、操作人员使用，也适合炼焦企业设备管理人员、技术人员、科研人员阅读，还可以作为高职高专从事焦炉专业教学的广大师生的参考教材。

图书在版编目（CIP）数据

干熄焦设备状态维护与检修技术/上海五冶检修公司
编著．—上海：上海交通大学出版社，2006
（焦化设备状态维护与检修技术丛书）
ISBN 7-313-04433-X

Ⅰ.干… Ⅱ.上… Ⅲ.干熄焦装置-维修
Ⅳ.TQ520.5

中国版本图书馆 CIP 数据核字（2006）第 051248 号

干熄焦设备状态维护与检修技术
上海五冶检修公司　编著
上海交通大学出版社出版发行
（上海市番禺路 877 号　邮政编码 200030）
电话:64071208　出版人:张天蔚
常熟市文化印刷有限公司印刷　全国新华书店经销
开本:787mm×1092mm　1/16　印张:15　字数:361 千字
2006 年 6 月第 1 版　2006 年 6 月第 1 次印刷
印数:1-2 050
ISBN 7-313-04433-X/TQ·020　定价:30.00 元

本书编委会

主　编：徐永锋　　王　平　　范江民
副主编：胥菊英　　朱丽琴　　沈俊清
委　员：邢成智　王芍芳　石永红　程爱民　郭立兵　孔　勇　龙　江
　　　　周小敏　鲁　宁　陈　勇　熊　杰　周洪伟　蔡施琼　邹冬良
　　　　刘卫东　陶传龙　黄红星　安旭东　童成明　刘　芳　刘天俊
　　　　哈骥刚　钟建华　胡一平　倪大鹏　胡会康　王　伟

序

在我国新一轮经济发展中,现代制造业及相关行业面临着前所未有的发展机遇,而设备管理作为柔性生产力的组成部分,在企业生产经营中起着重要的作用。当今企业新产品的开发、质量的提高、成本的下降等越来越取决于设备及其维修手段的先进性,因此企业应当十分重视设备及其维修新技术的应用与开发,在设备的运行管理、故障诊断、设备改造与维修中积极采用高新技术提高装备素质,并力争形成一批具有自主知识产权的专利技术,为企业的持续发展提供技术和装备上的支持。

我国是世界上焦炭生产第一大国,随着焦化自动化程度和生产效率的不断提高,焦化设备的工作强度和停炉损失也越来越大,传统的事后故障维修已不能适应现代企业生产运行的要求,因而随时把握焦化设备运行状态,对设备进行科学的状态监测和维护,提高设备完好率与利用率,已成为提升企业竞争力的重要因素。

上海五冶检修公司从事国内外焦化设备维修已有数十年,在焦化设备的维护、检修及运行管理上积累了丰富的经验,并在一些关键工艺上形成了具有自主知识产权的专有技术,有的已经获得了专利证书和有关新技术成果奖。《焦化设备状态维护与检修技术》系列丛书(共分为四册)是业界第一套有关焦化设备检修的专著,从日常点检和巡检内容及方法、设备故障诊断以及检修方法等几方面对焦化机、电、仪设备状态维护及检修技术作了详细的介绍,力求科学性、系统性和实用性的结合,在国内目前尚无焦化设备维修标准的情况下,对焦化设备管理人员、检修人员等具有较大的参考价值和启迪作用,对其他行业设备检修管理也具有借鉴的意义。

设备维修活动是量大面广的一种技术性很强的活动,但是长期以来人们对它缺乏足够的重视和研究,使得维修在相当长的时期内被看作纯经验性的技艺,许多在实践中形成的知识和经验未能得到总结、提炼和整合,不能形成系统化的知识体系,阻碍了维修工程技术的发展。有些企业虽然在某些专业领域拥有相当的技术优势,但所积累的维修技术往往局限在企业内部,使宝贵的维修资源得不到充分的共享,不利于设备维修行业的发展以及维修人员的培养。

近年来,上海市设备管理协会为培育和促进社会化、专业化设备维修市场的建设,积极开展有关设备维修技术标准、质量管理标准等规范的制订以及经验的交流,取得较大成效。但由于各行业设备门类繁多,维护、修理改造和运行管理各具特点,这一工作更多地需要各行业的骨干企业和专家的支持与参与,交流的平台也需突破地域和时空的限制。设备维修专业技术和实践经验的结集出版,对促进设备维修工程技术的繁荣发展具有积极的作用,我们希望有越来越多的企业和专家学者投身于这一有益的工作,不断优化设备维修资源,为提高设备维修行业的整体竞争力而共同努力。

上海市设备管理协会

2005 年 11 月

前　言

　　上海五冶检修公司结合从事 20 多年炼焦设备的安装和维修经验,并不断消化、总结国外干熄焦设备的点检标准和维修标准,以及同国内干熄焦设备安装标准有机地结合(国内目前尚无干熄焦设备维修标准),编写了本书。本书从日常点检、巡检内容及方法,设备故障诊断,以及检修方法等几方面对干熄焦本体,干熄焦机、电、仪设备状态维护及检修技术作了详细的介绍;还对怎样运用日修、定修、年修保证生产正常运行作了阐述。

　　本书由上海五冶检修公司多年从事干熄焦设备维护的专业人员编写而成。他们具有丰富系统的理论知识,对干熄焦设备的维护和检修非常了解,在编写过程中还收集和分析了大量的国内外相关著作和文献资料,力求使科学性、系统性和实用性相结合。本书图文并茂,内容丰富、叙述通俗、实用性较强,是一本高质量、高水准的专业维修指导性书籍。书中介绍的干熄焦设备规范化日常巡检、点检,也很值得其他行业设备检修借鉴。

目 录

电 气 篇

仪 表 篇

第1章 绪 论

1.1 概述

在炼焦生产过程中,熄焦过程是一个重要的污染源。熄焦过程中不仅产生大量的粉尘,还会产生很多有害的有机物,这些粉尘和有害有机物一旦散发到空气中,将严重污染环境,并对周围居民生活造成很坏影响。多年来不少从事炼焦熄焦技术的研究专家,对熄焦技术进行了长期卓有成效的研究与实践,特别是进入 20 世纪后半期,人类对环境保护越来越重视;另一方面,冶金工业和化学工业的发展与焦炭生产密切相关,这就更加促使了炼焦过程中熄焦新技术迅速发展。

20 世纪 70 年代末 80 年代初,我国宝钢引进了第一套干熄焦技术及全套设备,在此高起点的基础上,经过 20 多年的消化、革新和改造,到目前我国干熄焦技术已跨入世界先进行列。虽然该项技术在国内由于多种原因还未普及,但已有不少大型钢铁企业和焦化厂用上了干熄焦技术。随着我国社会主义经济建设的发展,这一新技术基本呈上升趋势,必将被广泛推广。

干法熄焦(coke dry quenching,简称 CDQ)是在一个闭路的系统内用惰性气体作为载热体,惰性气体由循环风机鼓入干熄炉的冷却室与冷却室内的红焦换热,温度上升到 800℃ 的惰性气体流经锅炉各受热面进行换热,惰性气体被冷却到 200℃ 以下,又重新回到冷却室再与红焦对流传热,如此反复循环将焦炭冷却至 250℃ 以下。其优点如下:

1. 利用红焦的热量

传统的熄焦方法采用喷水降温,红焦显热浪费很大。因为每炼 1 kg 焦炭耗热约 750～800 kcal (1 cal = 4.19 J),而湿熄焦浪费的热量可达 355 kcal。干熄焦避免了上述的缺点,它吸收红焦的 80% 左右的热量使之产生蒸汽。干熄每吨焦炭可产生 420～450 kg,450℃,4.6 MPa的中压蒸汽(蒸汽压力根据各厂实际而定),利用干熄焦产生的余热还可以发电。

2. 改善焦炭的质量

焦炭在干熄炉的预存室里有一个再炼焦的过程,再加上它随着排焦均匀的下降和缓慢的冷却,因此焦炭裂纹较少,强度较好。可改善高炉的炉况,降低炼铁焦比和高炉的送风压力,使冶炼条件得到明显的改善,同时也提高了高炉的生产能力。由于干熄的焦炭块度较均匀(平均块度在 52～53 mm 左右),因此高炉的透气性亦好。再则干熄焦炭与焦粉容易分离也减轻筛分的困难,焦粉又可作为烧结的重要原料(见表 1-1)。

3. 减少热量的消耗

干熄焦炭内无水分,因此也减少了焦炭在高炉内要加热和蒸发这些水分所消耗的热量。

4. 减少对环境的污染

在湿法熄焦中,熄焦用的水主要来自于化工生产使用后的冷却水,其中含有大量的酚、氰等有害物质。湿法熄焦产生的蒸汽及残留在焦内的酚、氰、硫化物等腐蚀性介质,侵蚀周围建筑物,并能扩散到几公里外的范围,有害物质超过环境标准规定的好几倍,造成大面积的空气污染。干熄焦技术克服了湿熄焦的这个缺点,大大减少了对环境的污染。

表 1-1 干法熄焦与湿法熄焦焦炭质量的对比

	M /%	A /%	V /%	S /%	M40 /%	M10 /%	粒 级 分 布 /%						CRI /%
							+80 /mm	80~60 /mm	60~40 /mm	40~25 /mm	-25 /mm	MS /mm	
湿熄	3.2	10.5	0.9	0.53	71.0	8.2	11.8	36.0	41.1	8.7	2.4	53.4	31.0
干熄	0.3	10.4	0.4	0.52	77.1	7.6	8.5	34.9	44.8	9.5	2.3	52.8	21.6
宝钢*	0.3	11.3	1.0	0.45	89.6	5.2	10.3	42.6	40.3		6.8	51.5	23.5

* 宝钢数据为 1999 年三期 1~11 月份的平均值,其中粒级分布为+75 mm,75~50 mm,50~25 mm,-25 mm。

5. 自动化程度高

干法熄焦自动化程度高,操作安全可靠,虽然设备投资大,但效益好,回收投资快。

我国是焦炭生产大国,控制好污染,生产高质量焦炭,大力推广和发展干熄焦技术前景广阔。目前我国干熄焦设备 95% 以上已实现国产化,这对干熄焦新技术应用和发展起很大促进作用。本章重点介绍干熄焦工艺、设备组成及功能。干熄焦工艺流程如图 1-1 所示。

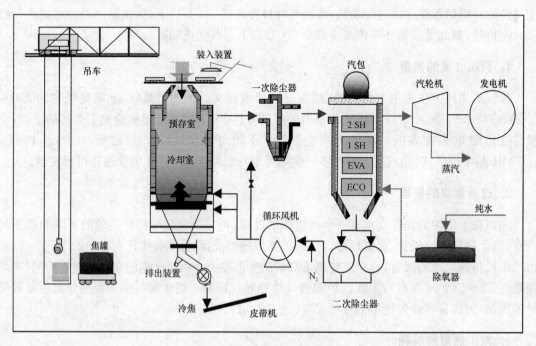

图 1-1 干熄焦工艺流程图

2

1.2 干熄焦设备组成

1.2.1 机械部分

(1)熄焦炉主体设备:由熄焦炉主体、鼓风设备、炉体耐火材料和炉体支撑框架及平台组成。

(2)炉顶装料设备:由炉顶装料台车、装入吊车和移车台组成。

(3)炉底排料装置:由排料旋转密封阀和焦台排料装置组成。

(4)气体循环设备:由循环气体鼓风机、一次除尘器、二次除尘器组成。

(5)锅炉设备:由锅炉主体、纯水槽、脱氧器、注药装置、泵和锅炉主体框架组成。

(6)附属设备:修理用提升机、客货两用电梯。

(7)集尘装置:除尘机本体、抽风风机。

(8)粉料输送设备:粉料输送机、粉料槽。

(9)公用设施配管:水道管道、氮气配管、空气配管、水道配管、蒸汽配管、纯水配管。

1.2.2 电气部分

(1)超高压配电盘(10 kV级)。

(2)高压配电盘(3 kV级)。

(3)高压混合启动器。

(4)电动机。

(5)动力及照明变压器。

(6)交流低压封闭式配电盘。

(7)控制中心。

(8)总控制装置。

(9)操作盘。

1.2.3 仪器仪表部分

(1)预存段料位检测装置。

(2)预存段及循环气系统用的仪器仪表装置。

(3)锅炉用的仪器仪表装置。

(4)计器盘。

(5)仪器仪表用空气源装置。

1.3 干熄焦各系统功能简介

1.3.1 熄焦炉系统

熄焦炉是冷却焦炭的设备。熄焦炉赤热红焦自上而下流动,冷却赤热红焦的惰性气体自下而上逆流穿过赤热焦炭层,逐渐把赤热焦炭显热带走,这样,到达熄焦炉底部时,由装入炉时1 000℃降到250℃以下,冷却好的焦炭从炉底排除装置排除。

熄焦炉主体分为以均匀焦炭处理量为目的的预存段和以冷却焦炭为目的的冷却段两部分。

赤热焦炭的冷却是靠循环惰性气体与焦炭的对流来进行热交换的。鼓风设备装在熄焦炉下部,目的是为了炉内的赤热焦炭能均匀冷却。

熄焦炉的一些基本参数(以75 t/h焦炭处理量为例):

(1) 预存段　　　　　　　约200 m³;

(2) 冷却段　　　　　　　约300 m³;

(3) 冷却能力　　　　　　75 t/h(焦炭处理量);

(4) 冷却气体流量　　　　约125 000 Nm³/h(Nm³为标准立方米);

(5) 冷却气体温度(随操作条件而变动)　锅炉入口约800℃,锅炉出口约200℃以下。

1.3.2　熄焦炉装焦简述

从焦炉推出已炼熟的赤热红焦,经由焦炉移动机械导焦车进入焦罐车上的焦罐内,随后焦罐车由电机车牵引至横移台车设定位置后触动信号开关,横移台车发出动作信号,启动横移台车牵引装置,将装赤热红焦焦罐拖入到装入吊车起吊位置,再次发出信号,装入吊车卷上装置启动,垂直吊起焦罐。在焦罐上升过程中,设在吊钩辅梁下的隔热屏盖住焦罐。隔热屏是由一个内贴隔热材料并装有集尘抽吸管的钢壳子,它主要是防止焦罐提升过程中红焦热辐射对装入吊车钢丝绳和动滑轮造成的损伤。装入吊车将焦罐垂直提升到熄焦炉顶装入装置以上,并横向移到熄焦炉装入装置定位(对准炉顶装入装置漏斗)的同时,发出信号,炉顶装入装置启动,揭开熄焦炉炉盖,把装焦漏斗拖过来对准熄焦炉口,此时设在装焦漏斗上的集尘抽吸管与干熄焦炉顶集尘主管连通,完成了装入装置装焦准备动作。接着发出信号,装入吊车将焦罐放到装入装置的焦罐支承台上,这时,附设于焦罐外的密封钢罩扣在装焦漏斗上口的密封软填料上,装焦漏斗上的水封罩插进了熄焦炉口水封槽,这时的焦罐、装焦漏斗、熄焦室通过这一系列密封装置与外界隔绝与集尘系统连通。装入吊车松钩与焦罐吊环销连接杆,通过铰链销轴连接成一体的罐底放焦活门,靠焦罐内焦炭自重力作用自动打开,赤热焦炭经装焦漏斗投入熄焦炉。装焦过程中产生的大量烟、尘、灰、渣被集尘管道吸入干熄焦集尘本体。

装焦完毕后,装入吊车提起空焦罐,装入装置关闭熄焦炉炉盖,集尘主管闸门自动关闭。然后装入吊车把空焦罐放回焦罐台车。这时横移台车将载着空焦罐的台车推到焦罐拖车上脱钩(停在那里准备下一轮作业)。电机车将焦罐车拖到焦炉装焦(或者把另一个盛着红焦的焦罐车拖过来)。此时,装焦工序一个循环结束。

1.3.3　炉顶装料装置

主要由炉盖和接焦漏斗两大部分构成。两个部分下面分别有一个活动台车,中间有销子连接并为一个台车,它有一个推力为10 t(1 t = 9.8 kN)的电动动力缸作为传动机构,动力缸由一个11 kW×4 P的电动机带动,动力缸行程为1 m,速度为70 mm/min。

炉顶装料装置是一个将赤热焦炭从炉顶部装到炉内的设备,通常在炉顶悬挂的盖子上进行水封,装焦时根据装入指令,盖子外移,投入溜槽自动对准位置。这时,装入吊车搬运的焦罐中的赤热焦炭从底部自动排除,通过投入溜槽装入炉内。

炉顶装料装置主要参数(以 75 t/h 焦炭处理量为例):

(1) 装入量   21~22 t/次;

(2) 装入部直径   约 1 500 mm;

(3) 驱动形式   电动连接方式。

1.3.4　装入吊车

装入吊车是把由牵引装置运来的焦罐中的赤热焦炭运至熄焦炉顶的搬运设备。焦罐车被牵引到装入吊吊装位置后,装入吊吊起焦罐,开始低速上升,上升时焦罐盖自动盖在焦罐上,一直上升横移到熄焦炉顶面,等确认装入装置移动完成后,低速下降,然后焦罐下部的阀门自动打开,赤热焦炭装入炉内。

在进行上述动作的移动过程中,空焦罐在提升塔下面,等待下一个工序。

1.3.5　牵引装置

牵引装置是将电车拖运过来的焦罐车运入干熄焦装入吊车提升位置,同时又要把卸完赤热焦炭的空焦罐车牵引到电车拖运位置。

1.3.6　排焦(排出)装置

排出装置是将熄焦炉内冷却好的焦炭排到外部输送设备上的装置。

熄焦炉底与排出旋转阀之间设置有焦台溜槽,焦炭排到焦台溜槽温度已降到100℃以下,通过切换溜槽台车漏斗进入运焦皮带,同时焦台还有一个重要功能,即防止系统内循环使用的惰性气体大量外泄。在焦台溜槽和焦炭进入皮带机处都设有集尘抽吸管,吸收排焦过程中产生的灰尘。

排焦装置主要参数(以 75 t/h 焦炭处理量为例):

(1) 排除方式   旋转密封阀式或多重闸门式;

(2) 排除能力   75 t/h;

(3) 每次排除量   2 t/次。

1.3.7　循环系统

循环系统是沟通熄焦炉储存室与余热锅炉中间的惰性气体循环装置。在干熄焦系统密闭循环的惰性气体的流动能量从循环风机获得。通过循环风机加压后的惰性气体,自熄焦炉底部进入由下而上,通过焦炭层时带走焦炭显热,温度逐渐从 100℃上升到 1 000℃左右,然后惰性气体从熄焦炉冷却段上部环形通道进入循环系统重力除尘,再进入到余热锅炉顶部,这时惰性气体被循环风机抽吸向下流动,通过锅炉过热器、蒸发器、省煤器进行热交换,也就是锅炉进水自下而上,热源自上而下,生产过热蒸汽。热交换后的惰性气体经二次除尘后,被吸进循环风机加压后循环使用。

为防止锅炉内部积尘,在熄焦炉储存室与锅炉之间设置了一次除尘。

为减少进入循环风机的粉尘量,锅炉出来的气体通过二次除尘器进一步除尘。

循环系统一些主要参数(以 75 t/h 焦炭处理量为例):

(1) 风量　　　　　　　　约 125 000 Nm^3/h;

(2) 风压　　　　　　　　约 800 mmH_2O(8 kPa),温度在 200℃时;

(3) 一次除尘形式　　　　反击式(重力除尘);

(4) 二次除尘　　　　　　旋风分离式。

1.3.8　锅炉系统

余热锅炉是干熄焦节能配套装置,是一套高效的室外强制性循环余热锅炉。锅炉通过与高温循环气体热交换生产的过热蒸汽来推动汽轮机发电,缓解生产电力紧张局面,同时还可以通过减温减压后并入厂区蒸汽管供生产用汽。

锅炉设备主要参数(以四套 75 t/h 焦炭处理量为例):

(1) 锅炉形式　　　　　　室外式强制循环废热回收锅炉;

(2) 蒸发量　　　　　　　420～450 kg/t 焦(过热器出口);

(3) 蒸汽压力　　　　　　4.6 MPa;

(4) 蒸汽温度　　　　　　最高 450℃;

(5) 锅炉给水温度　　　　105℃;

(6) 循环气体量　　　　　约 125 000 Nm^3/h;

(7) 循环气体概略组成　　CO_2 10%～15%,CO 8%～10%,H_2 2%～3%,

　　　　　　　　　　　　N_2 70%～75%,O_2 0～0.2%;

(8) 循环气体温度　　　　锅炉入口约 800℃,锅炉出口约 200℃。

1.3.9　锅炉系统附属设备功能

(1) 纯水槽:是向锅炉供给纯水的缓冲槽,它的容量根据锅炉用水量设定。

(2) 脱氧器:是用蒸汽加热来脱除溶于纯水中氧气的装置。

(3) 注药装置:是维持锅炉水质稳定的设备。

(4) 各种泵:脱氧气给水泵、锅炉给水泵、锅炉循环泵、锅炉水压泵。

1.3.10　系统安全配套设施

由于进入熄焦炉的赤热红焦中含有 H_2,CO 等可燃气体,当这些可燃气体在循环气体中的含量达到一定比例并与氧气混合时,会发生爆炸,危及系统正常运行,严重时会损伤设备。为保证系统正常运行,在熄焦炉环形风道上设置了空气导入装置,随时导入新鲜空气,将 H_2,CO 等可燃气体烧掉。同时在一次除尘和二次除尘设有气体紧急放散装置和安全爆破阀,这样即便是可燃气体爆炸也不会损坏设备。为了确保循环气体中 N_2 的含量,在循环风机前装了自动调节的常开放散管,放掉部分循环气体,又通过 N_2 管道不断补充氮气。

1.3.11　环保设施

为确保干熄焦生产过程中环保达标,配置了干熄焦除尘装置,抽吸炉顶装焦过程、底部排焦过程及输送机下料处产生的粉尘。还有将除尘装置捕集到的粉料用输送机送到粉料槽。

干熄焦除尘装置形式及主要参数(以 75 t/h 焦炭处理量为例):

(1) 形式　　　　　　　　　布袋除尘;

(2) 处理风量　　　　　　　约 4 000 m³/min;

(3) 入口气体温度　　　　　约 130℃;

(4) 出口气体含尘量　　　　50 mg/Nm³。

1.3.12　附属设施(干熄焦设备共同用的修理用提升机、客货两用电梯)

(1) 客货两用电梯:主要是为巡检、操作、检修人员上下和搬运小型零部件设置的。

(2) 修理用提升机:主要用于熄焦炉顶部装入装置检修和从地面吊起限额重量物品。

(3) 紧急用的蒸汽放散装置:紧急用的蒸汽放散装置是设置在锅炉和熄焦炉之间的装置,功能是为了防止锅炉管道破裂时蒸汽倒流进熄焦炉内,造成设备损伤事故。

1.3.13　粉料输送装置

粉料输送装置是把一次除尘器、二次除尘器及集尘装置扑集到的粉料输送到粉料槽的装置。

1.3.14　公用设施配管

(1) 水道配管。

(2) N₂、空气配管。

(3) 蒸汽配管。

(4) 纯水配管。

1.4　干熄焦电气设备简介

电气元件、电气设备及电气技术发展很快,干熄焦控制系统也随着电气技术的发展而日益先进,下面以我国引进的第一套干熄焦为例来介绍干熄焦电气部分基本内容。

1.4.1　接电方式

(1) 综合电气室用 10 kV,50 Hz 三相的双回路向干熄焦电气室接电。如果利用干熄焦锅炉产生的蒸汽来进行发电的发电机,用 10 kV,50 Hz 三相的单回路进行供电。

(2) 紧急用电源 3 kV,50 Hz 三相的单回路也是由综合电气室向干熄焦电气室接电。

1.4.2　停电措施

(1) 由于接电是 3 回路接电方式,因此原则上不会发生全部停电。

(2) 一旦发生全部停电时,紧急电源接电。

1.4.3　电气控制装置

干熄焦的电气控制主要可分为两大部分即:装入系统(牵引、提升机、装入装置)和排出系统(排出装置、1DC、2DC 排灰球阀)。这两套 PLC 单独工作,互不干涉,全部是自动化的,不要人工进行干预(图1-2)。根据工艺要求干熄焦的PLC控制有以下几个特征：

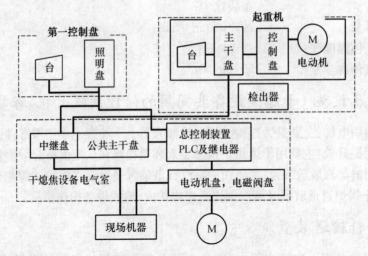

图1-2　干熄焦电气控制图

(1) 可以自行选择装炉作业,其分配原则是最近炉号优先考虑。

(2) 当一台吊车负责2座以上干熄炉的装焦作业时,它可以根据干熄炉的料位的高低自行决定装炉序号(在自动情况下)。

(3) 为避免2台吊车同时在执行装炉作业时可能产生的碰撞,在2台吊车之间采用联锁控制。只有当1台吊车返回或间隔2个以上的炉号时另1台吊车方可走行。

(4) 为缩短作业时间,避免红焦罐停留过长而损失热量,故在装焦前16 s,使装焦的干熄炉的炉盖开始打开,待吊车走行到该炉中心时,炉盖正好处于全开状态。

(5) 当空焦罐在返回到拖运车时,电车可能由于某种原因没有在牵引装置前停好位置,故在牵引装置上设置待机位置。

(6) 为确保吊车走行到指定炉号的顶部,吊车采用双重信号检验,当二个信号完全一致时,才可以进行装焦作业。

(7) 排出量根据排出间隔时间而定。排出时间间隔越长,则排焦量越小,反之就越大(二、三期采用连续排焦、排焦量的大小根据电磁振动给料器的振幅的大小而定)。

(8) 除了上述控制外,程序中还编制了每个工作步骤的校验时间。例如:红焦罐在炉顶装焦时间超过25 s就会自动报警。另外,如果给出的动作指令和相应的动作不符合也作为故障报警。

(9) 交流电动机的控制装置见表1-2。

表1-2　交流电动机的控制装置表

机　型	对象设备	启动方式	速度控制方式
鼠笼型	除尘用风机 循环装置用风机 给水泵	电抗器启动 电抗器启动 直接启动	— — —
绕线型	起重机上卷、行走	二次电阻	一次电压控制

(10) PLC 运转设备范围：

① 装料系统(移车台，装入吊车卷上行走，熄焦炉盖开、关为止的区域)；

② 排出装置(焦台振动给料器，旋转密封阀，N_2 阀，螺旋输送机为止区域)；

③ 有接点中继回路的联动运转(除尘器)；

④ 单独运转设备范围：锅炉设备，除尘器以外与除尘有牵连设备，一次除尘。

以上这些功能用一般的继电器电路是很难完成的。由于 PLC 不仅具有逻辑运算功能，还具有算术运算及一定数据处理功能，再加上能灵活应用的定时器、计数器，使干熄焦的自动控制达到先进水平。

1.5　干熄焦仪表设备

仪表设备同电气设备一样，技术发展很快，越来越先进，下面对干熄焦仪表部分基本内容以我国引进第一套干熄焦为例来介绍。

1.5.1　预存段与循环系统仪表

(1) 预存段料位计：功能是监视预存段料位，设置放射性料位计。检测预存段料上限与下限料位，料位在仪表盘上以灯显示。

(2) 预存段压力控制：为了使预存段压力保持一定值，靠调节循环风机后面的放散量来控制。操作部采用电油操作器，停电时固定。

(3) 循环气体测试：测定循环气体中 O_2，CO 和 H_2 的成分，确保操作安全，因为在气体中含有大量粉尘，因此在进入导入分析计之前，要先设置对气体处理的采样装置，这套采样装置与分析计共用。

(4) 气体成分与测定方法：O_2 用磁氧式，CO 用红外线式，H_2 用热传导式。

1.5.2　锅炉用仪表

(1) 锅炉给水流量控制：锅炉给水流量由锅炉汽包水位来的串级信号进行控制。

(2) 汽包液面控制：以差压式变送器测定汽包液面，然后对锅炉给水流量进行串级控制。

1.5.3　干熄焦仪表异常情况安全保障

(1) 为了确保干熄焦装置安全，在电源与仪表用空气源出现异常情况时，由动作控制阀与断流阀来保证。

(2) 对于过程变量的异常，由信号器通知操作者，另外，一旦出现由于设备损坏而不能确保安全的异常情况时，仪表自动进行损坏设备的异常停机和紧急切断等。

1.5.4　仪表运转监视

(1) 仪表盘设置在控制室内，集中进行运转监视。

(2) 整个干熄焦装置的运转状态在仪表盘上进行监视，主要使用指示计。

(3) 在运转中必须观察随着设备运转时间和工艺量变化的场合，设置了记录仪。

(4) 计算器只限于在必须进行总量管理的场合使用。

1.6 干熄焦设备检修模式

（1）检修模式：点检定修制。

（2）检修性质：日修、定修、年修（大修）。

（3）干熄焦生产工艺与焦炉紧密相连，它的检修特点如下：

① 日修：日常巡检检查项目为主；

② 定修：随焦炉定修计划，以开放点检检查为主；

③ 年修（大修）：解体检查、测绘，更换磨损件，周期性备件更换。

第 2 章　干熄焦本体维护检修

2.1　干熄焦炉体主要耐火材料及性能

干熄焦系统熄焦室是干法熄焦装置中的主要组成部分,由上部锥体、预存室(环形气道)、斜风道和冷却室组成。焦炭由于自重在熄焦室中从上面的上部锥体经预存室进入冷却室,冷惰性气体(N_2)从下面的风帽进入冷却室,在冷却室中进行热交换后,热惰性气体由斜风道进入环气风道,在开口部汇集,再经过除尘净化,经余热锅炉回收热量后,继续循环使用。

图 2-1 为 140 t/h 双斜道 CDQ 熄焦室示意图。

干熄炉砌体属于竖窑式结构,是正压状态的圆桶形直立砌体。炉体自上而下可分为预存室、斜道区和冷却室。

预存室的上部是锥顶。其装焦口因装焦前后温度波动大,且磨损严重,应采用热稳定性极好并抗磨损的砖。中部是桶形结构,下部是环形气道。环形气道是由内墙及环形道外墙组成的两重圆环砌体。内墙既要承受装入焦炭的冲击力和强烈的摩擦,还要防止预存室与环形气道的压差窜漏,因而采用带沟舌的高强度砖。

斜道区的砖逐层悬挑,承托上部砌体的荷重,并逐层改变气体流通通道的尺寸。因该区域温度频繁波动,冷却气流和焦炭尘粒激烈冲刷,砌体容易损坏且损坏后极难更换。因此,对内层砌体用砖的热震性、热磨损和抗折强度要求都很高。

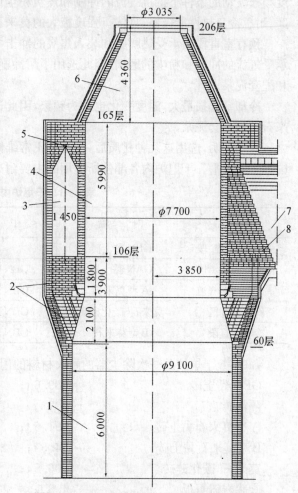

图 2-1　140 t/h 双斜道 CDQ 熄焦室示意图
1—冷却段;2—斜风道;3—环形风道(环气道);
4—预存道;5—上部调节孔;6—上部锥体(装入区);
7—开口部;8—开口部隔墙

圆桶形的冷却室虽然结构较简单,但它的内壁要承受焦炭强烈的磨损,是最易受损害的部位。

一次除尘器采用重力沉降方式,阻力损耗小但槽体体积庞大。槽顶部及挡墙底部均采用砖拱结构,结构简单,强度大。

历年来,干熄炉和一次除尘器工作面层所使用的耐火砖的材质在不断地改进和完善。初期,所使用的耐火砖仅是一种较高强度的黏土砖,在一段时间的生产后发现:干熄炉斜道口区域以及冷却段的耐火砖断裂、掉砖和磨损较严重,靠近砖缝处尤其突出。砖缝基本不存在,形成空缝。每年的正常维修已不能保证生产的正常进行,生产一年左右就得进行停产中修或大修。

根据干熄炉各部位不同的操作环境和特点,特选用下述研发的几种耐火砖和配套泥浆。

由于干熄炉装焦口焦炭磨损严重、温度变化大;斜道区要承载上部砌体的荷重,并能在温度频繁波动的条件下抵抗气流的冲刷和焦炭粉尘的磨损,且不易翻修,因此选用了耐冲刷、耐磨、耐急冷急热性能极好,且抗折强度极大的莫来石-碳化硅砖以及配套泥浆砌筑。

预存室直段要承受热膨胀和装入焦炭的冲击力和摩擦,一次除尘器拱顶内侧和上拱墙要承受气流的冲刷和粉尘的磨损,因此选用了耐冲刷、耐磨、耐急冷急热性能好的 A 型莫来石砖和配套泥浆。

冷却室磨损最大,温度变化也较为频繁,因此选用高强耐磨、耐急冷急热性能好的 B 型莫来石砖和配套泥浆。

实践证明,选用这几种材质后,在每年正常维修的情况下,其使用寿命可达八至十年,达到国际先进水平。干熄炉内各部位所使用的主要耐火材料见表 2-1。

表 2-1　干熄炉内耐火材料表

		内　墙	中　墙	外　墙	
预存室	顶锥段	GBN 黏土砖		GR 隔热砖	浇注料和耐火纤维毡
	直　段	GAN 黏土砖	GBN 黏土砖	GR 隔热砖	
	环形气道	A 型莫来石	GBN 黏土砖	GR 隔热砖	
斜　道　区		莫来石-碳化硅砖	GBN 黏土砖	GR 隔热砖	
冷却室直段		B 型莫来石	GBN 黏土砖	GR 隔热砖	纤维毡

140 t/h 干熄炉及一次除尘器的耐火材料的用量约为:

GBN 黏土砖	289.6 t;
隔热砖	107 t;
A 型莫来石黏土砖	391.6 t;
B 型莫来石黏土砖	64.5 t;
莫来石-碳化硅砖	106.5 t;
玄武岩铸石板	4.8 t;
GAN 黏土砖	138.8 t;
耐火浇注料	46.3 m³;
隔热砖粒	103 m³;
火泥	122.7 t。

根据内衬损毁情况,干熄焦维护可采用以下方法进行维护:

(1) 冷却段浇注施工。

(2) 干熄焦吊顶检修。

(3) 干熄焦大修施工。

2.2 冷却段浇注施工技术（以 75 t/h CDQ 为例）

2.2.1 工艺概况

由于冷却段受热焦炭和冷氮气影响,耐火砖表面剥蚀严重,为了减缓其剥蚀速度,特制定冷却段浇注新工艺。在冷却段工作表面浇注 50～100 mm 厚耐火砼。新工艺采取了省时、省材、高安全、易操作的原则。由于耐火砼具备快速凝聚特点,故模具的安装与拆除快捷,在吸纳和总结滑模技术基础上,采用分格模施工技术;为了升降方便,提高安全程度,制定了电葫芦牵引和固定插销相结合方式,每施工高 1.5 m,且分为 750 mm 和 900 mm 两层模板支设,其中上层为可脱式,高度比实际使用高度大 150 mm,主要是考虑到支设后面模板施工段时压边所用。

2.2.2 施工顺序

排焦、开人孔、搭设风帽保护平台、浮灰吹扫──→焊接底层托板吊盘安装,在要浇注的旧砌体表面刷磷酸双氢铝、浇注──→养护、脱模上层浇注,依次循环施工──→拆除支架、风帽、保护平台。

2.2.3 施工方法

1. 模具提升

干熄焦冷却段高 6.32 m,而施工浇注料厚度仅 150 mm 左右,为施工方便,准备采用升降方便的吊盘,施工人员利用软绳上下,提升机具为电葫芦,支撑模具采用的是有伸缩度的支撑杆结构。

2. 旧砌体表面清扫

在旧砌体表面进行浇注料修补,使浇注料和旧砌体能够结合紧密是关键,要保证其紧密地结合,重点是清扫工作。首先要彻底清扫表面浮灰,利用压缩空气,为防止尘土飞扬,适当加一些雾化水,自上而下,至少要吹扫三遍,使砖表面基本上见不到浮灰;另外,在每段浇注料施工前,均人工用扫帚清扫干净,并均匀涂刷磷酸双氢铝。

3. 浇注

利用炉底风帽中心,找出冷却段中心线,并拉好钢丝,利用中心线,控制吊盘空间位置和模板支设位置,紧固模板并安装好膨胀缝板,经质检员检验合格后,方可进行下道工序施工。遵循材料厂的操作方法,进行第一段 750 mm 高浇注施工,3 h 后支设第二段高 900 mm 模板,支设完并检查合格后进行浇注,只施工 750 mm 高,并在表面铺设 5 mm 胀缝板。16 h 后脱模,提升吊盘进行下一施工段施工,直至浇注完毕。

2.2.4 安全技术措施

（1) 吊盘和起重设施在使用前必须经负荷试验,考虑安全系数大一些,吊盘上的跳板须长度合适,并用铁线与吊盘钢结构绑扎牢固。

(2) 提升吊盘时,其上不允许有任何材料和工具,其使用中加宽部分必须确保牢固。

(3) 炉子人孔门、上料口等位置设安全旗,防止上料施工人员进入和高空坠物伤人。炉内照明只能使用低压灯,严禁用碘钨灯。进入现场施工人员必须穿戴好劳动保护用品,严格执行专业工种持证上岗等一系列安全操作规程,做到"三不伤害"。

2.3 干熄焦吊顶检修技术

干熄焦系统耐材一代炉龄正常为 8～10 年,基本因耐材长期受高温、强气流、焦炭的摩擦等影响,被严重侵蚀和冲刷,当炉子下部耐材损毁到无法支撑上半部,这时即将整个系统停下,进行专门的炉内衬更换并对整个系统进行全面维修。但我们在干熄焦常规年检中发现,经过 4～5 年的生产,干熄焦室 1～79 段、90～185 段均未受严重影响,完全可以维持正常生产。而 80～89 段斜风道部位损伤严重,从而导致过顶砖出现纵向断裂,无法进行正常生产。常规的检修方法就是大修,即连同上部完好的砌体整体拆除,再重新砌筑。该方法的缺点显而易见:

(1) 大修炉龄短。

(2) 耗费大量耐材,检修费用高。

(3) 检修工期长,生产压力大。

为此,生产厂提出开发新的检修工艺,对烟道支柱进行局部解体、更换,以达到延长大修炉龄、节约耐材、缩短检修工期、满足生产需要的要求。针对这个课题,我们首先分析其损毁原因如下:

熄焦室由炉口部位、锥体部位、预存室、烟道和冷却室组成。斜烟道部位为使冷却气体容易通过,将圆周 32 等份,并设置了支柱,这 32 根烟道支柱承受了上部隔墙及锥体部耐材的重量(约 260 t),是整个结构的关键部位。在干熄焦年检中我们发现,通常斜烟道部位损毁状况如图 2-2。

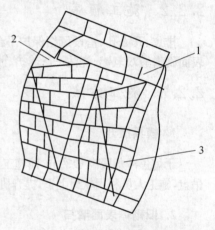

图 2-2 斜道部位损毁状况
1—过梁砖 c449;2—c439 砖;
3—烟道支柱(共计 32 个)

此部位除整环过梁砖 c449,c448 普遍出现断裂外,烟道部位 32 个支柱砖出现剥落现象。更为重要的是过梁砖 c449 下的主要支撑砖 c439 甚至出现断裂 1/3 的情况,而该 32 个支撑梁承受了上部隔墙及锥体部位耐材的全部重量(约 260 余吨)。若不采取相应措施进行整体检修,必定会造成上部砌体的塌落和拉裂。要想找到可行的解决方案,首先必须找到该部位损毁的原因。通过与生产方专家探讨分析,得出如下结论:

(1) 该部位损毁的主要原因是与设计匹配的国产耐材无法满足使用要求,必须提高耐材等级。决定在斜道部位采用氮化硅结合炭化硅砖,冷却段及上部工作层均用黏土结合莫来石砖(该工艺挖补冷却段 10 层工作层),主要解决抗骤冷骤热和耐磨性。

(2) 该部位损毁的其他原因还有干熄焦室整体的不均匀沉降以及施工过程中的中心和水平误差所带来斜烟道支柱的受力不均,从而加快了损毁的进程。

(3) 连续排焦方式有它的先进性,但也会带来排焦不均的弊端,造成冷却气分布不均,环气道耐材沿炉周方向炉温不均,局部支柱损毁加剧。

以上的第(2),(3)原因需要在以后大修和工艺改进中完善。更换损毁部位的耐材成为焦点,这同时带来两个难题:

① 怎样安全地拆除损毁部位的残砖,而不会造成上部耐材的塌落?

② 怎样合理地补砌已拆除部位,而不影响上部砌体的牢固性?

这两个难题的解决也由此产生了本文所介绍的新的干熄焦室筑炉检修工艺——干熄焦吊顶检修工艺。它包括两个方面:斜烟道悬吊设备的设计与安装;烟道支柱及过梁砖的解体与砌筑。

2.3.1 斜烟道悬吊设备的设计与安装

1. 悬吊设备组成及作用

悬吊设备由炉口平台吊盘、出气口平台吊架、炉内环形吊盘、连接吊盘的钢丝绳和索具及其他构件组成。安装悬吊设备就是对烟道支柱上部环形砌体施加与自重方向相反的整体提拉预应力,防止烟道支柱解体施工时,引起上部砌体下沉、拉裂砖或砖缝、甚至酿成崩塌事故。

2. 安装总图及受力情况

(1) 悬吊设备安装总图见图2-3。

(2) 受力情况:上部砌体总重260 t。炉内环形吊盘由32根吊棒(ϕ50 mm×10 mm无缝钢管)、64根连接棒组成,每根吊棒承力约8t;吊棒的环气道侧由32组钢丝绳(ϕ15 mm,32×2根)及船用螺旋扣(A-5,32个)提拉,每组承力约4 t;吊棒的炉内侧由16组钢丝绳(ϕ22 mm,16×2根)及船用螺旋扣(A-10,16个)提拉,每组承力约8 t;出气口平台吊架(三角吊架16个,横梁L100×100×10×1 470(mm),16根)通过环气道内钢丝绳(ϕ15 mm)提拉炉内环形吊盘,每个三角吊架承力约8 t;炉口吊盘通过炉内钢丝绳(ϕ22 mm)提拉炉内环形吊盘,承力约130 t。

(3) +31.898 m炉口平台吊盘:

① 炉口平台吊盘的俯视图见图2-4;

② 炉口平台吊盘主要由主工字钢、副

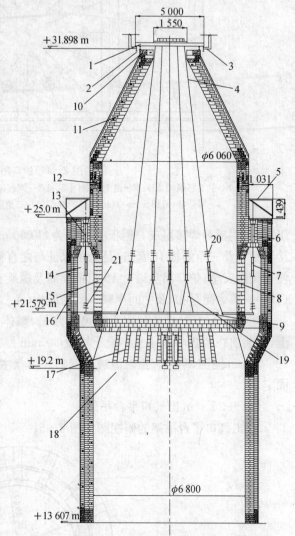

图2-3　悬吊设备安装总图

1—炉口平台吊盘;2—装焦机轨道;3—装焦斗底座及工字钢;
4—ϕ22钢丝绳;5—空气导入口平台三角架;6—ϕ15钢丝绳;
7—A-6船用螺旋扣;8—A-10船用螺旋扣;
9—炉内环状吊盘;10—炉口部位砌体;11—锥体部位砌体;
12—预存室环形砌体;13—环气道空气导入口;
14—环气道;15—隔墙;16—环气道外侧砌体;
17—烟道支柱;18—冷焦;19—ϕ22钢丝绳;
20—钢丝绳扎头 ϕ22;21—钢丝绳扎头 ϕ16

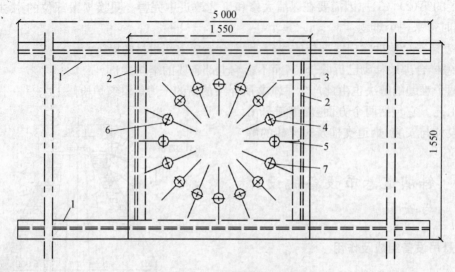

图 2-4 炉口吊盘俯视图

1—主工字钢(Ⅰ32);2—副工字钢(Ⅰ32);3—钢板(30 mm×1 550 mm×1 550 mm 材质16 Mn)
4—厚壁管(φ118 mm×9 mm×250 mm);5—三角筋板;6—φ40 mm销棒;7—φ22 mm钢丝绳

工字钢、钢板等焊接组成。钢板上直径为φ1 000 mm的圆周上均布开孔(φ50 mm)16个,并焊接厚壁管及三角筋板16套;这是为了保证与之直接连接的钢丝绳(φ22 mm,16根)扣的安装方便和使用安全;炉口吊盘通过16组钢丝绳及螺旋扣与炉内环形吊盘连接;每组由两根钢丝绳(其中一根为琵琶扣)及中间串联一只螺旋扣(A-10)组成;对应炉内环形吊盘的两根吊棒;

③炉口吊盘的安装利用干熄焦检修吊,整体吊装就位。吊盘承力于装焦斗底座工字梁上,安装前在装焦斗底座工字梁上增设60 mm厚垫铁,使吊盘主工字钢与炉口装焦轨道保持20～30 mm间隙,防止装焦轨道被压变形。吊盘主工字梁四角承力点与装焦斗底座采用夹具固定。

(4) +25.0 m出气口平台吊架:

① 出气口平台吊架的俯视图如图2-5;

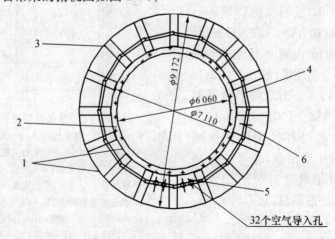

图 2-5 出气口平台吊架俯视图

1—炉壳;2—预存段砌体;3—三角吊架;4—吊棒;5—φ15钢丝绳;6—木方(100 mm×100 mm×100 mm)

16

② 出气口平台吊架包括三角吊架（16 个）、横梁（16 根），与之直接连接的钢丝绳（φ15 mm）32 根；

③ 出气口平台吊架的安装可在停炉前进行,并将 32 组钢丝绳及船用螺旋扣连接好;每组由两根钢丝绳及中间串联一只螺旋扣(A-6)组成;对应炉内环形吊盘的一根吊棒。正式安装时再由出气孔放入环气道,与炉内环形吊盘的吊棒连接。三角吊架焊接固定在炉壳骨架型钢上。

（5）+21.579 m 炉内环形吊盘:

① 炉内环形吊盘的俯视图见图 2-6;

② 炉内环形吊盘由 32 根吊棒和 64 根连接棒组成,用活络扣件将吊棒、连接棒连成一个环形整体,均匀受力。吊棒表面缠绕绒布,增加钢管外壁与砖孔壁的接触面积,防止砖破裂。

3. 悬吊设备的提拉收紧与维护

在两组对称的钢丝绳上串联 CZX-ⅡA 型电子测力器,用以检测、调整钢丝绳的受力;其他钢丝绳的绷紧程度便以此为参考。

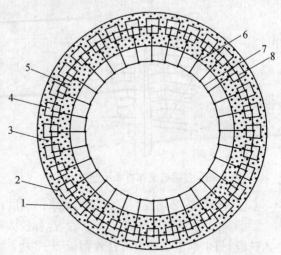

图 2-6　炉内环形吊盘俯视
1—炉壳;2—环气道外侧砌体;3—烟道支柱;4—斜烟道口;
5—隔墙;6—吊棒;7—内环联接棒;8—外环联接棒

（1）整个悬吊设备系统安装连接好后,利用船用螺旋扣对钢丝绳进行收紧。收紧顺序为:对称两组在圆周上按顺(或逆)时针同向循环收紧,并应通过三个循环来完成,以达到"均衡施力"的效果;严禁"一步到位"。

（2）烟道解体、更换施工要进行 8 天,在此期间要加强巡查工作,一旦发现钢丝绳出现疲劳松弛现象,应及时收紧。

2.3.2　烟道支柱及过梁砖的解体与砌筑

1. 烟道过梁砖下部顶撑支撑

烟道过梁砖下部顶撑支撑的措施要求停炉后,将炉内焦炭排至烟道以下,约在 75 段处,并将焦炭铺平,在解体前,先在焦炭上放置枕木,然后在所需要解体的烟道隔墙支柱的相邻过梁砖下顶撑支撑,要求在每一更换烟道支柱及过梁砖的左右相邻 4 跨均采用顶撑支撑,并严格要求顶撑一定要撑紧,不能在松动现象下作业,并在支柱两端用木楔楔紧,具体见图 2-7 所示。

2. 烟道支柱及过梁砖的解体与砌筑

（1）烟道及过梁砖解体施工。其中,8#,9# 砖因安装环状吊盘,须事先拆除。注意:

① 在解体 C439 时,要求在所需更换的过梁砖下支撑方木,如图 2-8 所示。作为安全措施,再进行 18# 砖 C439 的解体;

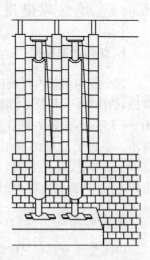

图 2-7　过梁砖下部顶撑支撑示意图

17

② 在解体 C448 时,要求先将此砖稍向下松动,再向后退出(为楔形砖),即可取下过梁砖 C449;

③ 解体时必须一块块地拆除,不允许用风镐解体,可使用木榔头从两侧敲打解体砖块。

(2) 烟道及过梁砖砌筑施工见图 2-9。其中 19#,20# 砖需要在拆除环状吊盘后砌筑恢复。注意:

 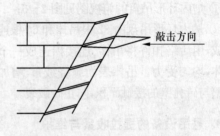

图 2-8　过梁砖支撑方木示意图　　　　　图 2-9　烟道及过梁砖砌筑示意图

① 砌筑时,必须控制好砖缝的灰浆饱满度;

② 每一个烟道支柱砌筑完毕后,若有较大砖缝或松动,需将事先准备好的 2 mm 钢板打入砖缝,每个烟道支柱上可打入钢板 1~2 块。

通过采用悬吊技术,可实现对干熄焦罐烟道支柱及过梁砖进行局部解体、更换施工,确保施工安全。同时节约了大量耐材,解决了烟道支柱的寿命"瓶颈"问题,使大修炉龄超过了设计炉龄,同时大大缩短了检修工期,取得了良好的检修效果和可观的经济效益。生产厂对此非常满意,现已在承担的干熄焦检修中全面推广。

2.4　干熄焦大修施工技术

2.4.1　熄焦罐使用一代炉龄后的损坏情况

1. 炉内耐材磨损

熄焦罐内耐材内衬长年受焦炭粉尘、循环气流特别是焦炭至上而下的冲刷以及排焦时的摩擦,造成罐内耐材砌体裂纹、剥落、破损严重。冷却段、斜道按原设计采用致密型黏土砖,使用 5~6 年后,根据实测结果,冷却段 1~79 层工作层磨损最厉害,达到 100 mm,不能满足生产要求。根据熄焦罐的使用特点,在干熄焦大修中,1~79 层采用耐磨性较好莫来石砖替代 QN53 黏土砖,斜道、人孔门拱砖,炉口砖采用耐磨性、强度高的碳化硅砖替代原设计的致密黏土砖,经过材料更换后,整个熄焦罐内耐材内衬能满足一代炉龄(8~10 年)的要求。

2. 炉壳变形

炉体变形通常有三种情况:

(1) 炉体倾斜。由于炉子不均匀沉降、锈蚀、高温冲刷等,造成炉口中心和风帽中心不在同一铅垂线上,而是偏斜一个角度 α,如图 2-10 所示。

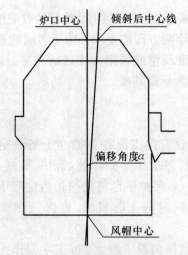

图 2 - 10　炉体倾斜示意图

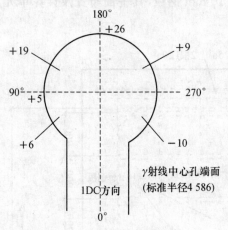

图 2 - 11　炉壳变形示意图

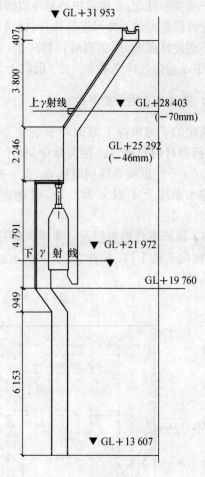

图 2 - 12　炉体各部位标高与设计
不符示意图

(2) 炉壳变形。由于热胀冷缩、锈蚀等原因,造成罐体截面凹凸不圆,如图 2 - 11 所示。

(3) 炉体各部位标高与设计不符,如图 2 - 12 所示。

2.4.2　施工控制

1. 施工设计方法

设计要求既要保持炉墙尺寸,又要保证炉罐内空尺寸,这在施工上是矛盾的,为此采用以下施工方法:

冷却段,锥体部砌筑以罐壳为导面,斜道、环气道和预存段则以 1 DC 通道中心线和 γ 射线处 90°,270°连线交点为炉口铅垂线中心点,此铅垂线为内径尺寸控制基准线,如图 2 - 13 所示。

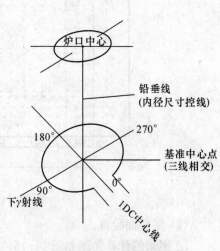

图 2 - 13　炉体大修施工设计图

炉壳变形处理：在确定中心基准点时将其变形因素考虑在内，利用纤维毯的收缩性和罐内径的允许误差对炉壳变形进行弥补，以满足施工和设计两方面的要求。由于各段的相对标高已达不到设计高度，故实测后计算砖层，利用灰浆厚度调整或采用加工砖的方法。123层以下，以下 γ 射线为标高基准。123层以上，以上 γ 射线为标高基准。

2. 搭建施工用保护平台

新建的干熄焦待下部锥斗安装完备后，承重平台直接支撑在下锥斗上搭设定形钢平台，进行耐材内衬砌筑。在大修中，整个施工工期短，各工序穿插作业，筑炉、机械、土建又因 +6.00 平台更换必须同时作业，在 +9.750 设计一个保护平台将支撑炉内定形钢平台和焦炭排出系统上下划分为二段，以达到土建、炉窑同时施工的目的，确保大修整个工期要求。

（1）保护平台的造型及计算单元确定。保护平台横向设 8 根 I25a 工字钢作为承重结构，纵向设 7 道 I14a 拉杆，在工字钢上面铺 $\delta = 10\ mm$ 钢板，其平面布置及计算单元见图 2-14。

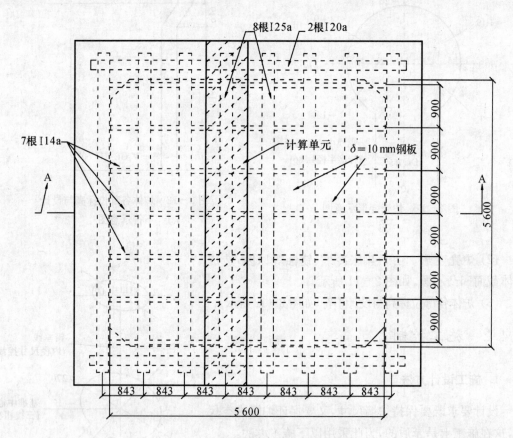

图 2-14　保护平台钢结构平面布置图

（2）梁截面验算：

① 钢梁的计算简图如图 2-15；

20

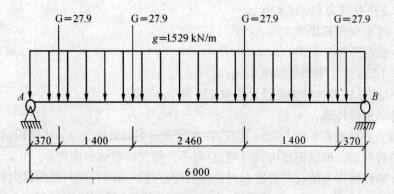

图 2-15 钢梁的计算简图

② 在集中力的作用下钢梁的弯矩图见图 2-16；

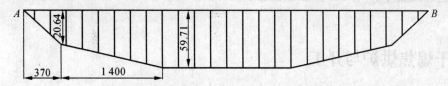

图 2-16 集中力作用下钢梁的弯矩图

③ 在自重作用下钢梁的弯矩图见图 2-17；

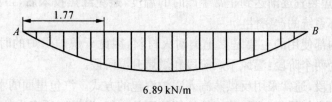

6.89 kN/m

图 2-17 自重作用下钢梁的弯矩图

④ 钢梁强度验算。

抗弯强度验算：

钢梁最不利截面在梁跨中 1.77 m 处，其截面弯曲应力

$$\sigma_x = M_x/(\gamma_x W_x) = (59.71 + 6.89) \times 1\,000 \times 1\,000/(1.05 \times 423 \times 1\,000)$$
$$= 149.98 \text{ N/mm}^2 < f = 215 \text{ N/mm}^2 \text{（满足要求）}$$

式中 M_x——最不利截面变矩，为 $59.71 + 6.89 = 66.60$ kN·m；

γ_x——截面塑性发展系数，取 $\gamma_x = 1.05$；

W_x——对 x 轴的净截面抵抗矩；

f——Q235 钢的抗弯强度设计值，取 $f = 215$ N/mm²。

剪强度计算：

钢梁最大剪力 τ 在两端支座处为 60.39 kN。

$$\tau = VS_x/(I_x t_w) = 60.39 \times 10^3 \times 247.8 \times 10^3/(5\,280 \times 10^4 \times 10)$$
$$= 28.3 \text{ N/mm}^2 < f_v = 125 \text{ N/mm}^2 \text{（满足要求）}$$

式中　　V——支座处剪力 60.39 kN；

　　　　S_x——半截面面积矩为 247.8 cm³；

　　　　I_x——截面惯性矩 5 280 cm⁴；

　　　　t_w——Ⅰ25a 工字钢腹板厚度 10 mm；

　　　　f_v——Q235 钢剪抗剪强度设计值取 125 N/mm²。

梁的整体稳定性计算：

在主梁垂直方向设有 7 道Ⅰ140a 连杆，并在梁表面上铺有 $\delta=10$ mm 钢板，能防止梁受压翼缘的侧向位置变动。根据钢结构设计规范，可不计算梁的整体稳定性。

干熄焦大修按照以上的材料更换和对炉体的中心线、标高的控制，使耐材内衬的砌筑质量既满足了设计要求，又满足了生产的需要，使干熄焦使用寿命平均增加四年。并通过几年的年修、大修对 CDQ 进行了全面测量数据和实际考察，得出了对干熄焦施工较全面的一种施工方法。通过投产，实际炉内的质量远远超过原设计要求，降低了 CDQ 的检修费用，提高了生产效率。

2.5　干熄焦烘炉与开工

新建和大修后的干熄焦装置，在投产前必须进行烘炉。烘炉的目的，一是为了安全地排出干熄焦装置内衬耐火砖、浇注料等耐火材料中的水分；二是为了缓解锅炉等系统升温所产生的应力，以便使干熄焦装置逐渐达到正常生产时的温度，避免红焦投入后，因温度急剧上升而损坏耐火材料或破坏系统的严密性。

干熄焦装置内部使用的主要是黏土类耐火材料，因此干熄炉烘炉的时间仅需两周左右。烘炉全过程可分为两个阶段：温风干燥阶段和烘烤升温阶段。

在温风干燥阶段，通常采用反供蒸汽入锅炉汽包的方式。汽包里面的水被蒸汽加热后，用泵送入锅炉蒸发器进行循环，以加热锅炉炉管外围的空气（温风），所产生的温风经循环风机抽引送入干熄炉去干燥砌体。温风干燥气流示意图见图 2 - 18。

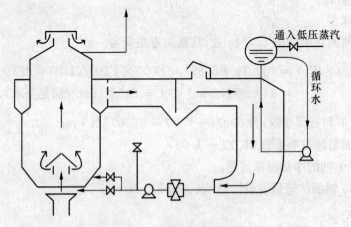

图 2 - 18　温风干燥气流示意图

温风干燥结束后，采用插入冷却室的燃烧器，使用焦炉煤气来进行燃烧加热。烘烤升温气流示意图见图 2 - 19。在烘烤升温阶段，将干熄炉的温度升至 800℃ 左右，然后装红焦投入生产运行。

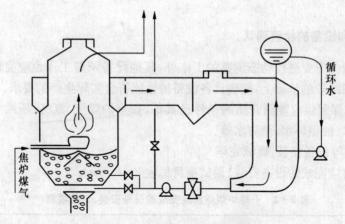

图 2-19　烘烤升温气流示意图

2.5.1　干燥升温前的准备

1. 技术准备

（1）温度测点的设置。正常生产时,在冷却段的下部设有温度测点(T1),在冷却段的上部设有温度测点(T2),在预存段的上部设有温度测点(T3),在锅炉入口处设有温度测点(T4)。在干熄焦的烘炉过程中,可以利用上述温度测点进行升温监控。

（2）确定温度管理的目标。干熄炉烘炉最主要的温度控制区域是干熄炉的预存段,因此,可将预存段的温度作为干熄焦烘炉升温的主要管理对象,即将 T 定为主管理温度。为了便于对整个系统的监控,还可增设 T2、T4 为辅助管理温度。

干熄炉烘炉时间约为两周,其中温风干燥阶段约为 5.5~6 天。每天升温以不超过 18℃为宜,将干熄炉的温度由常温升至 120℃。烘烤升温阶段约为 7.5~8 天,每天升温以不超过 90℃为宜,将干熄炉的温度升至 800℃,达到投红焦转为正常生产的温度条件。在烘炉阶段,由于干熄炉和锅炉是连为一体的,因此,干熄炉升温时应满足锅炉升温的要求。锅炉的升温曲线,应参照锅炉的有关标准制定。

（3）压力管理目标的确定和压力测点的设置。正常生产时,在预存段的上部和锅炉汽包等处设有压力测点。在干熄炉的烘炉过程中,可以利用上述压力测点进行压力监控。干熄炉的主要压力控制区域是干熄炉的预存段,因此,可将预存段上部的压力作为干熄炉烘炉压力的主要管理对象,控制在 20~40 Pa。与温度的管理一样,锅炉的升压曲线,也应参照锅炉的有关标准制定。

（4）流量管理目标的设定和流量测点的设置。在温风干燥阶段,主要检测锅炉循环水流量、循环风量、低压蒸汽流量等。在烘烤升温阶段,主要检测燃烧器用的煤气流量等。系统所用的空气量,可在烘炉人孔处从炉内引出一个临时压力测点,用炉内的吸力来表示。

（5）气体成分的测定。在温风干燥阶段,不必检测循环气体的成分。在烘烤升温阶段,若发生燃烧器熄火等异常情况,重新点火前,应检测炉内气体的成分,确认炉内 CO 的含量小于 50×10^{-6},检测的目的是为了防止点火时发生煤气爆炸。在烘炉结束投红焦之前也应检测炉内气体成分,确认炉内 O_2 的含量小于 5%,检测的目的是为了保证系统安全运行,防止红焦在炉内燃烧。

2. 能源介质和设备的检查确认

除了在运行条件下要进行动态调整的工作外,其他设备调整工作也应完成。生产方在对所有设备进行动态维护的基础上,应确认各设备的性能符合实际生产的要求。

(1) 确认保质保量供应能源介质的条件已具备,如焦炉煤气、氮气、压缩空气、低压蒸汽、电、纯水、清循环水、浊循环水、消防水等。

(2) 机、电、仪等设备安装、调试完毕。

干熄炉烘炉前应完成的设备安装、调试项目见表 2-2 所示。

表 2-2 干熄炉烘炉前应完成的设备安装、调试项目

序 号	项 目	备 注
1	系统用水泵单体调试	除氧给水泵、锅炉给水泵、锅炉循环泵、加药泵等
2	容器内部检查确认;通水及水压试验	除氧器、排污扩容器、汽包(酸洗后进行)等
3	取样装置通水调试	
4	锅炉水压试验及酸洗作业	作业完成后进行湿保养
5	压力容器安全阀校验	
6	仪表用空压机系统单体、联动调试	
7	各仪表参数测定、调试	
8	预存段压力调节阀调试	
9	各气动、电动调节阀调试	
10	气体分析仪调试	
11	料位计调试	排焦试验时确认
12	电气联动锁调试	
13	横移装置单体调试	
14	吊车装置单体调试及荷重实验	
15	装入装置单体调试	
16	装入系统自动运转调试	
17	排除装置空负荷试车	
18	排除装置排焦实验	
19	排出冷却风机单体、联动调试	
20	循环风机调试	
21	人孔门关闭	
22	干熄炉系统气密性试验	排焦试验前完成

序 号	项 目	备 注
23	集尘装置单体、联动调试	
24	排灰球阀单体、自动调试	
25	辅助泵调试	
26	烘炉用焦炉煤气管道试压	
27	装冷焦和冷焦造型	
28	干熄炉冷却室内喷涂	
29	烘炉用燃烧器安装及燃烧实验	
30	通用联络设备调试	
31	消防报警装置调试	

（3）装冷焦和安装燃烧器。为了保证干熄炉炉底的鼓风设备等，在烘炉之前应往干熄炉的底部装冷焦，其数量以完全盖没中央风帽为宜。这些冷焦除了有保护炉内设备的作用外，还是支撑煤气燃烧器的骨架。

为了防止烘炉后期靠近燃烧器的冷焦燃烧，冷焦顶部的平面应做造型处理，通常使其顶部中心的垂直断面构成 W 形，然后再将燃烧器通过烘炉人孔置于冷焦中央凸出的顶部。这样，燃烧器在燃烧时所形成的高温区的下面，相对应的部位是一圈圆形的凹槽，因此就不大容易引起冷焦着火燃烧。

将燃烧器采取简易措施临时安装就位后，应进行燃烧试验。烘炉人孔放置燃烧器后的敞开部分要封闭，但须预留燃烧器用的二次进风口。

2.5.2 温风干燥作业

1. 温风干燥阶段的检测要点

（1）温度：干熄炉预存室温度（主管理温度）、冷却室上部温度、冷却室下部温度、锅炉入口温度、锅炉出口温度、锅炉炉水温度、循环风机入口温度等。

（2）压力：干熄炉预存室压力（主管理压力）、锅炉汽包压力、吹入蒸汽压力等。

（3）流量：循环气体流量、锅炉循环水量等。

2. 温风干燥阶段的调整作业要点

（1）根据气流的需要，调整干熄炉系统和锅炉系统各人孔门的开、闭。

（2）一次除尘器上部的气体放散阀应全开，用以吸入空气。

（3）打开装入炉盖，并固定在距炉圈上方约 100～500 mm（垂直高度）处。

（4）调整循环风机出口挡板的开度：周边（环形檐缝）进风为 100%，中央（伞形风帽）进风为 20%。

（5）一次除尘器、二次除尘器的排灰球阀：上阀全开，下阀全闭。

（6）将循环风机后的预存室压力调节阀设定在"手动"位置。调节该阀，在温风干燥阶段，用于调节系统内循环气体的更新量；在烘烤升温阶段，用于调节空气的吸入量。

（7）锅炉循环水流量调整到正常生产时的 75%。

（8）汽包水位控制在标准水位以下 100 mm 处。

（9）锅炉调节阀设定为"手动"状态。

（10）锅炉炉水的加药设备投入正常运行。

3. 温风干燥阶段的管理要点

在温风干燥时，锅炉起到加热器的作用，即往汽包内通入低压蒸汽，通过锅炉循环泵使炉水在蒸发器与汽包之间循环，不断地加热蒸发器管外的空气而形成温风。在循环风机的作用下，温风将热量带给干熄炉和一次除尘器。换热后的气体，少部分从常用放散管及装入炉口逸出，大部分进入锅炉再循环。系统因外排而损失的气流，由一次除尘器上部的气体放散阀导入空气补充。

（1）温度管理：

① 以主管理温度 T3 为目标，根据 T3 的实际值与目标管理值之间的偏差，来增减低压蒸汽和空气导入量；

② 根据各部位冷凝水水量的大小，调整空气导入量；

③ 当管理温度的上升速度较快时，可调整低压蒸汽的吹入量，并适当调节循环风机后的预存室压力调节阀的开度和装入炉盖的开度，适当增加空气导入量；

④ 当锅炉的温度上升，而循环气体的温度不上升时，应考虑空气导入量及锅炉蒸汽排放量的平衡问题。

（2）汽包液位管理：温风干燥时，向汽包内吹入的低压蒸汽会形成冷凝水，使液位上升。因此，汽包液位应比标准水位偏低 0~100 mm。可利用定排阀门、连排阀门或紧急放散阀来控制液位。

（3）系统内压力管理：预存段压力控制在 20~40 Pa 范围内，可通过调节循环风机后的预存室压力调节阀或装入炉盖的开度来控制。

（4）系统冷凝水管理：定期进行冷凝水的排放工作，注意检查循环风机、干熄炉壳体、锅炉炉底、除尘设备的排灰管等部位冷凝水的排放情况。

2.5.3 烘烤升温作业

当温风干燥阶段的主管理温度达到 120℃时，应采用煤气加热的方式进行升温。在烘烤升温阶段，循环风机是小风量的引风机。在循环风机的作用下，烘炉热气流少部分去预存室，然后从常用放散管排出；大部分去一次除尘器、锅炉、二次除尘器。冷却了的废气从循环风机后的放散管经预存室压力调节阀放散。

1. 烘烤升温阶段的检测要点

（1）温度：干熄炉预存室温度（主管理温度）、冷却室上部温度、冷却室下部温度、冷焦表面温度、锅炉入口温度、蒸发器下部温度、锅炉出口温度、锅炉炉水温度、过热器出口温度、循环风机入口温度等。

(2) 压力：干熄炉预存室压力、锅炉汽包压力等。

(3) 流量：循环气体流量、燃烧器用焦炉煤气流量、燃烧器用空气流量（用烘炉人孔门处的压力表示）、锅炉循环水量、给水流量等。

(4) 分析：循环气体成分分析、锅炉纯水水质分析、锅炉给水水质分析、锅炉炉水水质分析等。

2. 烘烤升温作业的要点

(1) 以主管理温度 T3 为目标，根据 T3 的实际值与目标管理值之间的偏差，来调整焦炉煤气的流量。

(2) 燃烧后的废气从循环风机后的预存室压力调节阀等处排放。

(3) 为防止煤气熄火，关闭循环风机出口挡板。

(4) 预存室上部的常用放散阀，开度为 20%（可根据炉口压力进行调整）。

(5) 严格控制循环风机入口温度，应小于 200℃。

(6) 在烘烤初期，仍需保持一定的低压蒸汽导入量，以保证锅炉等系统温度稳定。

(7) 对循环气体要做气体成分分析。

(8) 在烘烤后期，要防止冷焦燃烧。

3. 温度管理

(1) 仍以 T3 为主管理温度，T1、T2、T4 为辅助管理温度。

(2) 锅炉入口温度应小于 800℃。

(3) 循环风机入口温度应小于 200℃。

(4) 锅炉升温速度应控制在 50℃/h 以内。

4. 压力管理

(1) 预存段压力控制在 20~40 Pa。

(2) 在烘烤升温阶段的前期，要使锅炉的温度和压力缓慢上升；在烘烤升温阶段的后期，锅炉温度、压力上升的速度可以加快，当锅炉压力达到正常生产时的 2/3 时，保持此值直至投红焦。投红焦后将锅炉压力升至正常工作压力。在烘炉期间，锅炉汽包的压力应始终不大于正常生产时的 2/3。

5. 锅炉管理

(1) 可利用给水调节阀和排污阀来调节液位，尽量使汽包液位保持在标准液位。

(2) 锅炉循环水量由正常生产时的 2/3 调整到正常生产时的数值。

(3) 锅炉水质管理（以日常管理为基准）。

(4) 当二次过热器的温度接近正常生产的指标值时，减温器应投入运行。

(5) 随着锅炉压力的升高，应分阶段对锅炉系统进行热紧固。

2.5.4 红焦投入前的准备工作和红焦投入作业

当主管理温度达到 800℃时，烘炉结束。

1. 红焦投入前的准备工作

（1）燃烧器熄火：

① 关闭煤气阀门，停止燃烧器燃烧；

② 用氮气或蒸汽吹扫煤气管道和燃烧器；

③ 循环风机停止运转。

（2）燃烧器拆除：

① 常用放散阀开度为 20％～10％；周边进风门开度为 50％，中央进风门开度为 50％；

② 循环风机入口挡板全闭；

③ 烘炉人孔门压力保持在 -20～-30 Pa；

④ 将燃烧器从干熄炉内取出。

（3）烘炉人孔门砌砖：

① 为防 T3 急剧下降，应迅速砌砖，同时还要避免汽包压力急剧下降；

② 当第一层砖砌筑完毕后，将循环风机入口挡板打开，使循环风机以最小的风量进行运转。循环风机运转后，应向干熄炉内充 N_2。当砖全部砌完时，将人孔门盖板封好，系统内 O_2 含量小于 5％后，干熄焦装置具备了投红焦的条件。

2. 红焦投入作业

（1）红焦投入前各阀调整：

① 集尘罩插板阀打开；

② 常用放散阀全开；

③ 空气导入阀全关，吹入 N_2；

④ 锅炉调节阀设定为"手动"状态（投入红焦后，稳定时切成"自动"状态）。

（2）红焦投入时系统调整：

① 投入红焦的速度放慢，投一罐红焦所用的时间以 10 min 左右为宜，每小时投一炉；

② 红焦投入时，应适当减小循环风量，关注蒸汽的温度和压力，以防止锅炉负荷急剧波动；

③ 红焦投入后，可逐渐增加循环风量，当 T3 开始下降时，可慢慢减少循环风量；

④ 随着红焦投入量的增加，汽包压力不大于正常生产时的 2/3；

⑤ 投入红焦的料位达到常用料位时，可以用点动的方式开始排焦，排焦量以小于 10 t/h 为宜；

⑥ 当 T4 上升平稳后，方可根据炉温逐步增加排焦量；

⑦ 根据生产的要求，逐渐将 T4 升至正常生产的范围。

（3）蒸汽并网作业：

① 当所有情况全部正常后，可进行安全阀的校验工作；

② 蒸汽管道吹扫；

③ 检查蒸汽品质是否合格；

④ 将锅炉压力升至正常生产时的控制值；

⑤ 进行蒸汽并网作业。

第3章 干熄焦装入吊车状态维护与检修技术

装入吊车是干熄焦重要起吊设备,型式为室外夹钳式带钩子的特殊型吊车。它由车体钢结构、走行装置、卷上装置、吊具、滑轮组、钢丝绳、润滑装置、电缆小车、电控系统组成。

3.1 装入吊车基本参数及性能(以 75 t/h 焦炭处理量配置装入吊车为例)

3.1.1 装入吊车特殊要求及操作方式

(1) 型式:特殊吊车,吊车行走轨道以上风速有严格要求。风速超过规定时,除用夹轨器固定外,还需用钢丝绳、链式起重机固定在厂房结构柱梁上。

(2) 本体构造:钢板焊接结构。

(3) 操作方法:常规自动操作;紧急时,机上手动操作。

3.1.2 装入吊车基本参数(以 75 t/h 焦炭处理量配置装入吊车为例)

(1) 升降速度:高速 30 m/min,中速 10 m/min,低速 3 m/min。

(2) 行走速度:高速 60 m/min,低速 4 m/min。

装入吊车在发生故障或试运行时的操作方式采用机上手动操作。

装入吊车检修作业完毕后,采用机上手动操作。

中央手动是在发生某些报警时,由 PLC 自动完成控制。

3.2 装入吊车工作原理

(1) 装入吊车在起吊位置起吊作业时,吊钩完全张开,这时吊具的下框架之间的吊链全部松弛,焦罐盖也搁在提升井架平台的油压缓冲器上,卷扬轮吊住吊具的上框架。

(2) 当卷扬滑轮把上框架提升 180 mm 时,吊钩由全开转为合拢状态。

(3) 当卷扬滑轮把上框架提升 320 mm 时,上下框架的吊链开始收紧,下框架开始脱离油压缓冲器。

(4) 当卷扬滑轮把上框架提升 360 mm 时,吊钩开始吊动焦罐的吊轴。此时,焦罐的重量由吊钩传递给上框架滑轮。

(5) 当上框架提升到 1 080 mm 时,焦罐挡起焦罐盖,使焦罐盖脱离油压缓冲器。此时,焦罐盖的重量压在焦罐上。

(6) 当上框架提升到 30 505 mm 时,焦罐处于最高位置,停止卷扬,驶向要装焦的炉子。

(7) 当吊车走行到要装焦的炉顶定中心时,吊车下降 517 mm 左右,焦罐底部中央梁两端弹簧顶头搁在炉口两侧支座上。此时,由于吊钩还在下降,使焦罐的底开门打开。加上焦炭的压力及自重作用,焦罐吊杆继续下降,使焦罐底开门全开。

(8) 当下降到 972 mm 时,接触焦罐支座侧面的限位开关,卷扬停止。吊钩虽然没有脱离焦罐吊杆的轴,但已不承担焦罐及焦罐盖的重量,钢丝绳滑轮仍继续吊住上、下框架及吊具。返回空焦罐的卷扬动作,则完全与上述过程相逆。

3.3 装入吊车各装置功能介绍

3.3.1 走行装置

吊车体架宽度大,负荷重,采用了 8 组轮子,分前后两组传动装置。吊车总重 228 t(其中一层构架及走行轮架 64 t、二层构架 31.5 t、屋顶 30 t、卷扬装置 37.5 t、焦罐导向架 37.5 t、其他 27.5 t),走行速度为 60 m/min,4 m/min;两组电机为 75 kW,712 r/min。配以两台两段减速机驱动大车主轮。即使一组发生故障,另一组亦能短时间运转,而不影响生产。8 组 $\phi710$ mm 的轮子由四个平衡轮架用电磁制动。

吊车的走行装置采用一般电机减速箱传动轴形式。由于吊车在高空行驶,为保证安全行驶,除了对位的限位开关以外,轴传动带有行程规定。由同步发信器来控制对位校核,当朝一个方向运走超过 82 m 时就会发出警报并自动停止,这个值是由吊车轨道总长度决定的。为了清扫轨道上的焦粉及积水,在车轮外侧安装 60°斜向清扫刮板。为避免两台吊车相互之间的碰撞震动,在走行梁外侧面装设两个油压缓冲器,冲程为 150 mm,为吊车走行及提升集中供油。

3.3.2 卷上装置

卷上装置是由 160 kW 交流发电机,加上 4 台升降 86 t 吊起负荷的驱动装置构成。吊起负荷是装入了焦炭的料斗、吊具及焦罐盖的合计重量。料斗由吊具保持平衡,通过提升装置卷扬筒上的钢丝绳正、反卷即可升降吊具。卷扬筒采用 2 台减速机由 4 台电动机驱动、14 台电磁制动器保持提升负荷。钢丝绳选用的是直径为 $\phi37.5$ mm,承载能力为 96.9 t,2 根,在吊具与吊车主体之间绕成 8 根。钢丝绳端部一头均用卷扬筒固定,钢丝绳端部的另一头同钢丝绳过张力检测装置连接。

卷扬筒是个特大件,长 5 m,$\phi1.4$ m,重 6.5 t。分三段铸造,然后再拼接而成,壁厚 35 mm。筒周的钢丝绳采用对称绕法,筒的右半面为左向螺旋绕线,左半面为右向螺旋绕线。钢丝绳嵌在绳沟内,筒体上的绳沟要比全扬程多 3 圈的余量,在卷扬时对钢丝绳起保护作用。钢丝绳有电子应变式的过张力检测器控制,超负荷时可通过传感器使主继电器失电将卷扬停止。过张力检测器还可在钢丝绳松弛时进行监视。钢丝绳的卷扬行程由同步发信器来控制,它通过旋转角度来检查起吊高度,能在高空作业时达到较高的精度。另外在电机的轴头上装有出力为 30 W 测速发电机,能连续测定电机转速的变化情况。为了减少起动电流,目前均采用 4 台电机同步传动起吊,通过可控硅整流器进行降压来确保 4 台电机同步,电机为绕线型 160 kW,

570 r/min。减速机分二段减速。另外考虑到生产的实际情况,当一台起吊电机在运行中发生故障,有另 3 台电机亦能完成起吊任务。

当一台卷扬减速机发生故障,只有两台电机运转,此时只能作下降动作,不能进行提升操作。

3.3.3 机体钢结构

装入吊车机体钢结构由两层组成。第一层框架内安装走行装置、机上驾驶室(室内装有手动运转用的操作盘)。吊车主体框架的接头采用高强度螺栓的摩擦结合及焊接接头,其他接头为普通的六角螺栓及焊接接头。第二层框架内装卷上装置。

3.3.4 吊具及焦罐盖

本装置由自动开闭式钩子和焦筛构成,通过提升装置的钢丝绳进行升降和钩子的开闭动作。料斗导轨为导向器进行升降。料斗导轨的最下端部设置了支承自动开闭钩子用的钩子挡块和筛子的挡块。筛子上装有收集装入焦炭中产生的气体粉尘热量等用的导管。

3.3.5 料斗导轨

料斗导轨沿厂房侧的料斗提升塔安装。料斗导架同吊车主体一起移动。

3.3.6 润滑装置

提升装置、大车装置减速机内的齿轮为油脂润滑。减速机轴承通过手动泵集中加油脂。钢丝绳滑轮用涂油器进行润滑。车轮齿轮用涂油器进行润滑。其他用滑脂轮加脂以及手动加油。

3.4 装入吊车日常巡检、点检项目及要点

3.4.1 装入吊车走行装置常规巡检、点检项目及要点

装入吊车走行装置包括走行轮、走行齿轮、走行传动轴、减速机及联轴器组成(见图 3-1)。

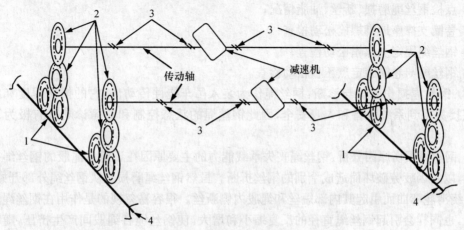

图 3-1 走行装置示意图

1—走行轮;2—走行齿轮;3—联轴器;4—钢轨

（1）走行减速机常规巡检、点检项目及要点：

① 减速机润滑油量每日点检，以油位计刻度确认减速机润滑油量；

② 泄漏检查，重点检查减速机轴承端盖、箱盖箱体结合部、油位计与箱体连接处；

③ 状态控制检查，重点检查减速机运行中振动、异音、轴承温度，把握减速机良、否状态；

④ 每周检查一次减速机地脚螺栓有无松动情况；

⑤ 减速机本体清洁度及其周围安全环境确认。

（2）走行轮常规巡检、点检项目及要点：

① 走行轮日常巡检、点检重点是轴承润滑和异音，特别是润滑应每日检查确认到位，不允许走行轮在润滑不良情况下运行；

② 走行轮本体应半年进行一次龟裂损伤检查。

（3）传动齿轮常规巡检、点检项目及要点：

① 重点点检齿轮润滑，严禁齿轮欠润滑运行；

② 定期点检齿轮磨损、损伤情况，把握住齿轮运行状态及运行极限。

（4）走行传动轴常规巡检、点检项目及要点：

① 定期检查传动轴同轴度，不允许传动轴扭曲运行；

② 定期检查传动轴支撑座地脚螺栓紧固状态。

3.4.2 卷上装置常规巡检、点检项目及要点

（1）装入吊车卷上装置有卷筒、减速机、齿轮联轴器和抱闸：

① 卷上减速机日常巡检、点检项目同走行减速机；

② 抱闸：

a. 同步信号确认定期检查，主要是电气元器件灵敏度、清洁度检查确认；

b. 动作点检、功能正常检查；

c. 抱闸间隙检查。

（2）卷上卷筒与钢丝绳（见图 3-2）：

① 定期检查卷筒绳槽磨损和探伤检查；

② 点检钢丝绳磨损、断丝、油脂情况；

③ 卷筒支撑座地脚螺栓松动检查；

④ 钢丝绳固定点螺帽松动检查；

⑤ 钢丝绳与卷筒固定点压板松动检查。

（3）钢丝绳损伤分析与诊断：钢丝绳作为装入吊车挠性传动件，它的损伤程度和承载能力将直接关系到系统设备和人身安全，因此钢丝绳的状态控制和故障诊断具有极为重要的意义。

① 钢丝绳损伤原因分析：钢丝绳丧失承载能力的主要原因在于组成绳股的钢丝绳被磨损和锈蚀，以及因疲劳破坏而造成个别的钢丝折断。虽然钢丝绳磨损是从钢丝绳外部开始，但由于反复绕滑轮弯曲而引起其内部短丝和绳股内侧断丝。很容易忽视的是作用在钢丝绳轴向拉力变化，也同样会引起钢丝绳直径的反复缩小和增大，使钢丝绳各绳股间产生挤压，随着这种接触应力的变化，将会导致钢丝绳内部产生磨损，此时虽然钢丝绳保持表面完好状态，但其强度已受到影响。

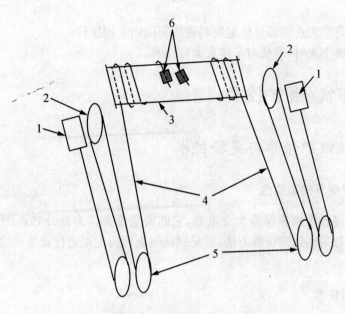

图 3-2 卷筒与钢丝绳示意图
1—钢丝绳固定调节点；2—定滑轮；3—卷筒；
4—钢丝绳；5—动滑轮；6—钢丝绳压板

② 要把握好装入吊车钢丝绳使用状态,除严格按照钢丝绳使用规程使用外,应确保钢丝绳润滑状态良好和不受腐蚀,有条件的情况下,三个月对钢丝绳进行一次电磁探伤,全面检查。严禁盲目超期服役,应遵循在确保安全的前提下,延长其使用期和按需更换。

3.4.3 吊具常规巡检、点检项目及要点

(1) 定期检查各部连接螺栓是否松动、脱落。

(2) 活动部分销轴、挡轮、侧轮润滑定期检查。

(3) 润滑油脂管道泄漏、畅通检查。

3.4.4 滑轮组常规巡检、点检项目及要点

滑轮组由定滑轮和动滑轮组成。

(1) 定期检查滑轮磨损情况。

(2) 滑轮槽与钢丝绳润滑良好。

(3) 滑轮组固定牢靠。

3.4.5 车体常规巡检、点检项目及要点

装入吊车长期处在露天、高温、粉尘环境中作业,机体钢结构若不点检和巡检,不加强维护保养、状态控制,用不上几年,就会破烂不堪,严重者会造成无法运行,对企业造成一定的经济损失,甚至留下重大安全隐患。

对装入吊车机体钢结构状态维护同焦炉移动机械机体钢结构维护一样,在《焦炉设备状态维护与检修技术》一书中作了明确规定,但对装入吊车这种特殊性吊车,机体钢结构状态维护

33

特殊规定如下：

（1）承载立柱与横梁连接部位应定期对连接部位作无损探伤。

（2）走行轮更换作业时，严禁对车体大梁有伤害。

3.5 装入吊车状态维护技术

3.5.1 钢丝绳维护保养与更换技术

1. 钢丝绳维护保养的重要性

装入吊车钢丝绳日常维护保养十分重要，它的安全系数应为百分之百，平时除加强检查外，保养很关键，一般采用定期保养方法，就是钢丝绳表面应定期进行充分的涂油，始终在带油状态下运行。

2. 钢丝绳更换技术

施工工序如下：

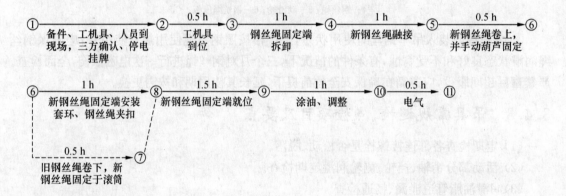

3. 主要施工方法

（1）工机具到位：

① 卷扬机的钢丝绳通过麻绳将其拉到装入吊卷上装置，并绕过固定在装入吊定滑轮顶部钢结构处的滑轮（如图 3-4）；

② 在装入吊导向结构支架两端 3 m 处各固定 1 个导向结构（如图 3-3），用于导向钢丝绳，减少摩擦力，以防卷扬机过载；

③ 卷扬机钢丝绳在下端也要绕过 1 个滑轮，该滑轮起导向、定位和减少摩擦的作用（如图 3-5）。

（2）钢丝绳备件到位：在接到更换钢丝绳指令前，用随车吊和 20 t 汽吊将钢丝绳备件吊运到施工平台，其位置正对着需要更换的左右端钢丝绳，并且左右旋也要对应（如图 3-6）。

图 3-3　　　　　　　　　　　　　　　　　　　图 3-4

（3）钢丝绳固定端拆卸：先将卷扬机钢丝绳装入钢丝绳固定端，然后将微调装置的销子打击出来，通过对讲机与行车工联络起降（如图3-7）。到吊具平台后，气割工将其钢丝绳夹上部某处切割段便于与新钢丝绳融接。

（4）新旧钢丝绳融接：将新钢丝绳一端穿入导向结构（如图3-3），新旧钢丝绳端对接，由两个气焊工将其融合在一起，注意要使融接处紧密无气孔，避免起拉过程中出现危险断裂（如图3-8）。

图 3-5　　　　　　　　　　　　　　　　　　　图 3-6

（5）新钢丝绳卷上、旧钢丝绳卷下：因新旧钢丝绳已经融接在一起，通过转动卷筒将其卷上，直到融接处高于卷上平台2 m即可停止。然后新旧钢丝绳气割分离，再使卷筒倒转，使旧钢丝绳卷下到地面。

（6）新钢丝绳固定于滚筒：通过卷筒上的固定螺栓将新钢丝绳固定紧，钢丝绳末端离第一个固定螺栓距离200 mm。

（7）在吊具平台安装钢丝绳固定端套环和钢丝绳夹：首先确定固定端的长度1 300 mm，规划套环中心对应位置，再将钢丝绳套入套环，用特制夹具固定住。固定端紧定4个钢丝绳夹，

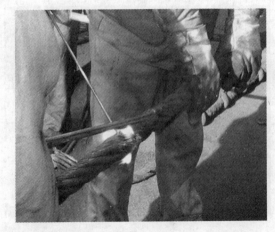

图 3-7 图 3-8

若从套环端定为第一个,那首先紧固第一个钢丝绳夹,再紧固倒数第二个,这样可尽量避免钢丝绳变形扭曲,使在固定端就位时省时。

技术要领:每个钢丝绳夹间距为 200 mm,套环中心与钢丝绳接触线同心。

4. 钢丝绳更换采用新导向结构与原有卸扣对比

CDQ 区域装入吊钢丝绳更换时,新钢丝绳的导入需要导向工具,原用 15 t 卸扣导向,而卸扣销轴与钢丝绳间作相对滑动运动,容易拉伤、磨损钢丝绳,影响其使用寿命;卸扣体积、质量大,不易悬挂且悬挂时易发生高空坠落,造成安全事故。如图 3-9,3-10 所示。

图 3-9 新导向结构 图 3-10 原 15 t 卸扣

根据更换钢丝绳时的要求,多年的现场经验总结和积累,设计了钢丝绳更换导向结构,其基本思路是:追求简便易造、合理,讲究轻便易操作,并对新钢丝绳起到导向保护作用。设计方案如图 3-11 所示。

导向结构的销轴可选用螺栓式(如图 3-12),不用销子固定。此导向结构轻便、体积小,起到使用滑子同样的效果。在导向时,钢丝绳与导向结构的销轴同步滑动,避免了新钢丝绳的磨损和拉伤,消除了安全隐患,提高了效率。

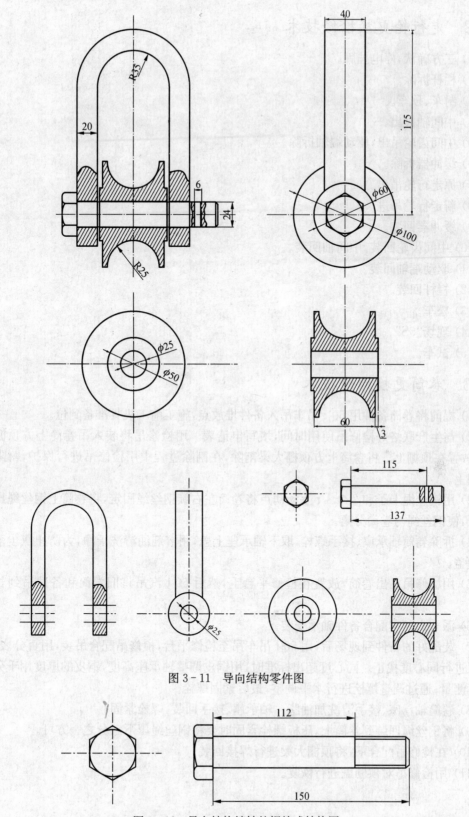

图 3-11　导向结构零件图

图 3-12　导向结构销轴的螺栓式结构图

3.5.2 走行轮更换检修技术

（1）三方确认，停电挂牌。

（2）栏杆拆除。

（3）封车、顶车。

（4）中间轴拔出。

（5）中间齿轮吊出，驱动端轴拆除。

（6）缓冲器拆除。

（7）原走行轮吊出。

（8）新走行轮吊进。

（9）缓冲器回装。

（10）中间齿轮回装，中间轴回装。

（11）驱动端轴回装。

（12）栏杆回装。

（13）松车。

（14）现场"5S"。

（15）试车。

3.5.3 卷筒更换检修技术

（1）提前将卷筒备件用50 t吊车吊入备件堆放点，施工前工机具准备到位。

（2）与生产联络好检修吊使用时间，填写申请表。用检修吊将装入吊卷筒上方顶棚盖板吊开，放置在顶棚上。将卷筒上方顶棚大梁割除，在割除过程中用检修吊进行保护，割除后吊至顶棚上。

（3）用钢丝绳卡子和2个1 t手动葫芦将卷筒左右旋钢丝绳固定，将卷筒上钢丝绳压板螺栓松开，使钢丝绳与卷筒分离。

（4）拆除卷筒轴承座、接手螺栓，取下轴承座上盖，用溶剂油清洗干净，为防止灰尘落入用角布覆盖。

（5）用检修吊吊出卷筒，放置在检修平台上，然后50 t汽吊将旧卷筒和备件吊到长箱随车吊。

（6）派2人随车配合备件轴承安装。

（7）装配好的备件到现场后，用50 t吊车吊至检修平台，检修吊配合吊装，用百分表、块规和塞尺进行同心度找正。同心度超出标准时，用铜皮调整轴承座高度，铜皮的厚度用千分尺进行精确测量；通过调整螺栓进行水平调整，最后紧固螺栓。

（8）卷筒轴承座、接手清洗加油脂。轴承座、接手回装，螺栓紧固。

（9）将钢丝绳回装到卷筒上，压板螺栓紧固时要将钢丝绳压下三分之一方可。

（10）在检修吊配合下，将顶棚大梁进行焊接回装。

（11）用检修吊对顶棚盖进行恢复。

3.5.4 液压缓冲器检修技术

液压缓冲器安装在起重机台车上。可以缓冲起重机移动过程中撞击其他起重机台车或移动轨道的端部对台车的冲击力,可以保护驾驶员,而且通过减轻冲击的加速度来防止装载物的振动。

液压缓冲器的结构主要部分由内外两层缸和活塞、活塞杆、弹簧、头缸前盖、安装板等构成,其上面还装有接油装置。内缸和外缸进行固定,以便活塞能在内缸内滑动,在内缸内设置了产生阻力用的许多孔板,两个缸之间作油室和空气室用。缸前盖外圈上配备了O型环,同时O型环要安装在缸前盖上,弹簧起到了返回弹簧的作用,可使活塞从压缩状态返回到安装位置,为下一次撞击行程做好准备。

起重机在移动过程中,撞击其他起重机台车或移动路线端部时,负荷朝压缩的方向作用于液压缓冲器上,活塞杆边压缩弹簧,边使活塞滑动,这样活塞就能在内缸之间产生滑移运动,活塞前方A室的油就可通过设在内缸圆圈上的移孔板流入B室,这时液体移动产生阻力,该阻力作为与活塞速度相对应的阻力起作用。流入B室(一部分油充满活塞右侧的室内,剩下的油收藏在内外两层缸间的油室内,相反,活塞靠弹簧力伸张时,活塞后侧室的油从缸的大孔毫无阻力地流入B室,再补充到A室)。

液压缓冲器的特性,可预先进行设计,以便能得到符合撞击条件的最佳特性。缓冲器的阻力按台车撞速度的2倍比例进行增减,速度较大时,产生的阻力较大,速度较慢时产生的阻力较小。

1. 液压缓冲器的分解技术

分解组装注意事项(以下几点对缓冲器的性能有很大的影响,应特别注意):

(1)不可划伤活塞杆的表面。

(2)不可将钢丝钳直接夹在活塞的滑动面上,以免产生划痕。

(3)不可划伤防尘密封件和Y型填料的底部。

(4)组装时不要划伤O型环。

(5)组装时,应充分清洗各零件,注意内部不可混入垃圾和杂物。

按照下列要领拆卸:

(1)卸下弹簧销。

(2)用扳手卸下缸前盖,从主体上卸下活塞。

(3)活塞杆及活塞无异常时,请勿进行分解。

(4)将螺栓拧入活塞杆A的头侧,用老虎钳夹住螺栓的头,将活塞杆垂直固定,松开螺栓卸下活塞。

(5)从缸前盖取出防尘密封件,Y型填料。进行该步骤时,不要用老虎钳夹住前盖的最大大外径部。

(6)从主体内取出内缸和填料。

2. 液压缓冲器的组装技术

(1)用汽油或稀释剂洗涤全部零件,但是橡皮垫不要用稀释剂清洗。

（2）垂直竖起主体后，将填料置于安装板的内径部，插入内缸，此时应对准安装板的销孔和定位销。

（3）将螺栓拧入活塞杆的螺纹上，装上螺栓的头，垂直竖起，将活塞插入活塞杆内，用螺栓固定。螺栓组装时，应在螺纹部敷上锁紧剂。

（4）将缓冲器的油按照一定的油量注入主体内，缓冲器油要选用合适的牌号。

（5）在缸前盖上安装填料、防尘密封件，填料和防尘密封件内要涂润滑脂。

（6）将活塞轻轻地插入内缸，将缸前盖穿在活塞杆上，然后在组装到主体上，用扳手充分紧固。缸前盖部不要忘记组装 O 型环。

（7）组装缸前盖后，应安装止动转动用的弹簧销。

（8）组装结束后，确认缓冲器能灵活动作。

3. 缓冲器使用方面的注意事项

（1）安装缓冲器时，应使安装板上取付板朝上，若安装方法不当，造成有铁锈，液压缓冲器就会不动作。

（2）缓冲器安装部位的外界气温应在 $-20 \sim 80$℃。

（3）缓冲器冲击偏移的角度应在 $1°$ 以内。

（4）缓冲器活塞安全返回前，若再经受撞击时，若地脚螺栓受到过大抵抗力，而是缓冲器造成损坏，缓冲器只有在安全行程的状态下才起作用，而且电动机不得过载。

（5）本缓冲器每 $2 \sim 3$ 年或随时按下列内容进行处理：

① 漏油非常小时，若需要调换防尘密封件、Y 形填料、O 型环等，但很难用组装时的填料安装法、油量调整及其他组装法进行调换。

② 有关缓冲器调整，应卸下量油杆，检查油量是否在量油杆的测量范围内。油选用专用缓冲器油或同类油，不得混合其他种类的油一起使用。此时，缓冲器应保持为水平状态。

3.5.5 涂油器检修技术

1. 设备构成

涂油器由主体、油箱和软管组成。主体由向法兰进行微量涂油的涂油轮、将涂油轮压接到法兰上的弹簧、涂油器座和高压泵构成。高压泵由涂油轮的旋转力驱动，通过蜗杆机构、曲柄、连杆、棘轮机构，对涂油轮旋转进行减速，使活塞进行往复转动。因此，只有在涂油轮旋转时，即吊车移动时，才能送出超微量的油。通过对出油量调整杆进行 $90°$ 的旋转，就能将出油量从零调整到最大。

2. 基本工作原理

（1）活塞有两个行程：沿油缸壁上升的行程，以及因一方吸入口打开，吸入油的行程。

（2）活塞处于上升状态，表示油的吸入行程完成。

（3）此时，活塞再沿着槽下降，因排出口打开，故处于排出行程。

（4）在这种状态下，因活塞全部下降，表示排出完成。

以上表示最大排出量时的状态。

3. 涂油器主体及油箱安装位置的选定

涂油器的法兰应避免与齿轮侧的法兰相磨擦,面要相对于法兰,交替进行安装。在车轮上的安装位置可取任意位置。油箱相对涂油器主体高度不限,通常应选择稍高一点的位置进行安装。附属油软管长度一般选用为 800 mm,也应选择稍高一点的位置进行安装。

4. 安装金属配件的制作

安装金属配件通常采用角钢,单边固定的金属配件时,选用 65 mm×65 mm×6 mm 的角钢。制作油箱油管支架时,一般采用 50 mm×50 mm×6 mm 的角钢。金属配件的设计注意事项:
(1) 设置在角钢上的主体安装螺栓孔应是长孔。
(2) 涂油器的中心线必须与车轮的中心线对准。

5. 涂油器安装时的操作及注意事项

安装时,油量调整杆应在下侧。主体上应有左右之分,从箭头方向看,油量调整杆在左边的为左,在右边的为右。涂油轮在出厂时用调整螺栓调整到与水平成 45°的角度,离车轮踏面 2～3 mm 的状态。

接着将缩紧螺母拧松 2 圈,进行缩紧。这样,即使车轮发生弯曲,涂油轮也能随着法兰一起转动,进行涂油。将软管的联管螺母接向主体的软管接头,油管上面的旋塞也应充分地紧固。

6. 出油量调整

安装后的一段时间里,软管、主体内部的空气会自动排出,在此之前不能进行正常的涂油。因此安装过后 2～3 周,要认真记录涂油状况,若有必要进行出油量调整。具体的检测方法为:用手指触摸法兰,若能感觉到油膜,涂油的油量即为正常。通过油膜,可以防止法兰与导轨金属间的接触,并能得到充分的防磨效果。

7. 保养方面的注意事项

(1) 油箱中不得断油,移动中若断油,涂油轮会干燥加速磨损,而且还会造成孔眼堵塞。
(2) 只要没有特别的原因,切勿关闭油箱上面的旋塞。需要停止涂油时,应旋紧调整螺栓,使涂油轮从车轮上抬起。
(3) 油箱断油时或关闭旋塞时,应再次排出配管内的空气。
(4) 安装初期及长时间地停止运转时涂油轮的键部分会干燥,孔眼会堵塞,寿命会降低,因此,要将涂油轮浸在油中,然后再进行运转。

8. 涂油器用油类别及特性

见表 3-1。

表 3-1 涂油器用油特性表

分类号		GEAS-3	GEAS-4	GEAS-5
种类 试验项目		SP 型齿轮油 220	SP 型齿轮油 260	SP 型齿轮油 320
特性		中性	中性	中性
着火点/℃		200 以上	200 以上	200 以上
黏度	40℃	198～242	242～288	288～352
	100℃			
黏度指数		90 以上	90 以上	90 以上
流动点/℃		—10	—10	—10
铜板腐蚀		1 以下	1 以下	1 以下

3.6 吊钩检查与维护

3.6.1 吊具各部托轮检查、修理

(1) 三方确认,停电挂牌,现场及控制室各挂检修牌一张,现场牵红白警戒绳。

(2) 将工机具准备到检修现场。

(3) 装入吊停车,将吊具调整位置,放置在托架上。

(4) 用钢丝绳、手动葫芦将吊具固定牢靠,防止晃动。

(5) 在检查托轮前,搭设脚手架。

(6) 检查托轮本体龟裂情况。

(7) 检查托轮轴承损坏情况,游隙是否超过更换标准。

(8) 对托轮轴承用溶剂油清洗后加油脂。

(9) 进行托轮回装。

(10) 拆除脚手架及吊具保护装置。

3.6.2 吊具动滑轮更换

(1) 三方确认,停电挂牌。

(2) 移车到检修位置,拉好麻绳;固定好吊车钢丝绳。

(3) 罩壳拆除,油脂管拆除。

(4) 吊具旧定滑轮拆除。

(5) 吊具新定滑轮回装。

(6) 新罩壳回装,油脂管回装;拆除固定钢丝绳,麻绳拆除。

3.7　润滑脂润滑装置检修技术

3.7.1　手动润滑泵

手动润滑泵是以适量润滑脂作为任意集中进行供给的集中润滑装置,供给源使用手柄操作式泵。主要技术指标如下:

FB-4A\6A(标准型):

排出压力	100 kg/cm² (1 kg/cm² = 9.8×10⁴ Pa)
排除量	7 ml/冲程
油箱容量	(4A)　2 L
	(6A)　5 L

FB-4A\6A(标准型):

排出压力　　　　　100 kg/cm^2 (1 kg/cm^2 = $9.8×10^4$ Pa)

排除量　　　　　　7 ml/冲程

油箱容量　　　　　(4A)　2 L

　　　　　　　　　(6A)　5 L

FB-42A\62A(高压型):

排出压力　　　　　210 kg/cm^2

排除量　　　　　　3.5 ml/冲程

油箱容量　　　　　(42A)　2 L

　　　　　　　　　(62A)　5 L

1. 机构及工作原理

该泵的操作是将手柄朝前后扳动约 40°的角度。手柄轴上装有与该角度相对应的扇形齿轮(小齿轮),并与横设在泵活塞上的齿条啮合。该活塞若靠近一端,则可使吸入口开放。润滑脂从该孔进入缸内,通过操作手柄移动活塞,吸入口就被塞住。受到压力的润滑脂推开止阀活塞,向通往转换阀的孔流入,同时也将压力传递到压力计的一方。活塞移动后润滑脂从吸入口进入缸内,准备下一次排出。反复操作手柄,就能排出润滑脂。来自转换阀的润滑脂在此送出到任何一方的管线。

油箱内有根据润滑脂的消耗量使油面保持水平面的随动板,根据连接这块随动板的油位指示棒位置,就能确认油箱缸内的润滑脂量。

2. 注意事项

(1)将润滑脂充填到油箱内时,应使用注入装置或输送泵,用泵侧面的补充结构连接。卸下上盖,装入润滑脂时若空气或尘埃混入,则会造成吸入不良或其他障碍。

(2)润滑脂应使用集中润滑用的 0 号(稠度在 350 以上)或 1 号(稠度为 310～340)润滑脂。2 号以上的润滑脂和石墨润滑脂流动阻力大,在配管内会分离,难以进行正常操作。

(3)一次运转完毕后,必须改变转换阀的阀杆位置,释放管线压力。

(4)通过操作手柄,可以达到规定的压力以上,不应该让压力超过额定压力。否则往往会使泵和其他设备产生变形。

(5)长期停止不用后再使用时,应操作手柄,将最后流出的润滑脂丢弃。

3. 保护调整

(1)记录正常运转时完成全分配阀动作所需的手柄操作次数和上升压力(夏季和冬季有

所差异）。

（2）压力正常运转上升时，是因为供给管泄漏、泵正面活塞动作不良或混入空气。相反，压力急剧上升时，大多是因为分配阀动作不良或主管道中间堵塞。

（3）排气方法是拧松排气螺栓，操作手柄。直至润滑脂连续从排气孔出来为止。此外，润滑脂内气泡很多时，应该调换油箱内的全部润滑脂。

（4）止回阀的清扫应参阅贴在油箱上的说明书后进行分解，仔细清洗止动套筒、栓塞、活塞、弹簧等，然后进行组装。

3.7.2 Y 型过滤器

配备在泵出口附近，除去混入润滑脂（或阀）内的杂物，使装置保持正常运转。

1. 主要规格

使用压力最大为 210 kg/cm²，油用时为 100 kg/cm²。

可使用滤网过滤掉润滑脂中的杂物。此外，也可卸下推入滤网压板的螺栓，取出正在运转中的润滑脂进行检查。

2. 注意事项

（1）安装时，应该确认表示在主体上的箭头方向，保证不搞错。
（2）滤网每隔一定周期要取出进行清扫。
（3）要确保使用的流体（润滑脂或油）和滤网的组合不搞错。

3.7.3 DV 型分配器阀

本分配阀不能单独使用，必须用两根供给管同手动或电动润脂泵连接。正确的计量是从泵安装送至两管线的润滑脂（油），通过供给管线和开放管线产生的差压操作的主活塞的上下行程，供给一定量的润滑脂（油）。

1. 主要规格

分配阀因排纳量的大小及排油口使用压力等的不同而异，分型如表 3-2 所示。

表 3-2　DV 型分配器阀类型表

型号 \ 口数	1	2	3	4	冲程排油量/ml	调整蜗轮每转一周的调整量/ml
DV-31	31	32	33	34	0.2～1.2	0.063
DV-41	41	42	43	44	0.6～2.5	0.09
DV-51	51	52	53	54	1.2～5.0	0.154
DV-61	61	62			3.0～14.0	0.678

2. 结构及工作原理

润滑脂的供给由管线产生压差后才开始操作，由导向活塞和起计量及排出作用的主活塞实现。主活塞上连接着指示杆,用经过特殊加工的压盖填料进行了密封,既能防止泄露,还可从外部检查操作情况。

在操作中润滑脂从泵通过供给管压送到管线 1,而管线 2 向油箱开放。靠压差使导向活塞完成操作 2 的状态后,润滑脂打开连接孔,作用于主活塞。压力润滑泵压下主活塞时,达到操作 2 的状态。计量室的润滑脂通过连接孔从通路送出到排油口。

若分配阀都达到该状态,则管线 1 的压力就会急剧上升,达到泵的转换压力后,一次完整的运转即告完毕,同时通过转换阀动作,管线 1 就能向油箱开放,防止残留压力的蓄积。下次运转时,若将润滑脂压送到管线 2 的一方,导向活塞就会朝向箭头相反的方向推进,成为操作 4 的状态,润滑脂打开连接孔,作用于主活塞,压力润滑脂推上主活塞后,返回到操作 1 的状态,计量室的润滑脂通过连接孔从活塞送到排油口,然后反复重复以上动作。

3. 使用注意事项

(1) 避免安装在粉尘多的地方和难以进行检查的地方等,如果安装在尘埃多的地方,应安装分配器罩壳。

(2) 安装在高温部位时,应设置防热板等,以免受到直射热的影响。气雾温度超过 80℃时,使用时间有限制。

(3) 安装时,分配阀的框架要尽可能保持垂直。

(4) 安装螺栓紧固得太紧时,分配阀内部会发生变形,应特别注意。

(5) 不使用的排油口,即使在最小冲程时也不会成为 0,因此要安装 1/4B 的塞程。

(6) 每隔一定时间,要按上升、下降两个行程检查分配阀的指示杆的动作。

4. 保养和调整

(1) 分配阀的故障大多是因为导向活塞、主活塞内混入了杂物,从而引起操作不良。卸下框架、计量器的螺钉、供给阀室螺钉,拔出导向活塞、主活塞,清洗导向活塞、主活塞和分配阀的内部。

(2) 清洗后,检查两根活塞是否都能在分配阀内部灵活移动,若良好,则按照原状恢复组装。因杂物等影响而有损伤时,需要采用研磨法进行修正。

(3) 各处的螺钉应紧固牢。所以在分解时,要用锤子敲击螺钉头,使之转动后轻轻返回。拆卸分解中要使用正规的分解工具。

(4) 所谓一个冲程的排油量要根据主活塞的冲程来确定。油量调整螺钉分为 2 层,卸下上螺钉后,通过转动下螺钉,就能在最大油量和最小油量之间任意进行调整。

3.8 计量泵检修技术

3.8.1 计量泵的结构及工作原理

1. 概述

计量泵分为柱塞式和隔膜式计量泵两类,其特点是可以手动、电动任意调节流量,另外还可根据用户需要任意组合成双联、三联及多联泵。其主要用作定量输送腐蚀性介质,输送液体温度不高于 60℃的纯净液体。

计量泵的计量精度较高,在正常操作使用下,在最大行程和最大流量时,计量精度可达1％。按照标准规定的隔膜泵公称流量允许下,相差 5％,泵可在开车和停车时均可按行程由 0 调至 100％,计量精度随泵的行程减少而降低。因此,正确合理地选择计量泵的使用范围有着重要的经济意义。

2. 泵的结构

该泵由转动箱和液缸头两部分组成。转动箱部件包括曲柄连杆机构和行程调节结构。该转动变速箱采用了涡轮涡杆减速;行程调节采用了结构比较合理,准确性高的 L 轴结构,利用 L 轴直接改变旋转偏心,从而达到调节行程的目的。本结构与其他形式的调节结构相比较,具有结构紧凑,体积小,重量轻等特点。液缸部件是泵的水力部分,它由吸入、排出阀、柱塞和调料密封组成。隔膜式泵头还有隔膜和限割板。

3. 工作原理

电机经联轴器与涡杆直联,并带动涡轮偏心块做涡旋运动。L 轴装在偏心块内,并与连杆和十字头相连接,组成曲柄连杆机构,使十字头在导向套内做往复运动,因柱塞与十字头连接,故柱塞也作往复运动,当柱塞移向后死点时,泵容积腔形成一个行程容积的真空,在大气压力的作用下,将吸入阀打开,液体被吸入;当柱塞移向前死点时,此时吸入阀关闭,排出阀打开,使泵达到吸入和排出的目的。

同理,隔膜计量泵也借柱塞在隔膜油缸头内作往复运动,使隔膜腔内的油产生压力,推力隔膜在隔膜腔内前后鼓动,从而达到吸排的目的。由于有隔膜将柱塞与输送介质隔开,可以防止工作介质的渗漏。

为了保证隔膜正常工作,在液压缸上装有安全、补油阀组。

4. 安全阀

(1) 当泵的排除压力超过了泵的标定压力时,安全阀打开,以免压力升高引起故障,实际上阀组内的安全阀与泵排除管路上的安全阀的开启压力是不完全一致的,主要是因为:

① 隔膜工作时有个变形压差;

② 泵腔内的油和工作液体的性质、工作条件不同,因此两腔内的压差不完全相同。

(2) 当柱塞作排出运动时,柱塞达到前死点之前,若隔膜已贴在限制板壁上,柱塞再继续向前死点运动,油压必然升高,此时阀组内安全阀打开,排出多余的油,起到减压作用,保证泵的正常运行。

(3) 安全阀的调整:安全阀如果失灵,在泵的排出压力超过泵的额定工作压力的 1.2 倍时,若安全阀仍没有跳开,或泵的实际工作压力未达到额定工作压力时,安全阀过早地跳开,都是不正常的现象。此时放松或压紧弹簧,改变安全阀弹簧力来保证安全阀的正常工作。必须指出,泵的安全阀对泵的充油缸起安全作用,不作工艺流程管道上的安全阀使用。

5. 补油阀

引起补油阀动作的原因,主要有以下几个方面:

（1）柱塞填料密封处的漏损，或因柱塞行程改变时，引起泵缸腔内真空度升高到一定值时，补油阀自动打开，进油补油到一定量时自动停止补油。

（2）当泵吸入真空度超过最大允许真空时，补油阀自动打开进行补油。

（3）当柱塞作吸入过程未达到后死点之前，隔膜已贴在隔膜限制板上，而柱塞连续运动，泵缸腔内真空度增大，此时补油阀自动打开进行补油。

补油阀的调整：补油阀并不经常做补油动作，但在上述情况下，若补偿阀不动作，调整阀杆上的螺母，放松弹簧力，或当柱塞作吸入冲程时，用手轻压阀杆做短时人工补油，直至泵的流程恢复到正常状态时为止。当泵由于吸入真空值超过允许值而引起流量剧烈下降，补油阀不间断进行补油也不能将流量恢复正常使用时，应降低泵的安装高度，或将泵的管道设计为倒灌安装。

3.8.2 泵的流量调节

泵的流量调节是借旋转手柄带动千分尺和调节丝杆转动，使偏心块上下移动，改变偏心距，从而达到调节流量的目的。偏心块和偏心轮具有从 0 到 100％的总偏心变化量为该泵行程的一半。

1. 泵运转前的准备工作

（1）检查各连接处螺栓是否拧紧，不允许有任何松动。

（2）新泵在开车前应洗净泵上防腐油脂或污垢，洗时应选用煤油擦洗，不可用刀刮。

（3）传动箱体内，适量注入 HJ－20 或 HJ－30 号机油。

（4）安全补油阀组和泵缸腔内注入变压器油。

（5）盘动联轴器，使柱塞前后移动数次，不得有任何卡阻现象。

（6）检查电机线路，并使泵按规定的旋转方向运转。

（7）启动电机，泵投入运行。

2. 负荷运转

（1）根据工艺流程对压力和流量的需要，核查产品合格证中提供的流量标定曲线，得出相对应的数值，将千分尺旋转到所需的刻度位置，在转动手柄时，应注意不得过快过猛，应按照从小流量向大流量的方向旋转，调节完毕后用缩紧螺母把调节丝杆缩紧，以防止松动。

泵的行程调节可以停车或在运转中进行。行程调节后，泵的流量约需 1～2 min 才稳定，行程长度变化越大流量稳定所需的时间越长。

（2）检查柱塞填料密封处的漏损和各运动时的温度：

① 填料箱要求基本不漏，特别是高压力小流量时，否则，应适当旋紧填料螺母；

② 温度迅速升高时应停车，松动填料压盖，并检查原因，消除后再投入运行；

③ 检查调节机座及其他运动副各处的温度不得超过 65℃。

（3）泵开车后，运行应平稳，不得有特殊噪声，否则应停车检查原因，并消除产生噪音的根源后，再投入运行。

3. 隔膜式计量泵的隔膜注油操作

（1）开车前先打开安全补油阀盖，用手压紧补偿阀杆往膜腔里充油，同时排出膜腔内的气体，直到气泡不再上冒为止。

（2）开车后，在泵的柱塞作吸入运动中（此时，排出管道内无压力），用上述方法将补偿阀打开，动作数次，使安全阀跳开，让安全阀处的空气排出，直到气泡排尽为止，此时泵应运转平稳。若有冲击声或振动现象，说明油量过多，则应在柱塞作排出冲程时用手轻压补偿阀杆，作短时的排油，使多余油排出，直至振动或冲击声消除后泵运转平稳为止。

3.8.3 泵的维护及拆装

1. 泵的维护

（1）传动箱，隔膜缸头，填料箱处油池及安全补偿阀组内，应保持指定的油位量，不得过多或过少，润滑油应干净无杂质，并注意适时换油，换油期限参照表3-3。

表3-3　计量泵换油期限表

使 用 期 限	换 油 日 期
开始1个月内	每半个月更换一次
2至6个月内	每月更换一次
6个月后	每3个月更换一次

（2）密封处的漏损量以不漏或少许漏液为宜，若漏损量较大时，应适当拧紧填料压盖，当填料压盖已不能再调节时，应更换新密封。泵在运行时，主要部位温度规定如下：电动机允许最高温度70℃，传动箱体内润滑油温度不得超过60℃，填料箱为60℃。

① 泵在运转2 000～3 000 h以后，应拆开检查内部零件，进行检修和更换零件；

② 泵若长期停用时，应将泵缸内介质排尽放干，并把零件表面清洗干净，零件的加工表面应涂防锈油，存放期内泵应置于干燥处并加罩遮蔽。

2. 泵的拆卸

（1）柱塞计量泵液缸部件的拆卸：把柱塞移向前死点，拧松填料螺母。将柱塞从十字头上拆出，再拆下与传动箱体相连接的螺母后，将液缸头全部从传动箱体上拆下来，然后按以下顺序全部拆出液缸内各件。

① 拉出柱塞，拆下填料螺母，取出压盖密封填料、水封环和柱塞套；

② 拆下吸排阀套，依次取出限位器、阀导向、阀球、阀座。

（2）隔膜计量泵液缸部件的拆卸：把柱塞移向前死点，拧松填料螺母。将柱塞从十字头上拆除，再拆下与传动箱体连接的螺母后，将隔膜泵头从传动箱上拆下。然后按以下顺序全部拆除泵缸内各部件。

① 拆下安全补油阀部件，拉出柱塞，拆下填料螺母，取出压盖、密封填料、水封环和塞套；

② 拆下吸排阀套，依次取出限位器、阀导向、阀球、阀座；

③ 拆下后缸头,依次取出限制板和隔膜。

（3）传动箱的拆缸:

① 放掉传动箱体的润滑油,拆下箱体上的有机玻璃盖板;

② 拆下电机,取出联轴器,然后拆下挡圈、油封、阀盖端盖,将轴承蜗杆从传动箱体内取出;

③ 拧下手柄上的螺丝钉,取出手柄与千分尺,拧下锁紧螺母与止头螺钉将刻度套筒取下,拆下支架、调节丝杆、十字头,取下连杆,拆下螺轮部件,再按下面的顺序拆除蜗轮部件:调节轴、偏心轮、垫块、蜗轮。

3. 泵的组装

（1）传动箱的装配:按拆卸程序,逆序装复传动箱,并盘动联轴器检查,应转动自如,不得有任何卡阻现象。

（2）按柱塞、隔膜缸头拆卸程序,逆序装复于传动箱上,并调节好安全补油阀组和填料螺母的松紧。

4. 泵的安装

泵应水平安装,严格按照机械设备安装工程施工验收规范。为保证泵的安全运行,应在排出管路上安装空气室。

5. 泵的故障及消除方法

见表 3－4。

表 3－4 泵的故障及消除方法

序号	故 障 现 象	原 因	消 除 方 法
1	完全不排液	1. 吸入高度太高 2. 吸入管道阻塞 3. 吸入管道漏气	1. 降低安装高度 2. 清洗疏通吸入管道 3. 压紧或更换法兰垫片
2	排液量不够	1. 吸入管道局部阻塞 2. 吸入或排出阀内有杂物卡阻 3. 充油腔内有气体 4. 充油腔内油量不足或过多 5. 补偿阀或安全阀漏油 6. 泵阀磨损,关闭不严 7. 转速不足	1. 疏通吸入管道 2. 清洗吸排阀 3. 人工补油使安全阀跳开排气 4. 经补偿阀作人工补油或排油 5. 对阀进行研磨 6. 修理或更换阀件 7. 检查电机和电压
3	排出压力不稳定	1. 吸入或排出阀内有杂物卡住 2. 隔膜限制板或排出管连接处漏液 3. 安全阀或补偿阀动作失灵	1. 清洗吸入或排出阀 2. 拧紧连接处螺栓 3. 按安全补油阀组的调试方法进行调整
4	计量精度不够	1. 充油腔内有残余气体 2. 安全阀或补偿阀动作失灵 3. 柱塞密封填料漏液 4. 隔膜片发生永久变形 5. 吸入或排出阀磨损 6. 电机转速不稳定	1. 人工补油使安全阀跳开排气 2. 按安全补油阀组的调试方法进行调整 3. 调整或更换密封圈 4. 更换隔膜片 5. 更换新件 6. 稳定电源频率和电压

序号	故障现象	原　因	消　除　方　法
5	运转中有冲击声	1. 传动零件松动或严重磨损 2. 吸入高度过高 3. 吸入管道漏气 4. 隔膜腔内油量过多 5. 介质中有空气 6. 吸入管径太小	1. 拧紧有关螺丝或更换新件 2. 降低安装高度 3. 压紧吸入法兰 4. 轻压补偿阀作人工瞬时排油 5. 排出介质中空气 6. 增大吸入管径
6	轴送介质油污染	隔膜片破裂	更换新件

3.9　装入吊车常见故障的诊断与处理

见表 3-5。

表 3-5　装入吊车常见故障的诊断与处理

序号	故障内容	主　要　原　因	处　理
1	钢丝绳过张力检测器动作，紧急停止	1. 升降范围内有障碍物 2. 走行停止位置不对 3. 钢丝绳脱落卷取不良 4. 限位开关不良	1. 清除障碍物 2. 调整停止位置 3. 正常地卷入钢丝绳 4. 修理调换限位开关
2	提升装置启动时发生异常声音	1. 提升齿轮有损害 2. 轴承受损伤 3. 卷扬筒受损害 4. 钢丝绳滑轮受损害 5. 润滑不足	1. 调换 2. 调换 3. 加固焊接 4. 调换 5. 调换或加油
3	移动中发生异常声音	1. 大车驱动润滑不良 2. 轴承受损 3. 齿轮受损害 4. 轨道间距不良 5. 轮子受损害	1. 调换或加油 2. 调换 3. 调换 4. 修正到规定尺寸 5. 调换
4	吊车滑行	1. 轨道面上有油 2. 同第 3 项	1. 将油擦干净 2. 同第 3 项

3.10　装入吊车检修记录表

见表 3-6～表 3-19。

表 3 – 6　牵引机齿条三脚架联轴销检修记录

牵引机齿条三脚架联轴销检修记录

检修类别		检修设备名称		检修日期	实　测				确　认
日修	年修	名称	检测项目		检 修 方 实 测 值			套筒内径	确认
					a_1	a_2	a_3		
		牵引齿条联轴销	磨损 外径 内径						
		三脚架活动拉杆下端联轴销	磨损 外径 内径						
		三脚架活动拉杆上端联轴销	磨损 外径 内径						
备注		点检确认签字					确认时间		
检修班长							检修中发现问题 作业长		

齿条联轴销示意图

三脚架活动拉杆下端联轴销

三脚架活动拉杆上端联轴销

表 3 - 7　装入吊车牵引齿条检修记录

装入吊车牵引齿条检修记录

单位　mm

检修类别		检修设备名称	检修日期	检修方法	实 测 值			
					0°	90°	180°	270°
日修	年修	部位		实测				
名称				确认				
齿条		顶间隙						
		侧间隙						
检测项目								
		齿条间隙						
点检确认签字		确认时间					年　月　日	
备注		检修中发现问题						
检修班长			作业长					

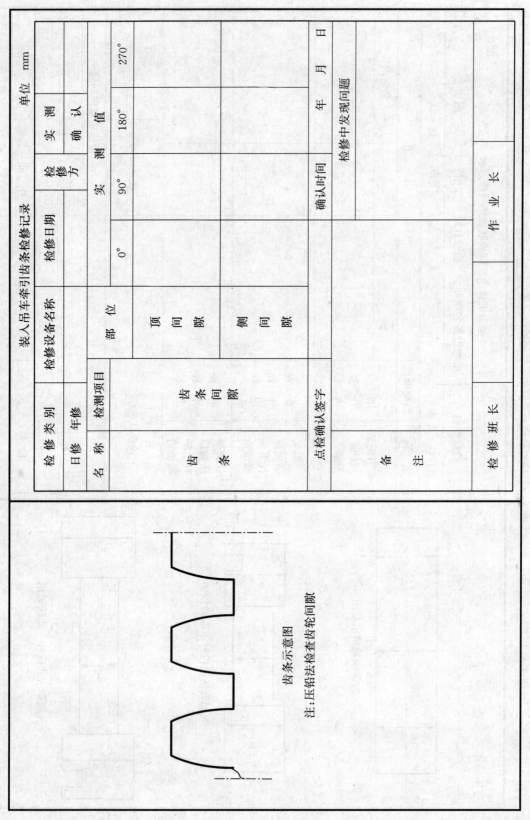

齿条示意图

注:压铅法检查齿轮间隙

表 3-8 装入吊车垂直导轨检修记录

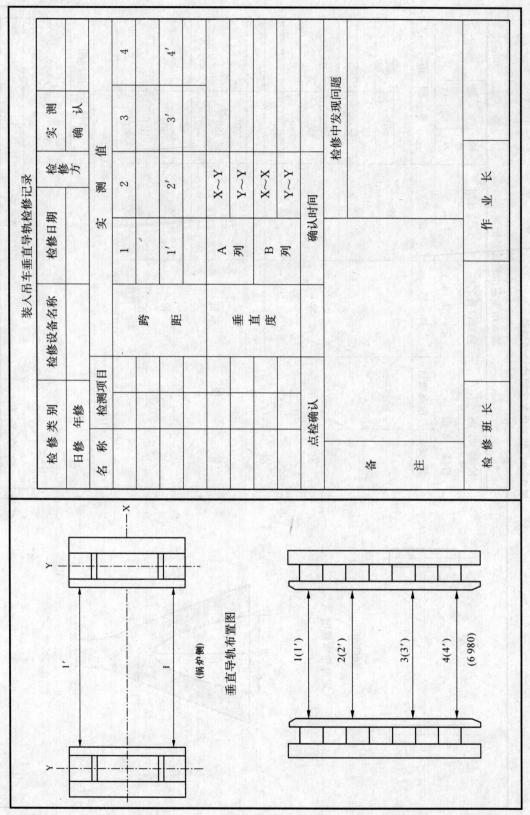

装入吊车垂直导轨检修记录

检修类别		检修设备名称	检修日期	检修方法	实测值				实测确认
日修 月修 年修	检测项目名称				实测				确认
	跨距			1	2	3	4		
				1'	2'	3'	4'		
	垂直度			A列	X~Y				
					Y~Y				
				B列	X~X				
					Y~Y				
点检确认			确认时间			检修中发现问题			
备注									
检修班长		作业长							

垂直导轨布置图

（锅炉侧）

Y X
Y

I' I

1(1')
2(2')
3(3')
4(4')
(6 980)

表 3 – 9 装入吊车定滑轮检修记录

装入吊车定滑轮检修记录　　　　单位　mm

检修类别		检测项目	检修设备名称		检修日期	部位	检修方	实测值	
日修	年修		名称	件号				实测	确认
		磨损	定滑轮	左轮		深度	0°		
							90°		
							180°		
							270°		
						宽度	0°		
							90°		
							180°		
							270°		
				右轮		深度	0°		
							90°		
							180°		
							270°		
						宽度	0°		
							90°		
							180°		
							270°		
点检确认签字				确认时间				检修中发现问题	
备注		检修班长		作业长					

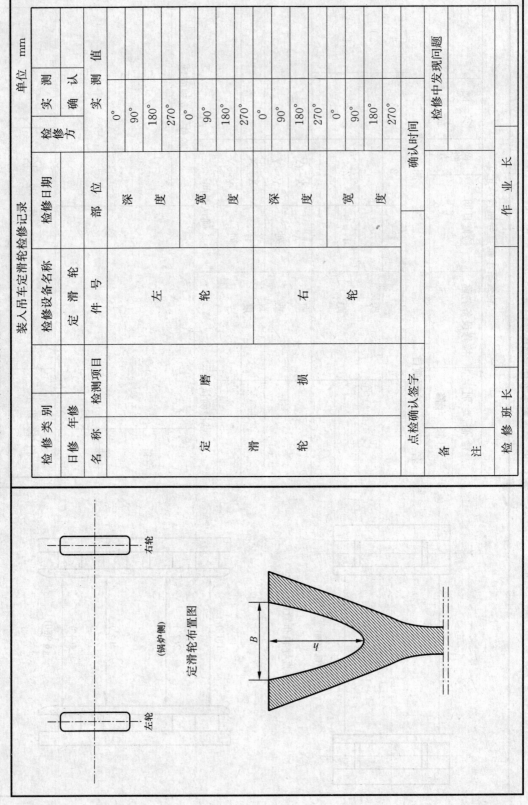

定滑轮布置图

（锅炉侧）

左轮　右轮

B　u

表3－10 装入吊车动滑轮检修记录

装入吊车动滑轮检修记录　　　　单位　mm

检修类别	日修		检测项目	检修日期		检修方	实测值		
	年修		名称	部位		实测确认	0°	90°	180°	270°
检修设备名称	动滑轮	件号	1#轮	部位						
				宽度						
				深度						
			2#轮	宽度						
				深度						
			3#轮	宽度						
				深度						
			4#轮	宽度						
				深度						
检修中发现问题										
备注										
检修班长				作业长						

1#轮　2#轮

3#轮　4#轮

(锅炉侧)

动滑轮布置图

B

d

55

表3-11 装入吊车走行轨道检修记录

装入吊车走行轨道检修记录　　单位 mm

检修类别		检测项目 名称	实测值						
日修	年修		实测						确认
走行轨道		标高	1	2	3	4	5	6	7
			8	9	10	11	12	13	14
			15	16	17	18	19	20	21
			22	23	24	25	26	27	28
		跨距	29	30	31	32	33	34	
			1~18	2~19	3~20	4~21	5~22	6~23	
			7~24	8~25	9~26	10~27	11~28	12~29	
			13~30	14~31	15~32	16~33	17~34		
备注			检修中发现问题						
检修班长			作业长						

装入吊车轨道布置图

表 3 – 12　装入吊车卷上减速机检修记录

装入吊车卷上减速机检修记录

单位　mm

检修类别		检修设备名称		检修日期	检修方	实测值	
日修	年修	检测项目	检测设备件号	部位		实测	确认
名称							
卷上减速机		齿轮间隙	1#减速机	A～B	顶隙		
					侧隙		
				C～D	顶隙		
					侧隙		
				E～F	顶隙		
					侧隙		
			2#减速机	A～B	顶隙		
					侧隙		
				C～D	顶隙		
					侧隙		
				E～F	顶隙		
					侧隙		
点检签字				签字时间			
备注				检修中发现问题			
检修班长				作业长			

卷上减速机布置图

2#减速机　减速机

卷筒

（锅炉侧）

1#减速机　减速机

减速机示意图

减速机　D齿轮　C齿轮　电机

F齿轮　E齿轮　B齿轮　电机　A齿轮

表3-13 装入吊车卷筒磨损检修记录

单位 mm

检修类别		检修设备名称 装入吊车卷筒				检修日期				检修方 实测确认值				
日修 年修	检修项目 名称	装入吊车卷筒	实测值				实测值				实测值				
		位置	0°	90°	180°	270°	0°	90°	180°	270°	位置	0°	90°	180°	270°
	卷筒绳槽磨损	1									14				
装入吊卷筒		2									15				
		3									16				
		4									17				
		5									18				
		6									19				
		7									20				
		8									21				
		9									22				
		10									23				
		11									24				
		12									25				
		13									26				
点检确认签字						确认时间				检修中发现问题				
备注														
检修班长								作业长						

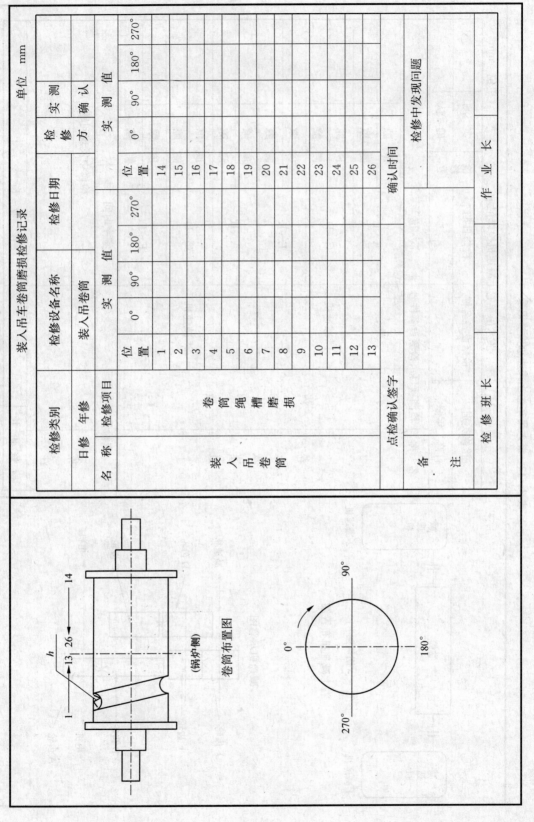

(锅炉侧)
卷筒布置图

90°
0°
270°
180°

表3-14　装入吊车牵引道检修记录

装入吊车牵引轨道检修记录

单位　mm

检修类别	检修设备名称	检修日期	检修方	实测确认
日修　年修				

名称	检测项目	实测值					
牵引轨道	跨距	1	2	3	4	5	6
		7	8	9	10	11	12
	相对标高	1	2	3	4	5	6
		7	8	9	10	11	12

备注	点检确认		确认时间	检修中发现问题
	检修班长		作业长	

牵引轨道布置图

表 3－15　装入吊车牵引减速机检修记录

装入吊车牵引减速机检修记录

单位　mm

检修类别		检修设备名称	检修日期	检修方部位		实测确认	实测值
日修	年修	装入吊卷筒	检测设备件号				
名 称		检测项目					
牵引减速机		齿轮间隙	1# 减速机	A～B	顶隙		
					侧隙		
				C～D	顶隙		
					侧隙		
				E～F	顶隙		
					侧隙		
			2# 减速机	A～B	顶隙		
					侧隙		
				C～D	顶隙		
					侧隙		
				E～F	顶隙		
					侧隙		
		点检确认签字		确认时间			
备 注				检修中发现问题			
		检 修 班 长		作 业 长			

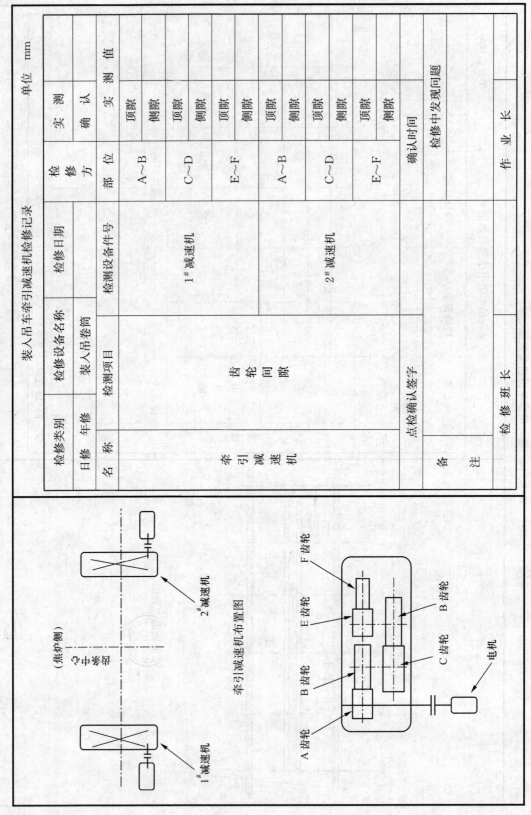

（焦炉侧）

1# 减速机

2# 减速机

牵引减速机布置图

A 齿轮　　B 齿轮　　E 齿轮　　F 齿轮

C 齿轮　　B 齿轮

电机

表 3－16　装入吊车走行齿轮检修记录

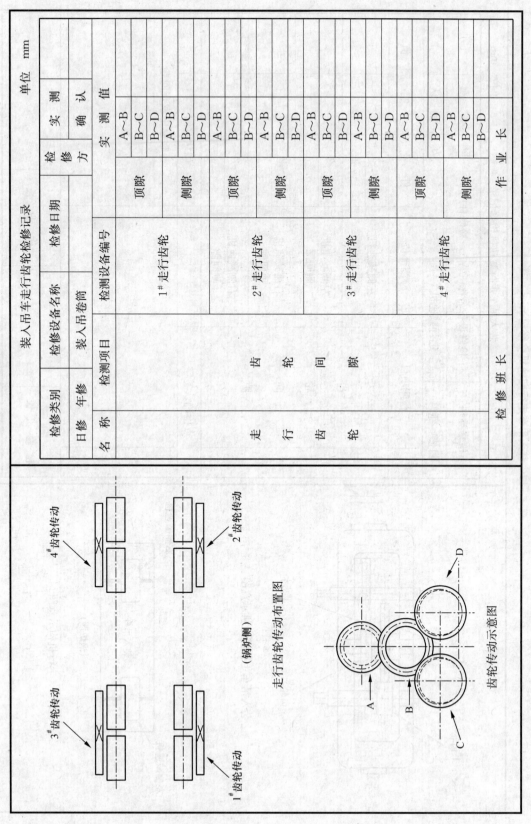

装入吊车走行齿轮检修记录

单位　mm

检修类别		检修设备名称	检修日期		检修方	实测值	
日修	年修	装入吊卷筒				实测	确认
名称	检测项目名称	检测设备编号					
走行齿轮	齿轮间隙	1#走行齿轮		顶隙	A~B		
					B~C		
					B~D		
				侧隙	A~B		
					B~C		
					B~D		
		2#走行齿轮		顶隙	A~B		
					B~C		
					B~D		
				侧隙	A~B		
					B~C		
					B~D		
		3#走行齿轮		顶隙	A~B		
					B~C		
					B~D		
				侧隙	A~B		
					B~C		
					B~D		
		4#走行齿轮		顶隙	A~B		
					B~C		
					B~D		
				侧隙	A~B		
					B~C		
					B~D		

检修班长　　　　　　　　　作业长

4#齿轮传动

2#齿轮传动

3#齿轮传动

1#齿轮传动

（锅炉侧）

走行齿轮传动布置图

A　B　C　D

齿轮传动示意图

表 3-17 装入吊车走行减速机检修记录

装入吊车走行减速机检修记录　　　　单位 mm

检修类别	目修　年修	检修设备名称	检修日期		件号	检修方法	实测确认	实测值
名称		检测项目	检测部位					
走行减速机		齿轮间隙	左侧减速机顶间隙		1~2			
			左侧减速机侧间隙		3~4			
			右侧减速机顶间隙		1~2			
			右侧减速机侧间隙		3~4			
备注		点检确认签字				确认时间		
						检修中发现问题		
		检修班长				作业长		

装入吊车走行减速机示意图

1# 齿轮　2# 齿轮　3# 齿轮　4# 齿轮

走行机构示意图

左侧减速机　右侧减速机　装入吊车　（锅炉侧）

表3-18 装入吊车走行轮检修记录

检修类别		检修设备名称	检修日期	检修方	实测	确认	单位 mm

检修类别	检修设备名称	检修日期		
年修			检修方	实测 确认
目修				

名称	检测项目	检测项目编号	实 测 值					
			t	e	D	b		
						0°	90°	180°	270°
走行轮	磨损	1#轮							
		2#轮							
		3#轮							
		4#轮							
		5#轮							
		6#轮							
		7#轮							
		8#轮							

点检确认签字　　　确认时间　　年　月　日

检修中发现问题

备注

检修班长　　　作业长

走行轮布置图

（锅炉侧）

5#轮　6#轮　2#轮　1#轮
7#轮　8#轮　4#轮　3#轮

270°　　0°　90°　180°
外侧

走行轮

内侧　b　e　t　D

表 3 - 19　装入吊车走行通轴联轴器检修记录

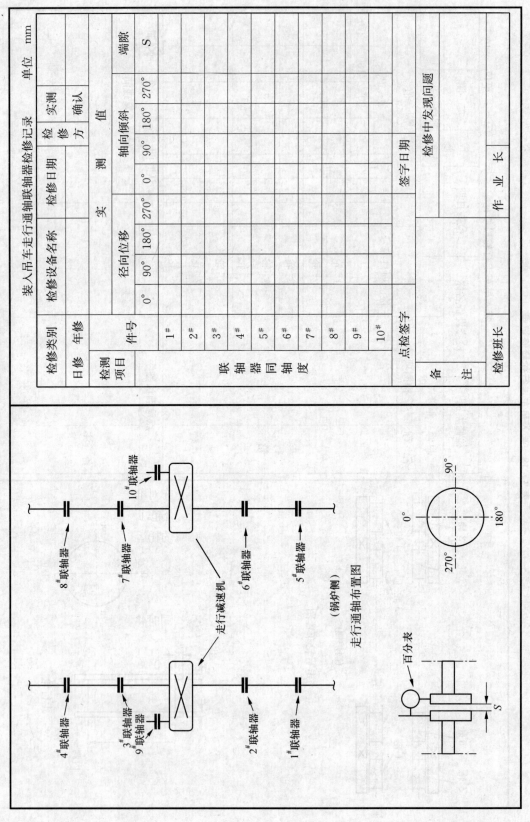

装入吊车走行通轴联轴器检修记录　　单位　mm

检修类别		检修设备名称	检修日期										单位　mm
日修	年修												

检测项目	件号	实测值								检修方	
		径向位移				轴向倾斜				端隙	实测	确认
		0°	90°	180°	270°	0°	90°	180°	270°	S		
联轴器同轴度	1#											
	2#											
	3#											
	4#											
	5#											
	6#											
	7#											
	8#											
	9#											
	10#											

点检签字		签字日期		检修中发现问题	
备注		检修班长		作业长	

（锅炉侧）

走行通轴布置图

第4章 干熄焦牵引装置设备状态维护与检修技术

牵引装置由驱动装置、牵引齿条、三脚架、挂钩及电动缸、牵引挂钩、牵引车、中央导轨、台车导轨组成。

4.1 牵引装置技术参数（以 75 t/h 焦炭处理量配置牵引装置为例）

(1) 牵引车往复行程（单程）：14.2 m。

(2) 牵引速度：低速 5 m/min；中速 15 m/min；高速 40 m/min。

(3) 牵引焦罐车重量：83 t。

(4) 托板挂钩及托板动力缸：推力 19.6 kN(2 000 kg)；行程 400 mm；有效行程 320 mm；速度 67 mm/s。

4.2 牵引装置功能介绍

牵引装置的功能一是把空焦罐推出，推到托运车上；二是把装满赤热红焦的焦罐拖到装入吊车起吊位置。

1. 空焦罐的推出

装入吊车将空焦罐放到卷塔下方的牵引台车上，同时，空拖运车对准牵引装置中心，停好后电车司机发出"复"信号，牵引装置前端的托板动力缸动作将移车架抬起，此时拖运车的锁定装置松开。牵引装置启动，将空焦罐推到托运车上，由电车将装有空焦罐的托运车拉走进行下一工序。

2. 红焦罐的牵引

(1) 电车将装满红焦的拖运车对准牵引装置，这时电机车刹车制动，电机车司机按"往"指令，牵引装置前端托板动力缸动作，托板抬起，牵引钩挂住台车，同时将拖运车与台车的锁定装置解除。

(2) 牵引装置将装有红焦焦罐的牵引台车牵到装入吊车起吊位置，发出指令，装入吊车动作，牵引装置等待下一工序推出空焦罐。

4.3 牵引装置日常巡检、点检项目

4.3.1 台车轨道、中央轨道日常巡检、点检项目及要领

台车轨道、中央轨道如图 4-1 所示。轨道磨损属于正常磨损，如果磨损状态控制好，

可以增加轨道使用寿命。它的磨损主要是由于轨道水平度差、直线度差和轨道表面不洁度造成的。要控制好这种磨损，把握住磨损状态，进行状态维护应做到：定期对轨道水平度、直线度进行调整，特别是轨道连接处高低差和错位满足规范要求，避免走行轮在此处颠簸。

图 4-1　牵引台车轨道、中央轨道示意图
1—牵引台车轨道；2—中央轨道

（1）1 个月检查轨道压板螺栓有无松动。

（2）6 个月测量一次轨道直线度、水平度。

（3）牵引车与轨道接触点检，应无啃轨现象。

（4）及时清扫轨道表面及周围散落的焦炭和工业垃圾。

（5）轨道鱼尾板连接螺栓松动检查，这一项应引起特别重视，因为鱼尾板连接螺栓松动产生轨道左右位移，容易造成以下故障：

① 车轮走到此处轮缘易被挤卡缺口；

② 错位的轨道接头容易啃伤车轮；

③ 严重者会造成车辆脱轨。

（6）轨道与轨道梁安装螺栓松动产生位移，容易造成以下故障：

① 造成车辆走行左右偏移；

② 造成车辆走行颠簸；

③ 严重者会造成车辆脱轨。

4.3.2　牵引驱动装置日常巡检、点检项目及要领

牵引驱动装置如图 4-2 所示。

1. 减速机日常巡检、点检项目及要领

（1）运行中的减速机状态良否确认。

（2）运行中的减速机油位、轴承温度、振动是每日巡检重点。

（3）齿轮啮合磨损加剧主要是由于润滑不良和两齿轮配合不好造成的，要把握好减速机齿轮磨损状态，除日常巡检点检外，还应利用定修时间揭盖测量、目视检查。

图 4 - 2　牵引驱动装置示意图

1—电动机；2—减速机；3—齿条；4—润滑装置；5—台架

2. 牵引驱动装置润滑日常巡检、点检项目及要领

（1）要确保润滑油清洁度，应有防止润滑油受污染措施。

（2）润滑油应定人、定时、定量加到位，并做好加油记录。

3. 牵引驱动装置台架日常巡检、点检项目及要领

（1）各部位连接螺栓松动检查，如发现松动应在查明原因情况后停机紧固。

（2）焊接部位焊缝定期检查，如发现焊缝产生裂纹，应在查明原因情况后停机补焊。

（3）台架龟裂检查。

4. 电动机日常巡检、点检项目及要领

（1）运行中电动机状态良否确认。

（2）电动机地脚螺栓定期作松动检查。

（3）运行中电动机的轴承温度、振动是每日巡检点检重点。

（4）利用定修时间应对电机绝缘进行检查确认。

（5）利用年修（大修）电机应做离线维护保养，更换损伤零部件。

4.3.3　牵引齿条日常巡检、点检项目及要领

牵引齿条如图 4 - 3 所示。

（1）牵引齿条润滑应每日检查确认，严禁牵引齿条无润滑油运行。

（2）运行中齿条清洁度应作为每日点检一项实施，防止异物卡入齿条，加速齿条磨损。

（3）利用定修时间测量齿条磨损量。

（4）利用年修（大修）时间将齿条连接柱销、铜套拆下来，检查磨损情况。

图 4 - 3　牵引齿条示意图
1—牵引齿条

4.3.4　齿条托辊日常巡检、点检项目及要领

齿条托辊如图 4 - 4 所示。

（1）托辊转动灵活,应每日检查。

（2）轴承润滑定期检查,严禁托辊欠油运行。

（3）各部位连接螺栓松动检查,如发现松动应在查明原因情况后停机紧固。

（4）托辊表面清洁度应在巡检时检查,发现异物及时清除。

（5）几组托辊水平度定期测量检查。

图 4 - 4　齿条托辊示意图
1—托辊;2—托辊支架

4.3.5　牵引挂钩装置日常巡检、点检项目及要领

牵引挂钩装置如图 4 - 5 所示。

（1）牵引挂钩装置运行日常巡检、点检项目及要领:

① 牵引挂钩装置信号在操作盘上指示灯检查确认;

② 牵引挂钩装置部位限位检查确认。

（2）牵引挂钩日常巡检、点检项目及要领:牵引挂钩各部位连接螺栓松动检查。

（3）牵引挂钩装置小车日常巡检、点检项目及要领:

① 牵引小车运转良否状况检查确认;

② 各部位连接螺栓松动检查,如发现松动应在查明原因情况后停机紧固。

图 4-5　牵引挂钩装置
1—牵引挂钩；2—牵引小车；3—牵引驱动

4.3.6　牵引三脚架及柱销日常巡检、点检项目及要领

牵引三脚架如图 4-6 所示。

（1）牵引三脚架焊缝应定期进行龟裂检查。

（2）牵引处柱销定期进行无损探伤检查。

（3）牵引架地脚螺栓松动检查。

4.4　牵引驱动机构检修技术

4.4.1　牵引装置减速机检修技术（见通用篇）

4.4.2　牵引齿条检修技术

图 4-6　牵引三脚架示意图
1—三脚架

4.4.3　齿轮插销检修技术

（1）三方确认停机断电挂牌，工机具到场。

（2）小车走行轮处用楔木卡死，防止齿条检修过程中滑动。

（3）齿条前端用千斤顶顶平，后端用葫芦拉平。

（4）拆除销轴卡板螺栓，拆除销轴，放下前端齿条。

（5）测量铜套内径和销轴外径，确认铜套与销轴磨损量。

（6）如更换铜套与销轴，应检查确认铜套安装孔、铜套、销轴间配合尺寸。

第 5 章　干熄焦炉顶装料装置状态维护与检修技术

炉顶装料装置由装料台车、料斗、炉盖、炉帽(密封盖)、台车轨道、台车驱动装置、炉口、炉盖、润滑装置、滑动式集尘管等组成。

料斗和炉盖是装料装置主要部件,装载在台车上。台车的牵引机构是电动缸通过连杆实现的。在等候状态时炉盖本体覆盖炉口,通过外部的水封保持炉内压力。

电动缸的牵引动作由装入吊车指令控制,接到指令后通过连杆动作举起炉盖,在此状态下,整个台车开始移动,使得料斗和炉口对准等待装料(见图5-1)。

图 5-1　炉顶装料台车示意图
1—料斗;2—电动缸;3—连杆;4—轨道;5—车轮

5.1　炉顶装料装置日常巡检、点检项目及要领

5.1.1　装入装置整体巡检、点检项目及要领

(1)整体运转按程序动作,无异常。

(2)程序动作过程密封确认,有无冒灰冒烟现象。

(3)水封良否确认。

5.1.2　装入台车日常巡检、点检项目及要领

(1)台车各部连接螺栓松动检查。

(2)各活动部位动作灵活确认检查。

(3)台车轨道与大梁连接固定部位松动检查确认。

(4)台车车轮运行过程平稳啃轨检查确认。

(5)限位固定螺栓和限位底座焊接部位定期检查,严防由于限位失灵引发装料故障。

（6）定期对台车大梁连接部位状况进行检查。

5.1.3　装入料斗日常巡检、点检项目及要领

料斗如图 5-2 所示。

（1）料斗衬板连接螺栓脱落、松动检查确认。

（2）料斗衬板磨损检查。

（3）料斗与台车框架连接部位检查确认。

（4）料斗壳体龟裂情况检查。

（5）在往熄焦炉装焦时，焦罐与料斗结合部密封良否确认。

（6）料斗口部密封垫磨损情况检查。

图 5-2　料斗示意图

5.1.4　装入台车驱动装置日常巡检、点检项目及要领

装入台车驱动装置如图 5-3,5-4 所示。

图 5-3　装入台车驱动装置
1—电动缸

图 5-4　驱动装置连杆
1—连杆；2—配重

（1）要领：驱动装置正常生产全部自动化，在异常故障情况下一般要手动作业，为了确保在异常情况下手动时灵活有效，能够起到快速处理故障功能，因此，应定期对台车手动作业全程不少于两至三次，随时保证驱动装置手动始终处于良好状态。

（2）驱动装置地脚螺栓松动定期检查确认。

5.1.5　润滑给脂系统日常巡检、点检项目及要领

（1）系统泄漏检查。

（2）各润滑点润滑状态确认。

（3）储油容器密封检查，应保障容器环境清洁和油脂清洁度。

5.1.6 滑动式集尘管道日常巡检、点检项目及要领

（1）要领：滑动式集尘管道日常检查关键是管道内不允许集灰，如有集灰应及时清理，因集灰成堆，直接影响装料时的除尘效果。

（2）定期检查法兰螺栓松动情况和管道破损异常。

5.1.7 炉盖、炉帽、水封槽日常巡检、点检项目及要领

炉盖、炉帽如图5-5,5-6所示。

图5-5 炉盖示意图
1—炉盖；2—连杆

图5-6 炉帽示意图

（1）要领：炉盖、炉帽运转检查，因水封槽固定不动，炉盖、炉帽随台车动作，日常应检查确认炉盖、炉帽在随台车动作过程中不应发生碰撞现象，且装料后炉盖、炉帽与水封槽相对位置正确，水封密封作用良好。

（2）水封槽水位和补给水畅通检查。

5.2 装料装置检修技术

5.2.1 料斗衬板更换

（1）料斗衬板更换作业应具备两个条件：

① 台车停机在分离后进行；

② 台车停待命位置进行。

（2）料斗衬板由于制造原因厚度有一定误差，更换安装时从料斗口（上方）往下，厚的在上，依次往下排，防止下料时挂料。

（3）衬板与料斗应紧密贴紧，连接螺栓应有锁紧装置，防止因螺栓脱落引起衬板掉下，造成排料和送料系统故障。

（4）料斗出口衬板磨损相对其他部位要快一些，应定期检查其磨损情况。

（5）衬板上螺栓孔与料斗本体螺栓孔位置不对时，安装衬板应先将料斗本体螺栓孔塞焊磨平后再安装衬板。

5.2.2 装入台车检修技术

台车由8个车轮、前部台车和后部台车组成,前部台车和后部台车由销轴连接。前部台车装炉盖及炉盖的升降机构,后部台车安装了料斗及料斗内集尘用管道。台车本体是由型钢、钢板制的焊接构件构成,并对热变形具有很大刚性的骨架。台车驱动形式采用电动缸驱动,通过连杆完成台车行走、装料时揭炉盖、装完料后盖炉盖等一系列程序动作。

1. 台车车轮更换标准

车轮磨损量≥3%车轮直径时更换车轮。

2. 台车车轮更换特别注意事项

(1) 车轮更换时应一对(同一轴上两个轮子)轮子同时换,防止因轮子直径差异引起台车运行异常。

(2) 车轮更换时应用千斤顶将车体顶起来,使轮子与轨道有10 mm间隙,同时把不换的轮组用夹轨器将轮子固定,防止更换轮子过程中振动与外力造成车体滑动,发生意外事故。

(3) 更换轮子时轴径处配合尺寸应认真测量,并详细作好记录,确认轴径磨损量。

(4) 更换台车车轮时,应先对轮子配合的轴径处无损探伤(着色探伤),确认无误后,再进行轮子更换。

(5) 新更换的轮子应事先经无损探伤确认。

3. 台车车轮更换方法

(1) 办好台车车轮更换停机停电挂牌手续。

(2) 不更换的车轮用夹轨器固定好。

(3) 利用千斤顶将要更换的车轮顶起来,顶起来后用钢凳在车梁处垫牢,顶起高度使辊子能从轨道面拉出来就可以。

(4) 用拉码将车轮拉下来,拉的过程中可以对轮子适当加温和用锤子敲击振动。

(5) 清洗车轮轴颈,损伤部位修复。

(6) 新车轮与车轴配合尺寸测量,确认最终装配尺寸。

(7) 在轴颈表面稍微涂一层润滑油脂。

(8) 用锤击法安装新车轮,安装到位后,手动旋转车轮,转动自如无异常,取出钢凳松千斤顶,拆除夹轨器。

(9) 摘除停电牌。

(10) 试车交付生产,投入运行。

5.2.3 台车轨道状态维护与更换要领

台车轨道磨损属于正常现象,如果在正常使用过程中,加强维护,一可以控制磨损速度,二可以延长其使用寿命。因为轨道的磨损主要是由于轨道水平度差、直线度差和轨道表面清洁度差,为此应对它的状态控制做到:

(1) 定期测量轨道水平度和直线度,出现问题及时调整。

（2）特别是轨道连接处高低差和错位一定要符合规范要求。

（3）轨道水平度（两根轨道相对标高）≤2 mm，跨距≤1 mm，直线度≤1 mm。

（4）使用过程中应一直保持轨道面清洁无杂物。

轨道更换要领：

（1）轨道更换前应先对原轨道相关数据进行测量，作好原始记录。

（2）轨道中心以熄焦炉口纵横中心线为依据。

（3）轨道底面应与钢梁紧密接触，调整垫板厚度≤1 mm，调整后轨道底面与钢梁间间隙应用薄垫板塞满。

（4）轨道更换完工后试车不得少于5个工作程序。

5.2.4　炉口与水封槽更换要领

1. 炉口与水封槽更换是机械专业与筑炉专业共同完成的工程

更换要领如下：

（1）炉口更换应特别注意纵横中心线，确保炉口正确位置，保证红焦投入在熄焦炉中央向炉周围流动。

（2）炉口高度与炉帽间隙不得小于30 mm。

（3）炉口水平度≤3‰。

（4）炉口更换机械专业与筑炉专业应紧密配合。

（5）炉口与水封槽更换是在熄焦炉停炉时才能进行，正常情况在年修（大修）中实施。

2. 炉口与水封槽更换技术

（1）台车分离后作好停电挂牌。

（2）熄焦炉降温。

（3）气割旧炉口连接部位和水封槽管道。

（4）吊开水封槽与旧炉口。

（5）筑炉对水封槽与旧炉口拆除部位清理找平。

（6）新炉口吊装到位找平，水封槽就位。

（7）用葫芦拉动后部台车，确认炉盖、炉帽与炉口、水封槽相互位置正确后，交筑炉灌浆。

（8）连接台车手动试车确认无误后，机旁操作单试后交生产使用。

5.2.5　装入台车驱动系统检修要领与技术

装入驱动系统主要由电动缸和传动连杆组成，电动缸主要利用年修（大修）离线维护，解体检查更换零部件。

连杆柱销检修技术：

（1）连杆柱销在年修（大修）期间拆下来作无损探伤检查和磨损检查。

（2）拆除时用两个葫芦将两根连杆吊住，用锤击法将柱销打出来。

第6章 干熄焦炉底排料装置状态维护与检修技术

干熄焦排料装置的特点是将熄焦炉冷却好的焦炭由振动给料器切出送往旋转密封阀,又通过旋转密封阀的旋转,在封住干熄槽内部惰性气体不外泄的情况下,把焦炭连续定量地排出,排出的焦炭通过切换溜槽送到其中一条胶带机输出。排出装置主要由平板闸门、振动给料器、旋转密封阀和双岔溜槽等部件所组成。

6.1 排料装置日常巡检、点检项目及要领

6.1.1 系统巡检、点检项目及要领

(1)系统运转良否确认。

(2)各连接部位泄漏检查确认。泄漏主要是焦炭粉尘、氮气和煤气的泄漏。一旦产生泄漏,不仅仅造成环境污染,更重要的是危害到作业人员生命安全。因此这种泄漏检查不能单凭目视,而要配备相应的检测仪器,如 CO 检测仪等。

6.1.2 平板闸门日常巡检、点检项目及要领

平板闸门正常生产情况下始终处于全开状态,根据它的这种运转特点,要保证在出现异常情况下平板闸门能够关闭,应利用年修(大修)做到:

(1)平板闸门关闭灵活检查。

(2)活动部位清洗检查维护。

因平板闸门处于常开状态,日常巡检、点检应每周进行一次清灰作业。

6.1.3 振动给料器日常巡检、点检项目及要领

振动给料器是焦炭切出装置,通过改变电磁振动器励磁电流的大小来调整焦炭的切出量。该装置密闭在壳体内,在高温多尘的环境中运行,它的清扫冷却靠外部清扫风机及连接管道完成。目前设计一般采用几台清扫风机集中供气,即便有一台风机出故障也不影响振动给料器正常运行。对它的日常巡检、点检应保证清扫风机及连接管道良好即可。

(1)连接管道泄漏巡检,不允许连接管道出现泄漏现象,因为一旦出现泄漏状况,不但造成噪音,更重要的是管道内压力受损,满足不了振动给料器清扫冷却需求。

(2)振动给料器运行状况全靠设在外部的电气仪表盘上的表来反映,所以应定期对这些表进行校验,确保它的灵敏度和准确度。

6.1.4 旋转密封阀日常巡检、点检项目及要领

旋转密封阀如图6-1所示。

图6-1 旋转密封阀示意图
1—旋转密封阀；2—传动链轮；3—传动链条；4—电机；5—密封盖板(密封门)

（1）旋转密封阀运行状态确认：

① 运行良否；

② 有无泄漏冒灰。

（2）旋转密封阀日常巡检、点检内容：

① 目视传动链条张紧度；

② 传动链条与链轮啮合状况良否，有无啃轮齿现象；

③ 链条润滑良好，严禁链条链轮欠润滑运行。

6.2 旋转阀排焦检修技术

6.2.1 旋转阀结构

旋转阀排出形式由平板闸门、振动给料器、旋转密封阀和双岔溜槽等部件所组成。采用电磁振动给料器加密封旋转伐的连续排焦的方式。冷却的焦炭由振动给料器切出送往旋转密封阀，又通过旋转密封阀的旋转，在封住干熄槽内部惰性气体不外泄的情况下，把焦炭连续定量地排出，排出的焦炭通过切换溜槽送到其中一条胶带机输出。它的的优点是干熄焦系统内的温度、压力稳定，可以提高排出设备的运转率和减少维修费用。

1. 旋转密封阀基本工作原理

旋转密封阀(见图6-2)是把振动给料器切出的焦炭在密闭状态下连续排出，其转速为5 r/min。旋转密封阀的外壳体内需通入空气密闭，它能有效地防止 CDQ 系统内的循环气体向外泄漏。它用排出吹扫风机产生空气进行密封，各润滑点由给脂泵定时自动加注润滑脂。

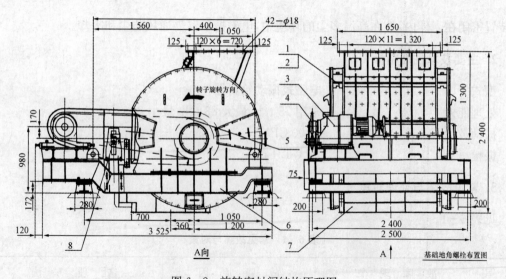

图 6-2　旋转密封阀结构原理图

1—阀体；2—转筒；3—减速机；4—链轮；5—链条；6—机架；7—下料槽；8—断链发讯装置

2. 主要技术性能指标

尺寸	$\phi1\,800\ mm \times 1\,400\ mm$
叶片数	12 片
驱动装置	$3.7\ kW \times 4P \times 380\ V$
转子旋转数	约 5 r/min

3. 常规检修注意事项

（1）检修前准备工作。

（2）做好现场确认、停电挂牌、联络工作。

（3）高空作业，拴挂好安全带，严格按规范标准操作。

（4）吊物下严禁站人，吊车工作范围内围白绳。

（5）动火作业配备灭火器，清理现场油渍，专人监护，作业完毕后清除残余火种。

（6）防止触电，做好防电措施。

4. 旋转阀常规检修方法

（1）拆除旋转阀上的螺栓。

（2）擦挡灰板并将旋转阀移开。

（3）将旋转阀内的堵塞物清除并将旋转阀的密封垫换下。

（4）将旋转阀上的螺栓拧上并紧固。

6.2.2　电磁振动给料器

1. 基本工作原理

振动给料器是焦炭切出装置，通过改变电磁振动器励磁电流的大小可改变焦炭的切出量，该装置密闭在壳体内,处在高温多尘的环境中,电磁振动器需通风防尘和冷却。

2. 主要技术性能指标

型式   电磁式振动给料器

处理能力   常用 75 t/h,最大 83 t/h,最小 20 t/h

振动数   3 000 CPM

振幅   最大 1.1 mm

3. 常见故障与处理对策

见表 6-1。

表 6-1 常见故障与对策

序 号	故 障 现 象	故 障 原 因	处 理 方 法
1	振动给料器冷却用吹扫风机停机		切换至另一套吹扫风机冷却系统
2	故障报警继电器损坏		更换报警继电器 打开现场仪表,调整报警设定值 故障消除恢复生产
3	冷却空气压力检测误报警	确认供气管道是否有破损等故障发生	现场确认压力检测仪表,显示正常
4	空气输送管道压力指示值过低	冷却空气输送管道上的阀开度是否有误	调整阀的开度

6.2.3　旋转密封阀润滑系统的故障分析和处理

旋转密封阀自动润滑装置的用途主要有两个方面:

(1) 为旋转密封阀回转体滚动轴承补充油脂,起润滑作用。

(2) 为旋转密封阀回转体的硬密封提供油脂,起密封作用。

每套自动润滑泵分别负责 10 个润滑点,以保证旋转密封阀正常运行。自动润滑装置是旋转密封阀的核心组成部分,一旦发生故障造成压力无法建立,时间继电器就动作(设定为6 min),旋转阀马上停止运转,排焦生产停止,所以润滑装置必须在调试阶段就要把好关。

1. 故障现象

自动润滑装置串入系统的状态下压力无法建立,而旋转阀 10 个润滑点中有 2 个点始终保持出油。

2. 故障分析

(1) 系统压力无法建立一般有两个原因:一种是润滑泵内部或者管路有空气造成气堵现象,另一种是润滑泵的单向阀动作失灵造成润滑油通过旁路回油箱。

(2) 有 2 个润滑点始终保持出油,是由于泵的作用管路内很小的压力形成的出油。

3. 采取措施

（1）首先采取的措施仍然是检查润滑泵的动作状况是否良好，具体办法是：

① 在润滑泵二路出油口分别安装快速接头，并使快速接头在不接入管路系统的情况下启动润滑泵，观察润滑泵的 A 路出口压力是否正常、是否换向，经检查压力（100 kg/cm²）和动作均正常；

② 重新启动润滑泵，观察润滑泵的 B 路出口压力是否正常、是否换向，经检查压力（100 kg/cm²）和动作均正常。根据以上措施可以判断润滑泵本身运作良好。

（2）其次采取的措施是检查分配阀阀芯的动作情况是否良好，具体办法是：将 A,B 两路快速接头接入管路系统，启动润滑泵，这时压力无法建立；然后拆下 A 快速接头，启动润滑泵，人为地让 A 路换向，马上观察 B 路分配阀阀芯的动作情况。经检查 A,B 两个分配阀中各有一根阀芯没有向上移动，对应的两个润滑点继续出油，管路无泄漏。根据这个现象可以断定分配阀阀芯有泄漏，经进一步确认，发现两根阀芯都经打磨变短，造成油路呈常通状态，所以压力也无法建立；通过更换阀芯，再启动润滑泵，A,B 路压力均正常，润滑点只在换向时出油，故障基本解决。

（3）最后采取的措施是检查油路是否有泄漏，具体办法是：将润滑泵启动切替时间继电器设定为 0 min，启动润滑泵不停工作，检查整个油路情况是否有漏点，经检查有漏点的地方及时紧固，最后将问题全面解决。

4. 旋转密封阀更换检修方法

（1）检修前准备工作：做好现场确认、停电挂牌、联络工作。

（2）检修方法：

① 在 50 t 汽吊配合下将平台拆除；

② 在干熄炉底部大梁位置焊接吊耳，利用钢丝绳保护上料斗拆除；

③ 下料斗拆除同上步，也必须在吊耳、钢丝绳协助下完成；

④ 利用焊接吊耳、钢丝绳将旋转阀拆除，并吊运出；

⑤ 利用焊接吊耳、钢丝绳将下料斗回装；

⑥ 利用焊接吊耳、钢丝绳将旋转阀就位，要求旋转阀水平度符合相关规范；

⑦ 利用焊接吊耳、钢丝绳将上料斗回装，并在 50 t 汽吊配合下完成平台回装。

6.3 四道闸门分段、间歇排焦检修技术

6.3.1 动作流程

干熄炉要排放冷却的焦炭，既要防止干熄炉内的循环气体向外冒出，又要批量较小以免炉温波动。四道闸门分段、间歇排焦常采用两道密封门（1G,2G 和 3G,4G）交替开闭的办法来阻止循环气体向外冒，每次排焦量为 2 t（约为冷却室焦量的 1/70）左右。1G,2G 主要是起分流与定量作用。1G,2G 各动作一次，干熄炉左边或右边的焦炭开始下流，另外还起到定量作用，因为每次排出 2 t 焦炭是靠 1G,2G 闸门的行程、速度、时间来控制的。3G,4G 主要是起密封

作用,防止气体向外泄漏。

其动作程序是 1G—3G—1G—4G，2G—3G—1G—4G 为一个周期。

采用四道闸门分段、间歇排焦有一套独立的液压装置设置在焦台的侧下方,(每炉一套)各有两台油泵互为备用,配 55 kW × 4 P 的电机两台,油泵的能力为 240 L/min,压力为 135 kg/cm²,液压分为高压 135 kg/cm² 供 1G 和 2G 用,100 kg/cm² 为 3G,4G,WG 切换溜槽用,各有一个独立 1 500 L 油箱,配有一个油冷却器,蓄能器。冷却器的能力为 22 000 kcal/h,以保持出口温度在 60℃之内,并保证油的粘度。蓄能器主要在停电时,可使 3G,4G 及 WG 动作一次以排尽上下漏斗内的焦炭。

6.3.2 切换溜槽

两种排焦形式下部都装有切换溜槽。干熄炉为连续性生产,外运焦炭的皮带也需要常年连续运转,所以安装了两条皮带使焦台能分别向下面两条皮带放焦,故设切换溜槽。切换溜槽用低压油传动,油缸行程为 0.283 m,在中央控制室和现场均可操作。切换溜槽用型钢及普通钢板拼接而成,装在一个四轮车架上,由油缸的摇杆推动沿轨道移动。该车架上有两个分叉溜槽各宽 0.8 m,坡度为 31°～35°,槽底铺设玄武岩,为使由溜槽排出的焦炭沿皮带宽度铺设均匀,在每一分叉溜槽的出口处装有一块布料挡板,挡板可调节。

第7章　干熄焦装置循环风机设备状态维护与检修技术

循环系统是干熄焦心脏系统,循环风机是心脏中的心脏,它的功能在绪论中已做了介绍,基本工作原理及设备结构如图 7-1 所示(以 75 t/h 处理量配置风机为例)。

图 7-1　循环风机示意图
1—风机;2—风机吸入口;3—风机出口;4—轴承座

7.1　设备结构及工作原理

7.1.1　基本工作原理及设备结构

循环风机设置在锅炉与干熄炉之间,其主要作用是:将 850℃ 左右的循环气体抽引到锅炉,经锅炉吸热后变成 200℃ 以下的循环气体再由风机鼓入干熄炉内与红焦进行热交换。循环风机是干熄焦装置的心脏,它是闭路循环运行的,循环风机的工作条件是:

气体温度:200℃ 以下;

气体成分:N_2 70%~75%;CO_2 10%~15%;CO 8%~10%;H_2 2%~3%;
　　　　　O_2 0.2% 以下。

焦粉浓度:进风机为 1 g/Nm^3,粒度为 0.25 mm 以下。

风机的风叶采用桨叶式共 7 片,尺寸为 740 mm×535 mm,L = 12 mm。叶片采用可拆卸式主要是考虑磨损后的更换,风机的转速不宜过高,转速高磨损就大。前苏联曾采用 2 900 r/min 的风机,风叶用几个月就要更换,故现在一般采用 1 500 r/min 左右的转速。为了防止风机轴与轴承之间的泄漏而使空气窜入到炉内,故在风机轴头两侧采用 N_2 来密封。为保持轴承温度(一般升温不超过 40℃),采用水冷式轴承,水量为 0.8~4 m^3/h,冷却水为循环使用,冷却水通过流量开关与风机实行电气联锁以保安全。循环风机在设计上考虑了热膨胀措施,风机壳

81

体与轴,风机出口与循环系统的管道的连接采用波纹管挠性连接器来吸收热膨胀。

　　风机的自重为 10 t,叶轮回转体为 3.1 t,电机 990 kW,3 000 V。因风机的振动,故噪音较大,再则风机的温度有 140℃～160℃,故散热也大,为避免上述缺点,风机外层采用了玻璃保温棉 10 cm 厚外层拌水泥及铁皮外壳,所以风机周围的噪音保持 70 dB 以下。风机为双吸式,风量调节由进口挡板控制,在中央及现场均可操作,它与风机成套供应,两个进口挡板合用一台 0.75 kW 四极电机,通过杠杆连动,扭转力矩为 40 kg·m,减速比为 1/3.35,蝶阀杠杆速度 0.42 r/min,进口挡板中央及现场均可操作。

7.1.2　主要技术性能指标

　　见表 7-1。

表 7-1　风机主要性能指标

性能规格	风机形式	NO. 13DMPC(BD)
	气体比重	约 1.29 kg/Nm^3
	气体流量	125 000 Nm^3/h
	吸入压力	−350 mm H$_2$O(−3.5 kPa)
	温度	180℃
	吸入气体流量	3 578 m^3/mim(在 200℃的条件下也要能达到 8 826Pa 的指标)
送出气体条件	压力	550 mm H$_2$O(5.5 kPa)
	温度	约 197℃
	轴动力	635(661)kW　括号内含液力接手的效率
	转速	1 485 r/min　输出约 362～1 448 r/min
	电机	770 kW,1 500 r/min(同步回转数)
	循环气体成分	CO$_2$:10%～15%;CO:8%～10%;O$_2$:0.2%;N$_2$:75%;H$_2$:2%～3%
	循环气体含尘量	≤1 g/m^3
风机结构	转速	1 500 r/min
	回转方向	(从传动侧看)CCW(逆时针回转)
	壳体	可水平方向分割
	结构	焊接
	转子型式	双吸口、单级
	轴承	径向—衬套、轴向—挡圈、润滑油(透平油 ISOG—32)、油杯
	轴密封	分块密封件,密封用介质:氮气
	联轴节型式	齿轮式、润滑方式:封入干油脂
	机座型式	单独机座
	风机口径	吸入口:2 130 mm×540 m×2;排出口:890 mm×1 270 mm
	噪音	85 dB 以下(离风机 1 m 处)
	电机	主电机:3 000 V,4 级,50 Hz,780 kW

风机结构	风机入口挡板	220 V，4 级，50 Hz，0.4 kW
	液力接手操作机	100 V，4 级，50 Hz，70 W
	可调速液力接手	型式 HCLV75，可变速型，功率 780 kW，入力轴转速 1 485 r/min
	出力轴转速	1 448～362 r/min
公用介质	透平油	ISOVG32　轴承　15 L/台
	冷却水	轴承　100～400 kPa G　5 t/h
	氮气	轴封　250～700 kPa G　10 m³/h
	冷却水	液力接手　100～400 kPa G　15 t/h

7.2　设备的点检事项

7.2.1　运转中的维修检查

应就下述项目，对运转中的鼓风机每日检查一次。

1. 轴承振动

鼓风机经长年运转，叶轮上沾灰、磨损或腐蚀产生不平衡，往往引起振动。另外，也可能因其他种种原因引起振动。在这种场合，有必要预先知道鼓风机允许在何种程度的振动条件下适合转动。此界限按机种及其规格不同而异，并不能一概而论，大体上可以根据鼓风机的转速和轴承部的振动值判断。

2. 异音

异音同振动一样，也是判断运转状态的主要因素。旋转体和静止部相接触发出的金属音、其他的不连续音、异常音等比较难以分辨，必须引起注意。

3. 轴承温度

（1）轴承温度的上限值以不超过环境温度＋40℃为标准。

（2）作为轴承温度上升的判断依据；如果可用手接触 10 s 以上，通常 1～2 h 的运转中温升稳定。

（3）本鼓风机的轴承上安装了带报警接点的轴承温度计，当温升达到 70℃时发出报警，80℃时鼓风机运转停止。

如温度计发生故障时，从轴承体上部的温度计安装孔捅入棒状温度计。把润滑油加入轴孔上部的测定孔，进行测定。表 7－2 为手感轴承温度的大致目标（环境温度为 20℃）。

表 7 - 2　手感轴承温度

接触轴承后的手感	轴承温度/℃
不　热	26 以下
稍　温	32
温　热	38
热感(不能持续接触 60 s)	48
较热(不能接触 15～20 s)	56

4. 轴承润滑油油位

(1) 油位应达到轴承下半部分油位计的标记中心。

(2) 油位在运转中会起变动,应加注意。

(3) 油位不够的情况下拆下轴承上部所谓排气孔,从此处加油。润滑油的种类 ISOG—32。

5. 轴承冷却水量

(1) 每台鼓风机的冷却水量必须在 1.8 m³/h 以上,而环境温度高的场合,或夏季等特殊情况应适当作调整。

(2) 用流量开关确认配管中是否堵塞及水量的大小。

6. 供给密封气体

石墨密封圈和吸入风门的密封压盖部用氮气密封,注意勿让操作气体漏到外部。

7.2.2　维修保养一般事项

润滑油补充时间和油量:

(1) 鼓风机轴承:

补加期间:6 个月;

补充量:每台约补充 3 L。

(2) 联轴节:

补加期间:6 个月;

补充量:每台约补充 0.3 L。

(3) 吸入风门:

补加期间:1 年;

补充量:每台约补充 0.02 L。

7.2.3　年修检修内容

年修检修,每年一次,具体检查项目如下。

(1) 检查叶轮腐蚀和磨损状态。

（2）检查壳内部的腐蚀和磨损状态。

（3）检查旋转部分和静止部分的间隙：

① 轴和轴承滑动部以及轴承孔间隙；

② 叶轮和壳体的间隙。

联轴节的直接连接精度为：径向 100/6 mm 以下，轴向 100/7 mm。

7.3 常见故障与处理对策

见表 7-3。

表 7-3 常见故障与对策

序 号	故 障 现 象	故 障 原 因	处 理 方 法
1	轴承温升(气温＋40℃以上)(循环风机)	油老化	换油
		油中混入水分	换油
		轴承冷却水不足	增加冷却水的供给量
		轴环旋转不良	修理或更换油环
		轴瓦接触不良	调整轴瓦的接触状况
		轴瓦烧坏	更换轴瓦
		直接连接定心不良振动	修正定心
2	轴承异常振动	叶轮不平衡	参照轴承异常项内容纠正平衡
		轴弯曲	清扫附着的杂物,修正或更换轴
		直接连接定心不良	修正定心
		轴孔间隙过大	更换轴瓦、密封压盖锥安装调整
		旋转体与外壳的接触不良	重新安装外壳
		石墨密封圈单面接触	安装调整石墨密封圈
		基础不良	基础加强
		安装螺栓紧固不良	加紧紧固螺栓、螺母
		振动	打开吸入风门,避免小风量运转
3	异常音	旋转体和静止部的接触	安装调整密封压盖支柱,再安装壳体
		吸入杂物	除去杂物
		联轴节不良	拆卸、检查
		吸入风门	杆、连接板、传动杆和销的间隙过多,安装调整、调换零件

序　号	故障现象	故障原因	处理方法
4	性能降低	转速降低（电源频率降低）	电源频率调整
		叶轮附杂物面磨损	清扫、修理叶轮
		吸入风门开闭不良	装配调整修理
		壳体、管道内积灰	除尘
		漏气	安装调整
5	吸入风门打不开	连接机构部生锈	拆卸后在连接部涂润滑脂
		轴承部生锈	拆卸后轴承部补加润滑脂
		叶片相互接触	矫直叶片的弯曲 检查叶片和管道是否接触
6	油泵虽在运转，而油压力未达到规定值（液力接手）	安全阀未调整好	调整安全阀
		槽油位低下	将油加至规定油位
		油泵故障	进行检查
		压力计压力开关不良	修理检查
7	指令信号设为100%，也达不到规定转速，即使变化信号，转速也不变	电动机转速不足	电源电压降低，过载
		过载、轻载	从动机的性能检查
		转向相反	修理配线
		进料杓管损坏	修理或调换
		操作器作动不良	根据操作器说明书检修
8	油温异常上升	因旋转体造成油搅拌	将油位降到正规高度
		冷却水量不足	增大水量
		冷却水温高	降低水温
		过载	检查异常状况
		有冷却器堵孔或管子污油	拆卸清扫冷却器（根据油冷却器使用说明书）
		油劣化、不良，旋转体造成油搅拌	换油
9	油压异常上升	循环系统堵塞	拆卸清扫配管
		安全阀不良	调整安全阀
10	产生异常音，异常振动	旋转体异常，不平衡	拆卸修理
		轴承受损	修理或调换
		紧固部松弛	加紧紧固
		循环油中混入空气	向槽内加油
		联轴节对中不良	修理配管

7.4　循环装置检修技术

7.4.1　换润滑油

（1）应将鼓风机轴承以及联轴节的润滑油全部调换。残余的旧润滑油用清洗油清洗干净。

（2）吸入风门的架座不必全部更换，只要做补充就足够了。

7.4.2　运转停止检修

长期停止运转的场合，或者以试运转后到实际运转要长期停转的场合，清扫鼓风机（即指除去附在叶轮上的灰尘，外壳内的灰尘，清扫轴承体内等），采取以下措施。

（1）将防锈油涂在轴承部分，即使润滑油混入轴承内，因预先全面涂了优质防锈剂，轴承全部用乙烯层保护，但每6个月也应将防锈油全部换去，重涂防锈剂。

（2）联轴节全面涂防锈剂。

（3）应将联轴节的孔中螺栓保管在室内。

（4）电动机等的电气品应注意防湿。

（5）放空轴承冷却水配管和轴瓦内的水。

（6）关闭密封用氮气配管的阀，勿使杂物混入石墨密封圈内。

7.4.3　运转日记录

运转日记录可作为鼓风机诊断资料。具体应记录轴承振动、轴承温度、运转状态等并保管好。如果预先作好运转记录，有可能早期发现异常，万一发生事故，也容易查明原因。

1. 轴瓦间隙测定方法

（1）径向间隙 δ_1 如图7-2所示的铅丝（ϕ0.5～0.8 mm）。

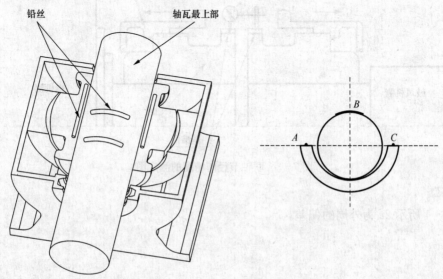

图7-2　径向间隙压铅

设置在轴承(瓦)的对合面以及轴上部,装配上侧轴承(瓦),再安装轴承体上半部分,紧固。再次拆卸后用千分卡测定。

轴(承)瓦径向间隙 $\delta_1 = B - X (X = A + C/2)$。

(2) 轴向间隙 δ_2(反止推测轴瓦):

把旋转体推向电动机侧或电动机相反侧。用间隙规测定轴瓦端面与轴的间隙。

2. 轴瓦调换标准

根据接触面的磨损状态来决定是否调换轴承瓦。在磨损程度相当均等的情况下,表 7-4 的间隙为调换的判断标准。发现局部磨损、烧伤时,应作调整。

表 7-4　更换标准

测　定　部　位	基准值/mm	调换标准值/mm
径向间隙 δ_1	0.175~0.225	0.345
轴向间隙 δ_2	0.22~0.34	0.507

如无振动等不良情况即使超过以上标准值也无妨。

3. 联轴节连接精度的测定

(1) 联轴节径向精度的测定方法。

拆下联轴节螺栓,如图 7-3 所示,把轴承朝左、右轴向移动,设两侧均能自由地旋转。把千分表安装在鼓风机侧联轴器的基准面,千分表的测定端,经调整后处于接触电动机侧联轴器基准面的位置,使电动机侧转动。读数上下、左右位置的千分表指针偏转后,测定外围的偏差值。

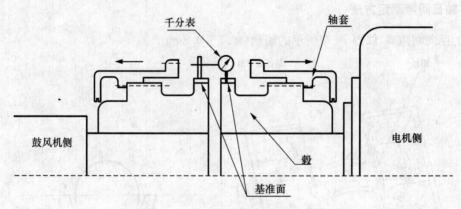

图 7-3　联轴节径向精度的测定图

图 7-4 所示 $2e$ 为外周的偏差。

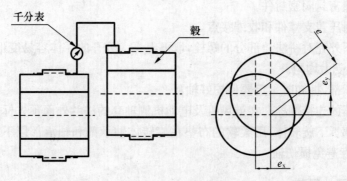

图 7－4　外径偏差图

$$2e = (2e_x)^2 + (2e_y)^2$$

式中　$2e_x$——左右的指示差值；
　　　$2e_y$——上下的指示差值；
　　　e——轴偏心量。

（2）联轴节轴向精度的测定方法。

联轴器轴向精度的测定方法如图 7－5 所示。

用量块和塞尺插入联轴器端面间，在上下左右的位置测定。根据块规和塞尺上标注的数字来确定测定误差。

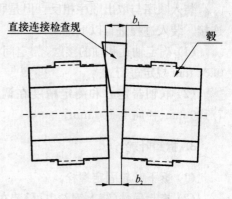

图 7－5　联轴器轴向间隙测定方法

4. 联轴器连接精度标准

联轴器定心根据轴向偏差及径向的偏差判断，现将其判断标准示于表 7－5，超出此判断标准的场合，应重新定心调整。

表 7－5　联轴器连接精度标准

测　定　项　目	判断标准/mm
径向的偏差 $2e$	6/100 以下
轴向的偏差 B	7/100 以下

7.4.4　旋转体检修技术

以下主要叙述为检查和更换零件所作的拆卸、装配。

1. 取出旋转体转子

（1）取下吸入风帽和风门电动机之间的传动杆。

（2）拆下鼓风机外壳、吸入风门和吸入排出管道直接法兰的螺栓，取出吸入排出管道，吸入风门。

（3）取下鼓风机的上下外壳接口部分的防音材料（预涂钢板和 MG 纤维）。

（4）取下石墨密封圈密封件。

（5）取下密封压盖支撑件和收缩接点。

（6）拆下上下外壳对拼法兰部分的螺栓，取下上壳。分开的壳体容易变形，故起吊时应使用吊孔，使钢丝绳受力均匀。

（7）拆卸轴承部，拆卸时一定要保护好轴瓦。

（8）下联轴器的连接螺栓。在鼓风机及电动机侧轴套的法兰外面预先标上对合标记。

（9）从轴承部拆下旋转体，用柔软的布垫在旋转体轴承部和轴承部以下的部分。在进行吊出作业时应注意避免损伤轴。

2. 旋转体转子的回装

装入顺序与取出顺序相反。但是联轴节是在密封压盖支承件和伸缩接头推入轴后，直接连接。装入过程进行以下记录：

（1）确定轴瓦和轴的接触，测定间隙按照径向间隙 0.175～0.225 mm、轴向间隙 0.22～0.34 mm 规定进行。

（2）联轴器定心和测定精度在调整电动机的安装位置后进行。测定精度标准按轴向 7/100 mm、径向 6/100 mm。

3. 拆卸叶轮

（1）拆下叶轮固定螺栓。

（2）拖起吊件（绕上钢丝也可）装在轴的轴环（上推侧轴承部）上。安装时用布保护好轴环以免损伤。

（3）准备好旋转体支承台，用起重机吊起旋转体，放置在支承台上。

（4）准备四只煤气燃烧器，从上下两面加温叶轮的毂。从毂外周加热，火勿直接接触轴。

（5）毂热到 120℃～180℃后，慢慢地吊起轴，从叶轮上拔出，加热时间勿过长，否则轴也会膨胀而导致难以拔出。确认轴冷却后不弯曲。

4. 安装叶轮

（1）清扫叶轮毂的内径和端面。

（2）清扫轴，把键埋入轴中。

（3）把叶轮放置在支承台上，确认此时叶轮的转向后放置好。

（4）保护好轴的轴环，勿碰伤，装好吊件吊起轴。

（5）用煤气燃烧器加热叶轮轮毂，应上下均匀。

（6）待轮毂升温到 120℃～180℃后，慢慢地放下吊起的轴，转入轮毂的孔中。此时对合键和键槽的位置，装入到轴环接触到轮毂端面为止。安装结束后，自然放置到降为常温。

（7）将旋转体横置，固定螺栓紧固。

5. 叶轮磨损处理措施及修补

（1）叶轮的磨损处理：叶轮上的焊缝，入口 U 字帽部和翼板出口部，可以现场修补，焊缝磨损的场合，应作如下的修补。

（2）修补方法：

① 应取下上壳，在此状态下搭好作业脚手架。或者取出叶轮，在其周围进行作业。但是要确保叶轮本身可转动；

② 用钢丝刷等充分除去焊接部的锈等杂物；

③ 磨损的焊缝上再用 EAW600 等加工硬化堆焊；

注：焊接时飞溅物勿溅向四周，请用板等保护四周。

④ 对焊接部进行超声波探伤检查，确认裂纹不进展到母材部，焊接上的裂纹在正常范围内。

注：如果（割机）裂纹进展到母材（衬垫）部分，用砂轮机完全除去裂纹，母材用 D5816，$\phi3.2$ mm 的焊条进行修理，用 EAN600 焊条进行堆焊。然后再进行超声波探伤检查。

（3）焊接注意事项：

① 堆焊：把电动机两侧的叶轮板连接起来进行焊接；

② 把叶轮板 2～3 块为一单元对称地进行焊接；

③ 接地应从主板或衬垫直接接地；

④ 使用的焊条要和叶轮板的材质相同；

⑤ 修补后产生不平衡的场合，应作平衡修正；

⑥ CDQ 循环风机，中央部也实行堆焊。但随着设备的变化，叶轮磨损量也变化，所以，每逢定期检查，应测定检查磨损量、磨损部位。

6. 叶轮平衡调整

调换叶轮式叶轮片时，装入旋转体后必须保证叶轮平衡。有现场平衡的场合，根据该使用说明求出不平衡方向、大小。

（1）准备用品：焊接和焊条必要工具一套；振动针；代用压铁数个，平衡锤；计重器（0～200 g）；圆图用纸、铅笔；砂轮；墨水或粉笔等。

（2）作业方法：

① 测量现状（装配状态）下的振幅，该场合的测量点可以在以下任一位置：轴承的水平、垂直、轴向位置之一；

② 量点：每日的测量点必须在同一位置，直到平衡试验结束为止，另外，测振动时，也有必要在同样状态下测风量、风压、气体温度等；

③ 然后，用墨水或粉笔涂外面可见的旋转部的周围，约 10 mm 宽的部分，运转鼓风机后，停止鼓风机的运转；

④ 鼓风机停转后，把编号标在叶轮片上（标 1，2，3……号叶片，共 17 枚叶片）；

⑤ 把代用重锤装在确认过的叶轮板上。代用重锤的重量用公式求取：$W_r = W \times A/R$。其中，W 为旋转体的总重量；A 为 a 项中测过的振幅值（双振幅）的 $1/2$；R 为到达修正位置的半径；W_r 为代用重锤的重量；本 CDQ 鼓风机的 $W = 2700$ kg，$R = 480$ mm；

⑥ 代用重锤的安装：临时焊接在侧板外周部或将 U 型件插入叶轮口部作安装；

⑦ 在安装了代用压铁（例如 45 kg）的状态下进行运转，测定振幅；不过，其他位置的振幅也应测定，进行检查；

⑧ 测定时，如果代用压铁的位置不好则振动更增大，因此，应尽量减少振动，勿超过 100 μm。其次，把代用压铁的位置变换后，同样测定振幅；如振动还大再变换位置，同样地测定振幅。

7. 叶轮修正方法

(1) 求得不平衡量的代用重锤,将其安装在叶片安装板上进行运转。确认振动值在允许范围内。如果振动值超过允许值,应重新进行现场平衡修正作业,将振动值纳入允许范围以内。

(2) 待振动值纳入允许范围内后,拆去代用重锤,测定重量。此时的重量也应包括安装代用重锤的螺栓在内。

(3) 制作平衡重锤,其重量与已测定的代用重锤相同,平衡重锤的材料采用叶片板同种材,平衡重锤的安装位置定为侧板外围,以焊接方式固定。

(4) 焊接时,应注意焊条与 JISD5816 相当品(表 7 - 6)。

表 7 - 6　焊条选用标准

焊条直径/mm		2.6	3.2	4.0	5.0
电流范围 (A)	下　向	55～85	90～130	130～180	180～240
	立向、上向	50～80	80～115	110～170	150～200

(5) 焊接后进行液体渗透探伤检查。确认不存在焊接缺陷。

7.4.5　石墨密封圈(ABC 密封圈)检修技术

ABC 密封圈采用拼合形式的圈,通过气体液体吹洗,达到防止机内物漏到外面的目的而采用此圈。

1. ABC 密封圈安装前装配面的检查

(1) ABC 密封圈上不得有裂纹、缺口等损伤,如果这些损伤并不是跨越内外面的大损伤,只是局部的小损伤,那么并无妨碍。

(2) 应确认 ABC 密封圈不存在于接触密封部,如果发现有此种情况,应该用纱布及清洁的布除去(轴,壳体均同样处理)。

(3) 应确认密封各部分无灰尘、杂物。

2. 运转前的调整检查

(1) 连接氮气配管。应把配管内冲洗得十分干净,不得残留灰尘、焊接熔渣等杂物。

(2) 安装法兰面,与轴应成直角,应予以确认(法兰最大直径×0.15％以下)。安装时的允许偏差值为 10/100 mm。

(3) 应测定轴偏差(认定存在异常的场合,应协商解决),安装时的允许偏差为 10/100 mm。

(4) 运转中绝对不得停止供气。否则将造成机内物向大气漏泄,以及造成 ABC 密封损伤等,非常危险。

(5) 因气体压力的需要,现设置压力表,用阀调整压力表 P 达到指定的气洗压力。

(6) 气体的流量随着 ABC 密封的封合而减少,所以运转开始后不久,对压力必须进行监控,确保流量在允许的范围内。

(7) 停机时,为了防止杂物进入 ABC 密封件,请勿停止气洗。确认机器内压力下降已足够后,再停止供气。

3. 拆卸技术

(1) 拆下螺栓把盖拉出(完全移到头)。

(2) 把中间环拉出,ABC环拉到轴套的槽部。

(3) 把中间环再次拉到机内侧,外侧的ABC环显现出来。

(4) 拆下卡紧弹簧,拆下ABC环。此时,ABC环拆散落下,所以应在壳体的底部垫上缓冲衬垫材料。

(5) 把中间环完全拉到外侧,机内侧的ABC环应与上项同样拆除。

4. 装配技术

(1) 用夹紧弹簧把机内侧ABC环装配到轴套上。此时,把夹紧弹簧先卷入轴套后,把带槽口的片按编号装配,然后把这小片同夹紧弹簧拉起进行装配。

(2) 用卡紧弹簧把ABC环装配到轴套上。此时应对准环的切槽部。装配时,应用$\phi 4$ mm以下的细棒,则便于安装。

(3) 将销对准切槽部,便轻轻地将中间环套到ABC环上(此时,用记号笔把切槽的位置标在密封法兰上,把销的位置标在中间环的外围上)。

(4) 外侧的ABC环装配到轴套上,把夹紧弹簧先卷入轴套后,把带槽口的片按编号装配,然后把这小片同夹紧弹簧提上装配。应将切槽部和销的位置对合起来,装入中间环。

(5) 把盖轻轻地盖合到中间环上,用内六角螺栓紧固。

(6) ABC环取材石墨。因石墨是烧结材料,具脆性,因此装时须十分注意。

5. 轴密封圈的磨损界限

(1) 本机的密封圈是分节式与轴套相接触的密封圈。这种形式的特点在于,即使密封圈磨损,因外周的卡紧弹簧的作用,也必定与轴套相接触。因密封圈紧紧环抱轴套动作,故自动对中性也较优异。

(2) 由于磨损致无法密封时应调换密封圈。

(3) 调换密封圈的时期,根据密封量进行判断。密封量转为设计值$46\,\mathrm{N} \times 2\,l/\mathrm{min}$以上的场合,应换用新的密封圈。

(4) 定期检查时,应确认密封圈的滑动面,检查有无损伤。

7.4.6 轴瓦的更换

1. 取出轴瓦

(1) 拆下联轴节的紧配合螺栓。在鼓风机和电动机侧轴套的法兰处圆面上打上配合标记。

(2) 拆除轴承座上盖连接螺栓,用链条葫芦吊开轴承盖。

(3) 冷却水管拆除,轴承座放油。

(4) 拆除上瓦与下瓦的连接螺栓,然后取出上瓦。

（5）提起旋转体部分，使用葫芦或者油压千斤顶，把旋转体提升起 0.3～0.6 mm，提升尺寸注意不要太大，只要下瓦能取出就可以了。

2. 回装轴瓦

（1）新瓦根据检查结果进行刮瓦，径向间隙 0.175～0.225 mm、轴向间隙 0.22～0.34 mm、顶间隙 0.19～0.23 mm、瓦接触斑点为 1～2 点/cm²。

（2）轴承座清洗，安装已刮好的新瓦，轴承盖回装。

（3）冷却水管安装，轴承座加油。

（4）同心度校正，接手联接，同心度标准：轴向 7/100 mm、径向 6/100 mm。

7.4.7 可变速液力联轴节检修技术

EBARA HCLV 型可变速液力联轴节安装在主动机和从动机之间，作为动力传导装置，通过流体平稳传导动力。本液力联轴节必须使用 ISOVG32 添加透平油。

本型式的液力联轴节，兼备着主动机启动方便、缓冲冲击、吸收振动等特征，可以通过减少或增加叶轮内的油量，实行输出转速的无级变化。

根据液力联轴节特有的"输出轴旋转力＝输入轴旋转力"的原理，应用于转矩与转速平方成正比例的鼓风机的流量控制较应用风门控制可以大幅度节省动力。

1. 构造

（1）主动侧旋转体：叶轮和壳体由法兰装牢在主动轴侧。为了避免旋转体的偏心，法兰用平行销定住。另外，旋转体主动侧、从动侧均取动力平衡，尽量减少振动的直接原因——不平衡。

（2）从动侧旋转体：叶轮以与主动侧相同的方法装牢在从动轴上。旋转体取动力平衡，尽量减少不平衡。轴承主动侧、被动侧的旋转体分别由两只滚柱轴承支承。叶轮轮毂部的滚柱轴承兼上推轴承，凡联轴节内发生的上推力，全部由此正推轴承承受，主动侧、从动侧外部任一方向均不会有外力作用。

（3）箱体：联轴节箱由钢板制成，为便于维修保养，分为上下两部分。为使箱体具有充分的刚性，就加强肋的配置、板原等方面作了充分的设计考虑。另外，上下对合面使用了液压垫，防止油液向外漏泄。本箱兼作油槽。

（4）轴密封部：在轴颈部分，采用非接触式的曲径式密封，以防止油液漏到外部。

（5）油泵：油泵（齿轮式）由液力联轴节主动轴通过齿轮得到传动，对各部分的轴承和叶轮加油。

（6）油循环系统：从油槽吸入过滤器过滤后，从油泵排出的油，再经流量孔板，作为动作油供给叶轮，用杓状管从叶轮内输出的动作油，经油冷却器后流到油槽内。另外，以动作油管给分流的油，作为润滑油供给到各轴承和齿轮齿面。

（7）过滤器：过滤器设置在下部箱的主油泵吸入口，用于防止有害杂物被吸入主油泵。

2. 原理

将叶轮和壳体配备与主动轴；将动轮配备与从动轮。叶轮和动轮相互具有大致相同的直线(线性)叶片,叶轮和油轮只相隔极小的间隔正面对合,通过流体(油)传导动力。主动轴一旋转,油就从叶轮向外挤出,流入动轮,以此动能动轮就可转动。如果此时两只动轮之间出现转速差,由于双方的离心力差,油液得以在油管内返流,动力得到传导。

为了得到如上所述传导动力,叶轮和动轮相互之间必须存在转速差,转速差越大,传导动力也越大,此外,叶轮内的油量多,则同样传导力也增大。

进入叶轮内的油,随着叶轮、动轮的旋转被推到内壁,在用隔板隔开的进料室中形成圆筒状于进料杓管的开口部位置,叶轮内部的油量也随此厚度而定。

进料杓管用外部的操作机传动。

3. 负载特性

在离心式鼓风机等组合用于负载的场合,液力联轴节的损失,输出转速在输入转速约67%(转速差33%)时为最大,在该时点因考虑到油冷却器的冷却能力,所以全范围地调整输出转速后,可以连续进行运转,但是,如是30%以下的输出转速,负载特性和液力联轴节的特性曲线接近平行,故无法避免转速不稳定。

当容积型泵、往复动作的压缩机等负载机器组合的场合,液力联轴节的损失,与动力转速差的增大,即在输出转速降低的同时增加。所以,速度控制的界限,取决于该液力联轴节所具有的油冷却器的冷却能力。请注意:如果不在规格所示的输出转速范围内连续运转,油液就会升温到界限以上,有可能导致液力联轴节损伤。

4. 运转检查

(1)液力联轴节、电动机之间直接连接之前,检查电动机的转向。

(2)检查安装部的螺栓有无松动。

(3)进行从动及主动机同液力联轴节的定心。定心必须考虑到机器温升引起的热膨胀在内的数值实施。如有必要,再次进行定心检查。

(4)以手动方式作动,滑移进料杓管,从 0 到 100%。确认其动作平稳,必要时,注润滑脂。

(5)把油填充到液力联轴节内,用油位表确认油面位置。

(6)对油冷却器和配管也填充油液。

(7)调整压力开关的设定值,进行动作确认。至于温度开关,要确认其温度,如有必要,再次作确认。

(8)打开冷却水阀,确认冷却器的排气以及冷却水通水情况。

5. 试运转

(1)把进料杓管设置到最低速位置。

(2)确认所有的机器处于可运转的状态。

(3)起动主动机,确认润滑油压力正常。在自动检测的场合,使压力开关与主动机起动联动。检查运转中的油面位置。

(4)检查运转中的温度、油位、润滑油压力、配管的漏泄情况,确认其平稳、顺利地运转。

(5)调节冷却水量,设定润滑油温度。润滑油温度的监视,一直实施到油温达到最大限度为止。

(6) 在良好的运转状态下,测定轴承座部的振动,并作记录。

(7) 长期停转的场合,应注意防锈、防尘。此外,每月大约用一小时时间进行机器运转。

6. 运转参数

润滑油给油温度	正常时 30~55℃,设定值 60℃ 以上报警
润滑油压力	正常时 (2 ± 0.5) kg/cm² G,设定值 0.505 kg/cm² G 以下解出
轴承部振动	正常时 40μ 以下

7. 运转方法

一旦运转确定,进料杓管在任何位置都可运转。将进料杓管设于最低速位置的场合,主电动机在接近空转的状态下运转。待主电动机运转到额定转数后,通常将进料杓管设于增速侧动作,使从动机的转速、负载上升。

8. 维修、检查

(1) 日常检查:检查给油压力、温度及油位。

(2) 每三个月检查:测定轴承套部的振动,同以前的记录比较。

(3) 停用时的维修、保养、检查。

(4) 擦去油箱透气管过滤器四周的油污。检查进料杓管的动作,如有必要,把润滑脂注入润滑部。

(5) 每年实施一次维修保养、检查,必要时,再次确认联轴节的定心及齿面的状态。

(6) 机器的拆卸检查时间建议以运转达 30 000 h 或者 4 年。此外,为了继续顺利地运转,应配备好备品备件。

9. 拆卸、装配检修技术

(1) 上部箱体拆卸。

(2) 拆卸前,先清扫箱外面(全部),拆下输入轴和输出轴的联轴节。

(3) 拆下轴承箱的油配管,将轴承箱安装螺栓全部拆下。

(4) 拆下轴承箱,利用上部箱的吊耳,将轴承箱从本体上拆下。

(5) 进料杓管的拆卸。

(6) 拆下进料杓管和连接器之间的连接销。

(7) 拆下防尘罩,拆去挡圈。

(8) 从进料杓管中拔出杓式短管。拔取时注意勿损伤杓式短管的 O 形环。

(9) 从本体上小心地拔除进料杓管。

第8章　干熄焦装置锅炉设备状态
维护与检修技术

8.1　干熄焦锅炉系统工艺简介

　　干熄焦锅炉由锅炉体、过热器、省煤器、配管、耐火壁、外壳等构成。锅炉主体的最下部设置省煤器,中间部为蒸发器,上部为初级过热器,最上部设置次级过热器,均为水管接触型,卧置式。

　　中央水处理送来的纯水,进入纯水槽,由给水泵将纯水送入除氧器,纯水在除氧帽内以喷雾的形式自上而下流,加热蒸汽自下而上(蒸汽压力为 0.02 MPa,温度 105℃)对流传热,此时雾状的水立即汽化,溶解在水中的氧及其他气体随排溢管溢出。除氧水流到水箱内,经锅炉给水泵进入省煤器,经预热后再进入汽包,炉水经下降管进入循环泵,由循环泵将炉水打入蒸发器,此时的炉水在蒸发器内被加热成汽水混合物进入汽包,经汽水分离后饱和蒸汽进入一次过热器,加热变成过热蒸汽,经喷水减温后的蒸汽再进入二次过热器,在此继续加热,产生的蒸汽送到干熄焦发电。如图 8-1,图 8-2 所示。

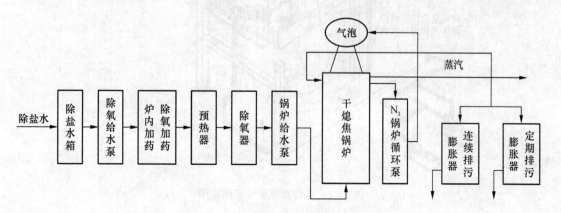

图 8-1　干熄焦锅炉系统工艺流程图

8.2　干熄焦锅炉系统主要设备维护

　　干熄焦锅炉属于余热回收锅炉,在日常的设备维护修理中,主要是管道的检查修理以及安全阀的检查修理,而这些内容在我们系列丛书《煤气净化设备状态维护与检修技术》一书中已经有详细的叙述,所以在此章中我们主要是介绍定期修理及大修中主要设备的维修方法以及技术和施工方面的控制标准及注意事项。

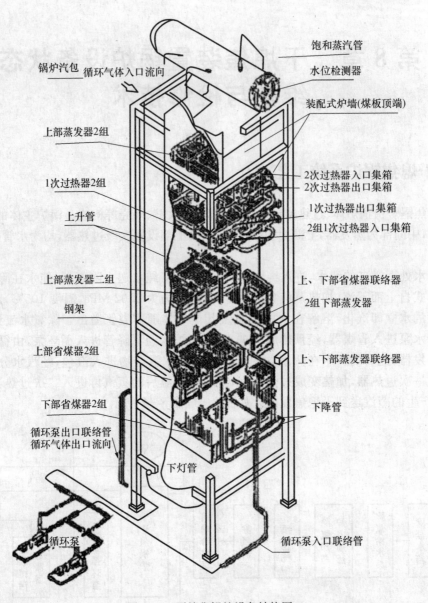

图 8-2 干熄焦锅炉设备结构图

8.2.1 大修中锅炉主体检修

主要内容见表 8-1。

表 8-1 锅炉大修主要内容

检查部位及内容	检查方法	问题的判断或说明（点检周期等）
检查锅炉壳体的粘着物、堆积物、腐蚀、浸蚀情况	打开人孔门目视检查，若有粘着物，应用回丝等擦洗	对检查的粘着物、堆积物、腐蚀、浸蚀情况进行化学分析，以作为供水锅炉水的处理与参考；详细记录定期检查的结果，以作为下一次定期检查的计划资料；点检周期为一年

检查部位及内容	检查方法	问题的判断或说明（点检周期等）
检查传热管的粘着物、堆积物、龟裂、腐蚀、磨损、泄漏、支撑件的变形、耐火物的损耗	目视与探伤法检查	检查管的磨损、腐蚀情况，如果严重应更换管子，如粘着物、堆积物较多时用刷子、压缩空气清扫；点检周期为一年
检查锅炉炉内的炉壁耐火转、密封部是否有崩坏脱落、损耗、磨损	目视检查	如果检查到锅炉炉内的炉壁耐火转、密封部有崩坏脱落、损耗、磨损现象必须进行修理；点检周期为一年

8.2.2　锅炉循环泵检修技术

锅炉循环泵，只有认真安装，正确保养才能安全无故障，令人满意地工作。安装时泵与电机的同心度不得大于 0.05 mm。管道连接时不能以泵本体作为配管的固定点。吸入提升系统，对于泵的方向应带坡度下向设置。配管系统应固定于近泵处，再连接于泵上，这样可以避免应力等传到泵上，或将配管重量加在泵上。配管系统的公称尺寸，应与泵喷嘴的尺寸大致相等。根据安装以及泵的种类不同，最好在泵内使用单向阀或逆心阀及断路阀。配管的热膨胀也要用适当措施来补偿，以免给泵带来额外负荷。新的设备在临时运转前，配管及连接部要充分清扫、冲洗、吹气。焊渣、配管铁锈及其他污迹一般要经过较长时间的运转才会逐步从配管上脱落，为了防止杂物侵入泵内，要在吸入系统安装过滤器。

1. 运转前转向的检查

旋转方向应与泵上的箭头一致，转向检查可用瞬间开动泵的开关然后再立即关掉的方法来进行。

开关开排出系统的断路阀是关闭着的，泵在达到最高运转速度后，再慢慢打开排出阀，通过此阀调整运转条件；开关关闭应关闭排出系统的断路阀。排出系统中组装有逆止阀，单向阀只要次泵中有背压，断路阀就开放着为好。关闭驱动机开关，再观察泵在平稳地减速，静静地停止。如果要长期地运转，应关闭吸入提升系统的断路阀。

2. 保养检修和润滑

运转的监视：泵应经常平静无振动地运转，泵决不可空转。不可在排出阀关闭的情况下长时间运转。轴承温度可允许上升到 50℃，但不应升到 80℃。要确认油位应适当，辅助供给系统的断路阀在泵运转中，应经常开放，软填料填充箱，在运转中，只能有稍许滴漏，填充箱只能轻轻紧固。

泵送给设备中的任一备用泵，都应每周一次反复开动开关作短时间运转，以便保持在紧急时能立即开动的良好状态，平时应确认辅助连接部经常保持着正常的机能。

（1）润滑油和润滑油的调换。润滑采用油浸方式的润滑，通过将润滑盘浸在油槽内，能充分保证轴承的润滑。深球轴承直接补给润滑油，斜接球轴承经过油槽加油。定油位注油器，能保持必要的油位。

油的调换：第一次换油，应在运转后的 300 h 左右进行。以后，每 3 000 h 换一次油。顺序：松开油位器下方的 2 个排油轮，挑出旧油。在轴承拖架变空时，再将排油栓装上。

（2）软调料填充箱。泵上安装有高压温水填充料箱和低压冷却水填充料箱。填料压盖及环构成的温水填充料箱,对于由泵送给的液体起密封作用,填料压盖及环组成的冷却水填充箱。组装填料起到密封对于集中的内部冷却装置而必要的冷却液作用。

放入衬套使环的口径上经过倒角的缘朝向压盖。所有的环放入后,压紧压盖使填料妥帖。这时,用力均匀地将压盖螺栓 4 个螺帽旋紧,但不要旋得过紧。之后,放松螺帽,再次不用工具空手将这些螺帽旋紧。环装入后,要对机壳罩的方向留有约 10 mm 的有效间隙,以便能确实地引导填料压盖。

关于冷却水充填箱的填料,填料在放入之前,压盖填料要放在油和石墨的混合物中浸渍。各环要压得比填料压盖更深,相邻的对合口,各环要互相成 90°。环要按以下顺序放入:先放入填料环一个,接着放入罩环一个,再放入填料压盖。

8.2.3 脱气槽与储水槽

1. 基本工作原理及设备结构

脱气槽主要部件:主体供水进口、处理水出口、蒸汽进口、喷雾喷嘴。水和蒸汽的混合体,压力检测,水位警报装置,水位检测,安全阀,水面计,压力计,温度计等底座及撑脚,入口,盘等。

首先,由脱气口供水泵将水泵起,经供水进口,由喷雾器至喷雾喷嘴,成为喷雾状散布于盘上。由加热蒸汽进口进入的蒸汽与落于盘中的水接触脱气。水由集水板集至混合口槽,在此混合器中直接与蒸汽接触,进行最终的脱气,另外,蒸汽亦成为排泄物与供水一起落到下部的储水槽。经过这一过程,水中的(供水时溶解的)O_2,H_2,CO_2 等气体被分离,由上部盖的气体出口放出。

储水槽是由主体、处理水出口、水面计、水位检测、溢流等底座及撑脚、入孔等组成的。

水由脱气室落下到储水槽时,水面产生摇晃,很难测出固定的水位,因此,在储水槽内设有降水管,以防止液面摇晃。

储水槽储存的饱和水从脱气水出口送至锅炉供水泵。不仅设有对锅炉负载的变动可直接适应的水位检测座,并且设有使调节供水量的隔膜阀工作使水一直保持恒定水位的,调整由该检测座检测的水位的自动水位调节装置。

2. 运转方法

运转时,在作业开始之前对脱气器及仪器周围进行充分整理整顿并进行清扫,在运转中亦要注意整理整顿。

（1）起动准备:

① 脱气器、储水槽、配管设备的清扫;

② 应取出脱气器、储水槽等内部的作业道具及其他不纯物;

③ 应检查脱气器的附属阀、配管中心的阀、自动调节等是否完备;

④ 使现场设置的压力计、水面计处于工作状态;

⑤ 使必要的本装置附属阀全部处于关闭的状态,并确认;

⑥ 运转脱气器的供水泵,慢慢打开供水泵列的阀,使水通入储水槽,仔细确认水位调整装

置及溢出装置的工作是否正常,并确认水面计等有无漏泄,然后,停止运转脱气的供水泵;

⑦ 将装有脱气器上部的气体放出阀打开通气。小心地使脱气器的压力上升,压力上升到使用压力 $0.2 \, kg/cm^2$ 以后,再使压力上升,作为 $3 \, kg/cm^2$ 调整安全阀。再检查各法兰面的衬垫有无漏泄。

(2) 起动:

① 起动脱气的供水泵;

② 慢慢地打开供水泵的各阀及水位调整阀,用旁通阀给储水槽灌水;

③ 调整压力用旁通阀慢慢地打开通气;

④ 由于通气,脱水筒的温度将迅速地上升,若将装于脱气器上部的气体排放阀全开,会喷出蒸汽和水。因此,应将阀的手柄全关起旋转;

⑤ 恒定地保持其他供水量,调节蒸汽量,研究温度计的指示和压力计的指示是否正常,并予以调整;

⑥ 接通水位阀的系列。设定检测水位,按顺序慢慢地全开调节阀的出口侧阀、入口侧阀,确认调整以后,一面注意旁通阀的动作,一面将其全关,将水位调整阀与系列接通;

⑦ 慢慢地打开处理水出口阀,注意不要使锅炉温度急剧上升。

3. 干熄焦锅炉酸洗

干熄焦锅炉投产前必须进行化学洗净,以除去锅炉锅筒、管子及本体汽水系统各种元件内表面的氧化锈皮、锈、油污……确保其达到设计参数并生产出干净蒸汽。化学洗净方法有碱煮(煮炉)和循环酸洗两种。根据干熄焦锅炉的结构、特性和运行条件,该锅炉的化学洗净只能采用循环酸洗。

锅炉酸洗比一般液压管道、钢构件酸洗的要求高得多,其关键参数是酸洗过程中的铁损和渗 H^+。酸洗中的技术参数,由酸洗药品的配方和酸洗运行参数两大因素来控制。据有关专家介绍,像干熄焦锅炉这样的循环酸洗,只有事先在试验室作数十次模拟动态试验之后才搞得出酸洗药品配方,以及与该配方相匹配的一套运行参数。此外,目前我国酸洗控制铁损和渗 H^+ 技术尚未完全过关,加上干熄焦锅炉的特殊性,弄得不好可能将锅炉"洗"报废,其损失不可估量。

4. 阀门安装

干熄焦锅炉本体上的阀门比同等参数电站上锅炉本体上的阀门品种、数量多得多,加上干熄焦锅炉的蒸汽压力、流量因受焦炉生产及干熄焦装置其他系统的制约,运行中波动幅度、频率比电站锅炉高得多。因此,投产后阀门泄漏,特别是法兰连接面泄漏情况,比电站锅炉严重得多。处理阀门泄漏已成了干熄焦锅炉(投产后)每次定修、年修的一大课题,也是初期投产时安装单位"保驾"的一项主要内容。这一问题,电站锅炉上很少见,这是干熄焦锅炉又一个"特殊项目"。以下,详述干熄焦锅炉系统阀门安装中的注意事项。

(1) 安全阀调试。首先安全阀调试必须由劳动部门认可的、具有调试"资格"、能签发调试合格证的单位、人员进行。

安全阀的调试分两种:

第一种:安全阀安装前进行"冷态调试",锅炉投产后再进行一次"热调试"。这种调试费用低,但仅适用于低压、小流(蒸发量小)的锅炉。中高压、大流量弹簧式安全阀,国产品质量不可靠。

第二种:在具有"热调试"手段的阀门厂进行"热调试"后再安装,安装后不再调试。

安全阀调试采取哪一种方法,应视其具体质量而定。

(2)阀门试压、检查。从锅炉给水泵起至分汽缸出口阀止的各种压力在2.5 MPa以上的阀门必须进行100%水压试验,合格后才能安装。锅炉系统的阀门,设计选用的压力远远高于工作压力,如干熄焦锅炉最高工作压力5.3 MPa,而锅炉本体阀门设计选的是10～16 MPa。水压试验时试到该阀门的额定压力即可(超压试验几乎100%泄漏,意义不大)。即水压试验是进行的"严密性试验",每个阀门作"水压严密性试验"时,必须作两次。第一次作阀芯(阀瓣)的严密性试验,第二次作阀盖、阀杆填料的严密性试验——倒密封试验。对锅炉系统阀门,倒密封试验尤其重要。因为两端的阀盖与壳体间加的是一种特殊金属垫片,如该处泄漏,现场是无法处理的(垫片无法解决),各种规格的止回阀都必须作"倒密封试验"。

水压试验之后除尽阀中水分,在阀芯(阀瓣)、阀座工作面上涂一层极薄的稀油后,将阀门关闭保护。注意:不可在阀门内涂厚重干油。如阀门内原有厚重干油,安装前应将其除净之后再安装。最后应仔细检查法兰连接面有无划痕、碰伤。如有缺陷,应进行恢复。

5. 管道更换安装

干熄焦锅炉管子的安装,特别是炉内管子(联络管、集箱穿墙管)的安装,焊接质量是确保锅炉"特殊技术条件"的关键工序,管子焊缝应具有与管材寿命基本相同的质量。为此,必须提高这部分管子接头的焊接质量标准(超过现行《规程》、《规范》的标准)。我们着重叙述这一"专用标准",以及为实施"专用标准"必须采取的一系列工艺、技术措施。

(1)锅炉管道焊接质量控制标准(见表8-2)。

表 8-2　锅炉管道焊接质量标准

序　号	项　目	标　准
1	坡口角度	65°±5°
2	对口间隙	1.5～2.5 mm
3	钝边	0.4～1.2 mm
4	焊口处理	焊口内挖外25 mm范围打磨
5	点焊要求	点焊焊缝不小于5 mm
6	防风措施	尽量在防风篷内进行
7	禁止焊接	气温低于5℃、湿度≥90%
8	打底氩气流量	12～15 L/min
9	电焊要求	多层盖面时,下层药皮除尽
10	错口	≤0.5 mm
11	焊条烘烤	350～400℃,1 h

序　号	项　目	标　准
12	焊缝外观	无焊瘤、咬边
13	焊缝加强高	1~2 mm
14	检查标准	JISZ3104 一级合格

（2）具体质量措施。管子角焊缝（管板焊缝或在大管上引出的小管子焊缝）采用全焊透结构，氩弧焊打底，电焊盖面，并对底层作 100% 的 PT 或 MT 检验。锅炉的全部管子，即干熄焦锅炉本体，锅炉区域（炉体部分）及泵房汽水管系——从除氧器的低压蒸汽管进口阀、纯水罐的埋地管出口管给水阀地面第一道焊口起至锅炉系统的分汽缸出口阀止，这个范围内的全部管子对接焊缝，角焊缝，管子壁厚≤4 mm 的，用全氩弧焊接，壁厚＞4 mm 的采用氩弧焊打底，电焊盖面。

干熄焦锅炉省煤器，蒸发器由上、下两部分盘管箱组成，其间由现场安装的"联络管"将上、下两部（各两个）盘管箱连接形成整体。这部分管子焊缝处在锅炉的"心脏"部位，管子本身的布置很密，上、下焊口都在同一平面上，焊工施焊操作极其困难。因此对焊接联络管的锅炉焊工要求极其苛刻：必须掌握"左、右开弓"——施焊中任意左、右倒手、一气呵成的高度纯熟技巧。此外联络管及锅炉本体一次阀前的小管子，必须采取"二次焊接成型"焊接工艺，即壁厚＜4 mm 的管子对接焊缝，采用焊两遍——第一遍确保内成形质量，第二遍确保外成形质量，且两遍的起弧点和收弧点不得重合，最小错开 8~10 mm，确保整圈焊缝充分熔合。此外，焊材应采用优质进口焊丝。

（3）管道的冲洗和吹洗操作。锅炉大修后（投入供水之前）必须进行锅炉给水系统管子——从新安装的纯水罐给水管起至锅炉给水阀止——冲洗以清除管道内的锈和杂物。锅炉产气后必须进行蒸汽管道的蒸汽吹洗，以彻底清除锈垢、油污，确保供给干净的蒸汽。

① 管道冲洗要领：给水管系管子安装完成以后，用爆破法进行压缩空气吹扫以后再进行水试压，以后再冲洗。冲洗应能供给纯水罐干净纯水，且纯水本身也洗干净的情况下进行低压给水部分管段的冲洗。冲洗过程中应同时把热力除氧器和除氧器水箱洗干净。锅炉给水主管应在锅炉酸洗之后，投产之前进行冲洗。而锅炉充水管因在锅炉冲洗、试压和酸洗过程中进行了较长时间的大量冲洗，可以不单独进行冲洗。冲洗水全部用专供给锅炉生产用水，冲洗水量应该大于正常的运行最大水量。当出口水澄清，出口水质和入口水质相接近为合格。

② 蒸汽吹扫要领：锅炉的蒸汽吹扫各种炉型基本相同。蒸汽吹扫需设临时管，并在临时管上装设吹扫质量检查靶板。所用的临时管的管子截面应大于或等于被吹扫管子的截面。临时管子应尽量短捷，以减少阻力。吹扫流程应确保每个角落都得到吹扫。

如有可能，锅炉吹管每次吹洗控制在 15~17 min。之后，立即停炉冷却 8 h 以上，再启动，吹洗。同理，蒸汽管道吹洗也如是操作。这是利用热胀冷缩原理，结附于管内壁的氧化铁皮、漆皮或其他紧密粘附物结壳均可在热胀冷缩中松动、下一次吹洗时即可被大量吹掉。如此反复了 3~5 次，一般都可达到汽轮机对蒸汽清洁度的要求。

但是，干熄焦锅炉由于受到系统运行特性的制约，做不到频繁、迅速停炉，只能连续吹洗、排放，其吹管周期比电站锅炉长 5 倍以上（一般需吹 25~30 天），吹管蒸汽消耗量高数十至百倍以上,这是干熄焦锅炉的特殊点。所以在靶组件安装时先不要安装检查铝板,待吹洗接近合格时再装上检查,以避免过多地消耗。

8.2.4 锅炉爆管修理方法

锅炉爆管如图8-3所示。

图8-3 锅炉爆管图示

(1)切断加管法:就是将爆管部位切断一节管子,加一节同等规格相同材质的管子用氩弧焊焊起来。

(2)补洞焊接法:这种方法使用于爆管部位很小的沙眼孔洞,而且孔洞周围无损伤时,将沙眼孔洞打磨处理后用氩弧焊焊起来。

(3)搭桥修理法:因为锅炉内无论省煤器还是蒸发器的联络管都是密麻成层成排,发生爆管位置有些无法直接换管或焊接,而要另外制作一根弯管,绕过其他管子称为搭桥修理法。这种修理法选定切断位置要容易焊接操作。

第9章 干熄焦除尘装置状态维护与检修技术

9.1 工艺与设备

9.1.1 干熄焦除尘工艺简介

在经济日新月异的今天,环保被国家乃至全世界提上议事日程。干熄焦除尘简称CDQ除尘,本体构造见图9-1,属典型的环保除尘。干熄焦的炉顶和炉下的各除尘点由一套除尘系统承担烟气净化工作。每座炉子的炉顶有三个除尘点:装焦槽上盖板排风口,装焦槽侧面排风口和废气放散处排风点;炉下也有三个除尘点:排焦口和两条胶带机的受料点。炉顶排出的热烟气经管道汇合,气温约204℃,用管式冷却器进行冷却后与下部除尘点排出的约60℃含尘气体进行混合,此时烟气温度一般可降到100℃后进入袋式除尘器进行净化。烟气经滤袋净化后通过通风机、消音器、烟囱排入大气中,排放出的烟气含尘浓度将低于环保要求的排放浓度。由除尘器收集的焦粉经过三条刮板输送机和斗式提升机输送到抽灰罐中,定期由吸料罐车运出。

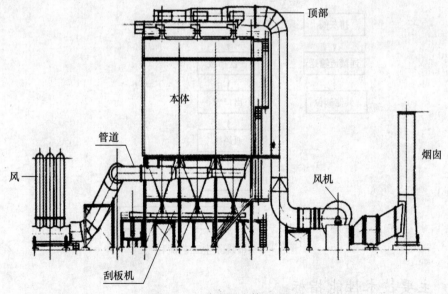

图9-1 除尘器本体正视图

9.1.2 除尘器工作原理

(1)除尘器本体:对含尘气体进行过滤、捕集并将捕集到的粉尘进行排出。

(2)排风机:吸引含尘气体的动力源。其支承采用油浴式滚动轴承,由高压电机通过齿轮鼓形联轴器连接驱动。

（3）集尘罩及管道：集尘罩是收集炉顶放散部、冷却器排出部分及输送机卸料口等部位所产生的含尘气体。

（4）粉尘输送装置：将除尘器本体收集到的粉尘通过双层阀排出至水平刮板机，再通过垂直提升机卸料至粉仓，输送装置由双层卸灰阀通过气缸驱动，定量排出，刮板机、垂直提升机均为全封闭连续运行。

（5）粉尘仓：收集由垂直提升机输送到的灰尘，通过真空吸引泵车进行排出，粉尘仓顶部安装了排气装置及料位检测装置，以确保粉尘不漫溢出来。

9.1.3 布袋除尘器工艺流程

布袋除尘工艺流程见图 9-2。

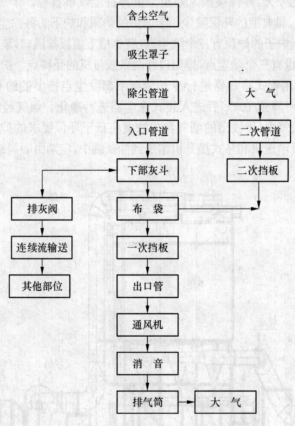

图 9-2 布袋除尘工艺流程

9.1.4 主要技术性能指标

干熄焦除尘系统组成见图 9-3。

1. 除尘器本体系统

除尘器本体系统性能见表 9-1。

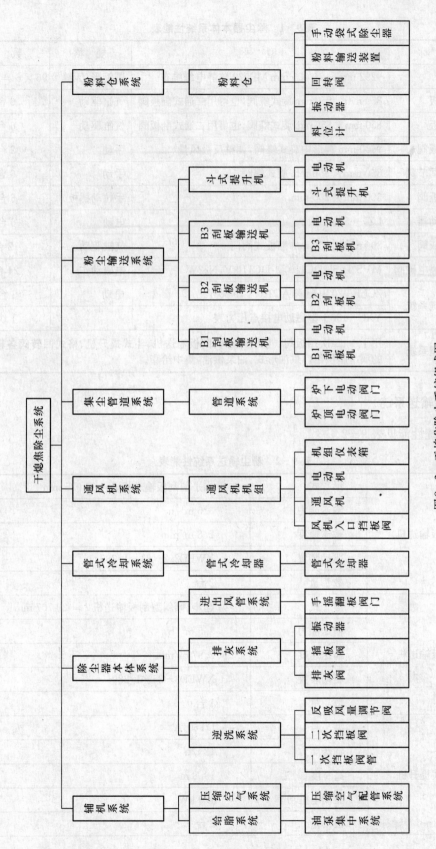

图 9 - 3　干熄焦除尘系统组成图

107

表 9-1　除尘器本体系统性能表

名　称	型　号	规　格	数　量
滤袋	φ292 mm×10 000 mm MP922 防静电纤维布	圆筒形、无缝	96×6＝576 只
一次挡板	850 mm×850 mm 旋式蝶阀，也可用二通式翻板阀	气缸驱动	6 台
二次挡板	850 mm×850 mm 旋式蝶阀，也可用二通式翻板阀	气缸驱动	6 台
手动翻板阀	φ600 mm 圆形中旋式蝶阀，调整反吸风量	手动	2 台
手摇式调节阀	850 mm×850 mm 旋式蝶阀	手动	6 台
手动插板阀	300 mm×300 mm	手拉动插板	6 台
仓壁振动器	LZF—5 型	电动	6 台
气动排灰阀	300 mm×300 mm 翻板式阀门	气缸驱动	12 台
二位五通电磁阀	MVS2D15ADC110 型 DC110 V，N22W	电磁动作	24 台
压缩空气系统	ZCLF-20 电磁阀 AC220 V，N80W	电动	1 台
	YXC-150 Ⅰ型磁助电接点压力表		1 块
集中给脂系统	用于一、二次挡板阀、气动排灰阀、刮板输送机、斗式提升机、格式回转阀各轴承点的润滑脂供给。供油形式：油泵供油，集中给脂。		

(左侧竖排标题：除尘器本体系统)

2. 粉尘输送系统

输送系统性能见表 9-2。

表 9-2　粉尘输送系统性能表

刮板输送机	形　式	水平型刮板输送机 l＝14 025 mm
	输送能力	3.5 m³/h
	输送速度	2.8 m/min
	驱动装置	XWED2.2-84-1/289
	数　量	2 台
刮板输送机	形　式	起步、倾斜型刮板输送机 l＝20 707 mm
	输送能力	3.5 m³/h
	输送速度	2.97 m/min
	驱动装置	XWED3-85-1/289
	数　量	1 台
斗式提升机	型　号	DT60JA
	输送能力	12 t/h
	高　度	19.8 m
	驱动电机功率	4.0 kW
	数　量	2 台

(左侧竖排标题：粉尘输送系统)

	规格型号	Cap-Levei Ⅱ型电容物料计
料位计	安装部位	粉料仓（储灰罐）上部
	数　量	2只
	型　号	LZF－6型 $N = 0.4$ kW
仓壁振动器	安装部位	粉料仓下部
	数　量	1台
	型　号	XG42型
格式回转阀	输送能力	30 t/h
	驱动电机功率	2.2 kW
	数　量	2台
	型　号	吸入式、吸嘴外径 ϕ155 mm
粉料输送装置	安装部位	粉料仓格式回转阀下部
	数　量	1套

（左侧竖排合并单元格：粉尘输送系统）

3. 集尘管道系统

ϕ1 400 mm×L800 mm、功率为0.4 kW的电动阀门4台，用于干熄焦炉顶集尘管道关闭烟气使用。

ϕ300 mm电动阀门8台，用于干熄焦炉下部集尘管道交换吸气点时关闭烟气使用。

4. 通风机机组

（1）通风机：

型式　　　　双吸入式；

机型　　　　2083DIBB50离心通风机；

转向　　　　右0°；

风量　　　　400 m³/h；

压力　　　　5 500 Pa；

转速　　　　980 r/min；

配套设备　　风机入口挡板阀及轴承仪表；

台数　　　　1台。

（2）电动机：

形式　　　　全封闭自冷式1台；

电压　　　　3 000 V；

功率　　　　710 kW；

转速　　　　990 r/min；

配套设备　　轴承上温度仪表、定子测温装置。

（3）挡板气动元件见表9-3。

表 9-3 通风机组挡板气动元件性能表

名称	型号	规格	配管	介质	使用压力/MPa	耐压力/MPa	环境温度/℃	额定电压	电压允许范围	过滤度	润滑油	储油量
气缸	BN-6102			空气	$(1\sim7)\times10^{-2}$	1×10^{-1}	5~60					
二位四通电磁阀	BN-7N43H (10A~25A)	公称直径15A	1/2寸	空气	$(2\sim7)\times10^{-2}$	1×10^{-1}	-10~40	DC 110V	±10%			
速度控制器	BN-2800	公称直径15A	1/2寸	空气	$(0\sim10)\times10^{-2}$	1.5×10^{-1}	5~70					
空气过滤器	BN-2700 (8A~15A)	公称直径20A	3/4寸	空气	$(0\sim10)\times10^{-2}$	1.5×10^{-1}	5~60			40 μm		
调节阀(减压阀)	BN-452B	公称直径20A	3/4寸	空气	1×10^{-1}	1.5×10^{-1}	5~70					
润滑器	BN-5635	公称直径20A	3/4寸	空气	$(0\sim10)\times10^{-2}$	$(0.5\sim6)\times10^{-1}$					JUKR-2	180 ml

110

9.2 除尘装置日常巡检、点检项目

9.2.1 干熄焦布袋除尘器检查与维护方法

干熄焦布袋除尘器检查与维护见表9-4。

表9-4 干熄焦布袋除尘器点检事项

设备名称	检查部位 零部件名称	检查周期	检查项目	方法	基准	备注
除尘器本体	灰斗	1月	粉尘在斗内堆积、粘附	目视	应无明显堆积、粘附	
	一次挡板阀 850 mm×850 mm	6月	两端轴承润滑油注入情况	开启轴端盖检查	注入良好	
		1月	气缸伸出、缩进正常到位	极限开关动作	内部翻板关闭时严密	
		6月	翻板密封性检查	目视	翻板密封	
	二次挡板 600 mm×600 mm	6月	两端轴承润滑油注入情况	开启轴端盖检查	注入良好	
		1月	气缸伸出、缩进正常到位	极限开关动作	内部翻板关闭时严密	
		6月	翻板密封性检查	目视	翻板密封	
	反吸风量调节阀Φ600 mm	1年	翻板旋转正常	目视、耳听	旋转自如、无响声	
		1年	扳把紧定情况	目视	紧定螺栓正常	
	气动排尘阀 300 mm×300 mm	1天	气动排尘阀整体	目视	整体动作良好	
		1月	两端轴承润滑油注入情况	目视	轴端有油渗出	
		6月	翻板密封性及磨损检查	目视	如磨损应更换胶板垫	
	滤袋安装及金属件	1月	滤袋不应下堆、扭转	目视、手感	应伸直、下部不堆、不扭曲	可调上部拉力链子张紧度
		1月	滤袋上下口处紧箍牢固	目视、手感	不松动	可紧固安装箍
		1月	袋子是否破损	目视或观察烟囱排放	无破损痕迹和无烟囱冒灰	
	振动器	1月	振动器安装螺栓的紧固状态	扳手紧固检查	无松动	
		1天	振动音	听感	中等振动声响、无异音	

检查部位			检查项目	方 法	基 准	备 注
设备名称	零部件名称	检查周期				
辅机系统	压缩空气配管系统	1天	配管各部接头处的空气	目视、听感、观察压力表	无压力降、符合压降标准	达到 0.6 MPa 稳定
		1天	各种仪表正常运行	目视	显示、连锁正常	
		1月	减压器调压稳定	目视		
		1月	油雾器喷油	定期注油检查	油路畅通、润滑良好	
		1天	二位五通电磁阀工作	检查阀门动作	气缸能按要求动作	
	集中给脂系统	1天	干熄焦除尘系统各设备供油点	目视及压力检查	达到供油之压力要求	
	插板阀	6月	插板动作与密封	用手拉动	灵活、密封	
	手摇翻板阀 850 mm×850 mm	1年	翻板阀开启、关闭	手摇使翻板动作	开闭均正常	
		1年	减速机工作油注油	目视、手感	机内有油、齿轮转动灵活	
输灰系统	B1—B3 刮板输送机	1月	齿轮减速机检查	听、手感	无振动、温度正常	
		1月	输送机本体、刮板、拉链检查	目视	无振动	
		1月	电动机运转	听感、仪表、手感	电流值正常、声响正常	
		1月	传动链轮、链子运行	目视	均匀	
	料位计（2只）	1月	检查电极头部粉尘粘附	目视、用手锤	电极头部无明显粉尘粘附	粘附严重时应去掉粉尘屑
	振动器	1月	振动器安装螺栓的紧固状态	用扳手作紧固检查	无松动	
		1天	振动音	听感	中等振动、无异音	
	回转格式阀	2月	链轮的磨损	目视、尺测	链子距离变化在2%以内	
		2月	链子下垂	目视、尺测	链轮中心距离变化在2%以内	
		2月	齿轮减速机的检查	手感、听觉	机内有油、齿轮转动灵活	
		6月	格式片的磨损	目视、尺检	与外壳不摩擦	

9.2.2 给油脂标准

给油脂标准见表9-5所示。

表9-5 给油脂标准

给 脂 部 位	润滑方式	油脂名称	给脂点数	给油脂		更 换	
				量/ml	周期	量	周期
风机	油浴	JVKR-2	2	适量	6月	约20 L	1年
风机手动翻版阀	油枪		12	适量	1月	全量	3年
减速机	油浴	20#齿轮油或GEAS-3	1	适量	1月	全量	3年
齿接手	封入	2#锂机脂	2	适量	1天	约8 L	3月
E-1刮板机尾部	集中给脂	2#锂机脂	4	0.4	8 h	全量	2年
E-1刮板机头部	集中给脂	2#锂机脂	4	0.5	8 h	全量	2年
E-2刮板机尾部	集中给脂	2#锂机脂	4	0.3	8 h	全量	2年
E-2刮板机头部	集中给脂	2#锂机脂	4	0.5	8 h	全量	2年
E-3刮板机尾部	集中给脂	2#锂机脂	4	0.4	8 h	全量	2年
E-3刮板机头部	集中给脂	2#锂机脂	4	0.4	8 h	全量	2年
B-1刮板机尾部	集中给脂	2#锂机脂	4	0.2	8 h	全量	2年
B-1刮板机头部	集中给脂	2#锂机脂	4	0.2	8 h	全量	2年
B-2刮板机尾部	集中给脂	2#锂机脂	4	0.2	8 h	全量	2年
B-2刮板机头部	集中给脂	2#锂机脂	4	0.3	8 h	全量	2年
B-3刮板机尾部	集中给脂	2#锂机脂	4	0.2	8 h	全量	2年
B-3刮板机头部	集中给脂	2#锂机脂	4	0.1	8 h	全量	2年
粉尘排出阀	集中给脂	2#锂机脂	4	4.8	8 h	全量	2年
斗式提升机下部中间托辊	集中给脂	2#锂机脂	4	0.8	8 h	全量	2年
斗式提升机下部绞压辊	集中给脂	2#锂机脂	4	0.2	8 h	全量	2年
斗式提升机下部调整压辊	集中给脂	2#锂机脂	4	0.6	8 h	全量	2年
斗式提升机上部轴	集中给脂	2#锂机脂	4	1.0	8 h	全量	2年
斗式提升机上部轴辅助托辊	集中给脂	2#锂机脂	4	0.4	8 h	全量	2年
斗式提升机上部轴逆止器	集中给脂	2#锂机脂	4	0.3	8 h	全量	2年
斗式提升机上部轴上托辊	集中给脂	2#锂机脂	4	0.3	8 h	全量	2年
斗式提升机上部轴调整托辊	集中给脂	2#锂机脂	4	0.6	8 h	全量	2年
尘箱回转阀	集中给脂	2#锂机脂	4	0.3	8 h	全量	2年
刮板机、提升机链轮	手涂		6	适量	1天	全量	2年

9.2.3 日常点检内容及方法

1. 点检时危险因素

危险源:上下楼梯、走道行走跌滑;高空坠物伤人;粉尘污染;风机运行负压吸引,突然关闭检查门引起窒息伤害;袋室内光线差,构件碰擦伤人;CO 中毒;滤袋燃烧引起火灾;设备运行或受程序控制间隔运行,手扎入等引起机械伤害;噪音引起伤害;压力容器及连接部泄漏,压力冲击伤害;蒸汽高温烫伤;触电伤害。

2. 点检顺序及方法

日常点检内容见表 9-6。

表 9-6　干熄焦除尘装置日常点检内容

名　称	作业顺序	作业要素	作业方式
除尘器本体	设备运转中检查		
	除尘设备走道及平台栏杆检查	无缺损、断裂、严重腐蚀	目视
	除尘设备构件检查	无缺损、断裂、严重腐蚀	目视
	除尘器密封状态检查	无泄漏	目视、手摸、耳听
	检修门密封状态检查	无泄漏	目视、手摸、耳听
	灰仓检查	无大量积料	点检锤敲击
	压差管检查	无泄漏、破损	目视、手触
	压差计检查	无破损,差压值 0.5~2 kPa	目视
滤袋	滤袋室停止中检查		
	滤袋泄漏检查	无泄漏、破损	目视、手摸
	滤袋渗透性检查	渗透一般应≤10%	目视、手摸
	滤袋松弛检查	无松弛、脱落	目视、手摸
	滤袋卡箍检查	无松弛	目视、手摸
	袋室底面化板检查	无大量粉尘沉降	目视、手摸
刮板机	设备运转中		
	本体泄漏检查	无泄漏	目视
	驱动链松弛检查	正常(约 0.02 中心距)	目视
	驱动链轮齿磨损检查	正常(≤节距 2%)	目视
	传动轴变形检查	无弯曲变形	目视
	刮板链轮磨损检查	正常(≤节距 2%)	目视
	轴承座异音、振动、发热检查	无异音、无异常振动、发热	用听音棒听,手摸

名　称	作业顺序	作业要素	作业方式
刮板机	刮板链松弛、磨损检查	松弛约为总长的 1/10～1/20,磨损应＜1/3 板厚	目视
斗提机	设备运转中		
	本体检查	无	目视
	驱动链松弛检查	正常(约 0.02 中心距)	目视
	驱动链轮齿磨损检查	正常(≤节距 2%)	目视
	传动轴变形检查	无弯曲变形	目视
	刮板链轮磨损检查	正常(≤节距 2%)	目视
	轴承座异音、振动、发热检查	无异音、无异常振动、发热	用听音棒听,手摸
	斗链料斗卡滞、磨损检查	斗链无卡滞、磨损应＜1/3 板厚、料斗无变形	目视
风机	设备运转中		
	本体密封状态检查	无漏风	目视、手摸
	联轴器运行状态检查	无异常	目视、耳听
	轴承座油位检查	油位线	目视
	轴承座异音检查	无异音	用听音棒听
	轴承座温度检查	＜(环境温度＋40℃)	目视仪表或手感
	轴承座振动检查	＜4.0 mm/s	测振笔测定或手感
	风机、风管伸缩节消音器检查	无开裂漏风、无异常振动	目视、耳听
	排气筒检查	无明显粉尘排放	目视
管道	设备运转中		
	管道磨损检查	无破损严重腐蚀	目视
	管道状态检查	无堵塞、吸风正常	目视、耳听、手摸
	调节阀检查	无破损漏风	目视、耳听、手摸
	支撑构件检查	无脱落、严重腐蚀	目视
储气罐	设备工作中检查		
	储气罐检查	无、无大面积腐蚀	目视
	压力检查	压力 0.5～0.8 MPa 卸荷正常	目视压力表
	阀门检查	无	目视
	压力表检查	无腐蚀	目视
	安全阀检查	无放散	目视

名　　称	作 业 顺 序	作 业 要 素	作 业 方 式
电机	设备工作中检查		
	本体异音、振动、发热检查	无异音、振动、发热	用听音棒听,手摸
	本体连接螺栓松动检查	紧固、无松动	目视
	接线盒松动、密封检查	无松动、密封良好	目视
	引线检查	完好、无破损	目视、手摸
	接地线检查	连接良好	目视
	减速机油位	无、到油位线	目视
料位计	设备运转(停止)中		
	本体	无严重锈蚀	目视
	密封	无	目视
	连接部	紧固、无松动	目视、手摸
	指示	正常	目视
	引线	完好、无破损	目视
	接地线	连接良好	目视
高压电机	设备运转中		
	声音	无异音	用听音棒听
	连接螺栓	紧固、无松动	目视
	接线合松动、密封	无松动、密封良好	目视
	引线	完好、无破损	目视、手摸
	接地线	连接良好	目视
	轴承座振动	<4.0 mm/s	测振笔或手感
	轴承温度	<(环境温度+40℃)	目视或手感
	定子温度	<110℃	目视

3. 设备安装后试车检查

见表9－7。

表9－7　设备安装检查内容

序号	名称	准备确认工作	机械试车方法	电气试车方法
给脂系统	油泵集中给脂系统	管道有无损坏,给脂设备完好无损;确认油泵、电气开关正常;确认给油装置按要求装油脂;除尘器上下部供油点均能得到油脂	将润滑油脂装入油筒;开动给脂泵,油脂能顺利沿油管到达除尘器上下各供油点,保证供油压力;检查全部轴承的供油脂点均有油脂吐出,确保每个轴承得到润滑;检查供油管道的接头三通,弯头有无漏油现象	电器开关由手动操作,启动和停机均安全正常;油泵电机回转方向正确,接线正常

序号	名称	准备确认工作	机械试车方法	电气试车方法
给脂系统	压缩空气配管系统	检查压缩空气系统配管全部冲洗完毕，管道内部清洁；管道总入口处电接点压力计是否可正常工作，接点信号能否发出；油雾器内是否装入润滑油，减压阀是否正常，给电开启总入口处电磁阀，压缩空气进入系统	调整减压阀使进入二位五通电磁阀压缩空气压力达到 0.6 MPa；搬动二位五通电磁阀上手动开关，使压缩空气进入阀门上气缸，观察气缸杠杆动作速度，如气缸动作太快、响声太大，要调节截止阀开启度，控制压缩空气流量，调节油雾器流量，气缸往返动作一次，油雾器能滴出 1～2 滴油即可；压缩空气不得漏气，使配管系统能长期保持 0.6 MPa 压力	检查二位五通电磁阀，接点压力计电器接线是否正常，给电后仪表是否正常，调节点接点压力计上下限接点压力，上限达 0.6 MPa 可向中控室发指令，下限达 0.4 MPa 能向中控室发报警；检查压缩空气总管电磁阀接线是否正常，通电后开关是否灵活
逆洗系统	一次挡板	挡板阀气缸充气后挡板阀门开放；油雾器内加好润滑油，调整压力阀压力为 0.6 MPa，开启阀门检查门，检查内部翻板阀开启状态	手动开启二位五通电磁阀，检查气缸动作速度，调整管道入口上截止阀，可控制给气流量，检查气缸在伸出和缩进的最后阶段有无缓冲性能，如过快或慢均要调节气缸前后室调节螺钉，使气缸动作正常；由电气程序控制系统给二位五通电磁阀送电，检查电磁阀和气缸动作情况	除尘器上有 6 个一次挡板阀，各阀的开闭动作由程序动作控制系统给电控制；一个仓的反吸风清灰过程中一次阀关闭、开启各一次，时间为 160 s（设定值）。6 个一次挡板阀的动作间隔时间由程序控制系统决定，但可根据除尘器的阻力情况延长或缩短动作间隔时间（设定值 225 s）
	二次挡板	挡板阀气缸充气后挡板阀关闭；油雾器内加好润滑油；调整调压气压力为 0.6 MPa，开启阀门检查门，检查内部翻板启、闭情况	手动开启二位五通电磁阀上手动开关，调整管道入口上截止阀；检查气缸在伸出和缩进的最后阶段有无缓冲性能	在一个仓的反吸风清灰过程中二次阀开闭设定为三次，开启20 s 再关闭5 s，反复三次
	反吸风量调节阀	在通风机不运行状态下进行	蝶阀转动灵活，无异常现象；确认蝶阀正常后，将阀门开启 45°，拧紧固定螺栓	
排灰系统	气动排灰阀	确认压缩空气配管系统调试完成；压缩空气压力、流量满足要求	手动二位五通电磁阀上手动开关，检查气缸动作速度，适当调整管道入口上截止阀；检查气缸在伸出和缩进的最后阶段有无缓冲性能；排灰阀阀板按要求动作无大响声，阀板密封良好	上下排灰阀动作各三次
	插板阀	通风机不在运行	手拉推插板灵活自如	
	振动器	振动器安装螺栓是否处于紧固状态；轴端处振动平衡块调到振动力的 30% 左右	启动振动电机，检查动力是否均匀、适当	启动电动机，配合排灰阀卸灰运行，振动时间 85 s

117

序号	名　称	准备确认工作	机械试车方法	电气试车方法
进出风管道系统	手摇翻板阀门 1 000 mm× 1 000 mm	通风机不在运行	用扳手拧开阀板位置的螺栓，手摇动减速机摇把，从开到关，在开启位置上拧紧螺栓	
管式冷却器	管式冷却器	确认通风机不在运行	检查冷却风管与下部主管的密封连接情况，螺栓拧紧；检查孔盲板要安装完毕	
通风机机组	入口挡板阀	运转必须在通风机机组全部调试完毕后进行	检查电动执行机器回转臂与连杆的连接情况；无松动和连杆弯曲等不正常现象；电动执行器供电，检查挡板阀动作情况，开闭均能到位	运行无异常现象后，电气运行状态恢复"联动"控制；电动执行器输出信号4～20 mA
	各仪表	确认风机轴承处2个WZP‐231型铂热电阻处于正常状态；风机轴承振动传感器安装正常	检查风机两端轴承上的振动器、温度计元件；风机运行20 min全面检查测定轴承温度、振动值等并记录；风机轴承温度不超过40℃；风机轴承振动值不大于5.6 mm/s	全面检查电气开关和仪表处于正常；用操作盘上电气开关启动电机，检查通风机的回转方向是否符合风机叶轮的回转方向
	电动机	确认电动机两端轴承测温传感器安装正常；电动机定子测温元件接线正常	运行20 min全面检查，记录轴承温度和定子温度上升情况；设定轴承和定子温升和停机报警参数；	严格作好启动和检查工作；试运转阶段内不可频繁启动电动机
	机组仪表箱	掌握仪表的作用和性能		按说明检查设定情况；安全防护检查；确认接线相符
	电动阀门	确认阀门安装完毕	检查阀门两端法兰连接密封合格，用手盘车旋转阀门无声响，开闭正常；注好油脂	开启阀门电动执行机构，检查阀门开启和关闭状况
	刮板机	确认刮板机链轮和链子安装正常、张力良好；各轴承注油完毕	手动盘车后启动输送机，确认连续运转时无异音，连班运行稳定；链轮和链条有充足的润滑油，并适当调整链子张力；刮板机轴承温度检查；调整链条张紧度防止链子过松，链板堆积	启动刮板机无异常现象；确认电机回转方向和刮板机运行方向；检测电机电流值
粉料输送系统	斗式提升机	检查内部胶带张力情况，各轴承注油完毕	确定提升机防逆转设备性能正常；胶带张紧度正常，料斗排列正常，无损坏现象；胶带与轮子接触正常，无跑偏现象	电气操作箱上提升机开关启动，确认无异常；连续运行提升机，检查电机电流值；检查速度检知器在速度变化时能否发生信号

序号	名　称	准备确认工作	机械试车方法	电气试车方法
粉料仓	料位计、手动袋式除尘器	仓内无异物,料位计安装调试完毕	用手接触料位计检测棒的顶端,接触时指示灯亮,脱离灯灭;手拉动袋式除尘器抖动连杆,效果良好;布袋安装牢固	无
	振动器	确认振动器安装螺栓处于紧固状态;将轴端振动平衡块调到振动力40%左右	启动振动电机,检查振动力是否均匀(仓内有料音大,无料音小)	启动和停止振动器,无任何异常现象
	回转格式阀	确认驱动链张紧度正常;手盘车格式阀正常旋转;料仓内无异物;格式阀轴承注油	回转格式阀连续运转,轴温正常	启动格式电机、停机均正常
	粉料输送装置	检查粉料输送系统配管、阀门、止回阀正常;排料管端部接头符合要求,确保吸料时不漏风	仓内粉料消拱后,启动回转格式阀,用料车进行吸料,正常为合格	无

9.3　日常检修技术

9.3.1　输灰系统日常检修

干熄焦除尘器日常检修装置有:刮板输送机、斗式提升机、储灰罐及吸引装置。

1. 刮板输送机检修技术

刮板输送机检修分头轮、尾轮刮板链及整机更换。

(1)头轮检修又分机械和电气部分。机械部分:先用气割或扳手拆除螺栓,刮板链拆除;利用拴挂安全可靠的链条葫芦取出头轮组件;更换头轮、更换主传动链轮;头轮组件回装,刮板链回装;主传动链回装。头轮组件安装必须保证中心位置的安装精度。

电气部分先拆除地脚螺栓,电机检查,如损坏则先拆除电机电源线,更换电机。

(2)尾轮检修:拆除轴承座螺栓,取出尾轮组件;更换尾轮;保证尾轮中心线。

(3)刮板链更换:取出刮板链,新刮板链组装后用钢丝绳和链条葫芦回装刮板链。

(4)整机更换:在地面将刮板机箱体组装好,找准吊点挂葫芦,拆除底座螺栓,用气割将水平刮板机整机分解吊下;新刮板输送机回装,上好主传动链条,调整刮板机,使其不刮机壳,刮板链松紧适中,传动链松紧适中,送电试车。

技术要求:头尾轮中心对称度 8 mm,链条与机组槽最小间距 10 mm,机槽法兰内口错位 2 mm。水平度不超过 0.4 mm,直线度 0.3/1 000。

2. 斗式提升机检修

斗式提升机检修包括头轮、尾轮及皮带检修。

(1) 头轮检修:打开顶部,点检孔及传动部件;拆除头轮轴承座盖、左右张紧轮等;检查各部位磨损、缺油、啮合情况;如有故障,及时排除;更换回装、修理、调整、增补油脂。

(2) 尾轮检修:打开尾部点检孔,排除积灰;拆除压紧轮,调整辊、尾轮、尾轮轴、中间辊;检查各部位磨损、缺油、装配情况;如有故障,及时排除;回装修理,调整更换、增补油脂。

(3) 链带检修:打开头部、中部、尾部点检孔;检查链带、灰斗磨损、变形、老化情况,查看有无磨损、灰斗缺损,进行修理更换;调整修理头、尾轮,恢复试车,保证不刮斗、无异音。

(4) 斗式提升机整机更换:核对设备尺寸及型号规格,先在地面将斗链和灰斗进行组装,并将检修平台按要求组装在斗提机外壳箱体上;拆除与原旧斗提机相关连接部位,用吊车配合吊出斗提机外箱、头轮及斗链,回装新斗提机,校好运转系统、壳体垂直度,然后焊接回装下灰管,校正电机,恢复人孔门,试车运行。

技术要求:主轴水平偏差 0.3/1 000,上下轴偏差 4 mm,垂直偏差 7 mm。对机体的变形及驱动轮主轴的水平度进行测量、校正,壳体直线变形测量,壳体长 10 m 以下,变形量为±8 mm,20 m 以上变形量为±15 mm,主轴水平度 0.5°。使用的工具主要有:300 mm,精度为 0.02 mm,用水平仪、钢尺、磁力线坠进行检测。

(5) 提升机电机检修。

施工方法:吊车就位,拆除原有设备(传动链等)、电机、电缆槽架(根据具体情况考虑是否需要拆除)、管道等,并放到指定位置;安装新管道、槽架、电机,校正电机链轮与斗提链轮平直度符合标准;挂好传动链;接好电源;经点检、生产确认后摘除停电牌,电源复位;进行试运;观察电机是否正常运行,清理周围废弃物。

技术要求:电缆槽架、管道必须横平竖直,电缆在管道中不得有接头,电缆管道焊接应牢固,做好跨接线;电机应有可靠的接地;螺栓紧固,不得有松动现象,电机接线端子应密封,防止渗水。

3. 储灰罐检修

(1) 过滤装置检修:打开人孔,检查布袋张紧是否合理,如需要进行更换;检查调整机构并修理,调整机构灵活,牢固,关闭人孔。

(2) 料位计检修:探头检查,修复,探头安装合理,反应灵敏;如需要则整体更换,恢复。

(3) 振动马达检修:拆除检查振动摆片,修理,摆片安装合理,电气部分检查、修复;马达安装牢固。

(4) 储灰斗检修:排除积灰,打开人孔,及时清理残留灰,检查本体破损,确保无泄漏。如有缺陷进行补漏。

4. 吸引装置检修

保证吸灰管无堵灰现象,检查故障并排除,保证动作灵活,各传动轴承清晰、加油,保证阀板旋转灵活;密封完好,螺栓紧固;传动链调整,电气调整恢复,试运转。

9.3.2 本体检修技术

本体是整个除尘检修的重点,主要部分有:滤袋室、灰仓、管道阀门、双重阀。检修标准如下：

（1）滤袋室：花板严密无漏灰，吊挂件要牢固，布袋合理，无破损。发现冒灰立即派人捉漏，若花板有漏灰现象，则先查出漏灰点后用钢板补焊；吊挂件松脱则换上新的吊挂件；如发现布袋破损，更换新布袋。

（2）灰仓：导流板固定件牢固，仓壁无破损、漏灰，振动电机正常。发现异常情况进行检查，修理或更换。

（3）管道阀门：阀门开关到位，密封良好，动作灵活，手动轻松；管道无堵塞、无漏风现象。如有损坏则更换阀门。

（4）双重阀：气缸检查，双重阀密封及壳体检查，保证动作灵活，无冒灰、漏气现象；电磁阀动作灵敏可靠。如有损坏则更换修理气缸、双重阀、或者电磁阀。

9.3.3　风机安装更换检修技术

风机是除尘系统的关键设备，轴承及叶轮更换质量尤为重要。主要分为分解、找正、安装、调试四个阶段。

工机具准备：梅花扳手 17～19、22～24、36～41 mm，榔头，撬棍，液压拉马，铜棒，游标卡尺，百分表，磁力表架，块规，氧气、乙炔表，手拉葫芦，卸扣，钢丝绳，50 t 汽车吊。

材料准备：铜片，溶剂油，砂布，锉刀，破布，氧气、乙炔。

1. 分解

（1）解体前将准备好的工机具进行清理，对更换的新轴承、叶轮进行仔细的检查、核对，是否符合要求。

（2）关闭风机进、出口管路中的阀门及冷却阀门，切断风机电源，挂好安全确认表等。

（3）拆除连接螺栓及管道，轴承座拆除，用吊车将上机壳和转子平稳吊出，防止撞坏。

（4）拆除时将拆卸的机壳作好记号，便于回装时尽快复原。

（5）将拆卸的机件逐一进行清洗，除去污垢，清洗完后用干净布包好。

2. 找正

（1）找固定端子轴承座平面，用框式水平仪检查找正，并紧固轴承底座螺栓。

（2）以固定端子轴承座平面为标准，用经纬仪找正浮动端轴承平面，找正后紧固轴承底座螺栓。

3. 安装

（1）安装风机两端主轴承及联轴器，应使用热装配，使轴承油温度不得超过 100℃。

（2）原轴承及联轴器卸下时，严禁用气割及重锤打击，应用拉马或千斤顶拆下，同时用铜棒轻轻敲击。

（3）起吊风机转子，为保证水平状态，一端应采用手拉葫芦调整。

（4）安装风机主轴转子，应检查转子是否在水平位置，用水平仪找正。

（5）采用压铅法检查两端轴承与轴承座配合间隙并作好记录。

（6）安装联轴器前必须找正风机转子与电机的同心度。

（7）安装上机壳时，管道恢复。

4. 调试

（1）调试前将风机内的一切杂物清理干净，两端轴承添加润滑油。

（2）检查各阀门、挡板、排灰装置等设备是否完好。

（3）试车时，检查风机两端轴承的温度、振动、噪音等并作好记录。

（4）检查油漆气割时所伤害部分。

（5）确认试车成功后进行保温工作。

技术指标：风机叶轮更换后的振动值不超过 $50~\mu m$，振动加速度不超过 $2~mm/s^2$，噪音不超过 $50~dB$，轴承温度不超过 $50℃$；叶轮外缘径向跳动 $\leqslant 4~mm$，叶轮外缘轴向跳动 $\leqslant 5~mm$；联轴器外缘径向跳动 $\leqslant 0.02~mm$，联轴器外缘轴向跳动 $\leqslant 0.01~mm$；主联轴器径向跳动 $\leqslant 0.01~mm$，轴向跳动 $\leqslant 0.02~mm$；主轴纵向水平度偏差 $\leqslant 0.2~mm/m$。同心度：刚性联轴节径向、轴向为 $\pm 0.01~mm$，弹性联轴节径向、轴向为 $\pm 0.05~mm$；滑动轴承温度不高于 $65℃$，滚动轴承温度不高于 $70℃$。

9.3.4 滤袋更换检修技术

1. 施工前准备

发现烟囱有冒灰现象，用排除法检查：每个舱室逐一检查，逐一关闭风口阀门，如发现在本体内，先打开舱室，让室内空气流通，当室内空气达到要求后进入舱室检查，若损坏严重则应对部分布袋或者整个舱室布袋全部进行更换。

（1）将需安装或更换的滤袋逐条检验其尺寸、布面及缝制质量，确定无误后方可安装。

（2）对滤袋的连接件进行检查，确认滤袋悬吊装置、袋帽、抱箍等无焊疤、毛刺，完好无损。

（3）装袋工机具准备及安全防范工作如 CO 测试仪、安全带等。

2. 检修维护管理

布袋的安装要控制其垂直度、松紧度、卡箍夹紧度等。

（1）对设备老化部分进行修理或更换；阀门及管道等部位若磨损严重，根据现场情况进行更换或修理。不定期对除尘器各部位进行检查，到周期的部件及时进行修理或更换。

（2）对布袋除了实施状态管理，还进行非周期管理；周期到了的布袋首先检查监测数据，根据数据判断布袋的运行阻力、破损情况，然后再现场确认，保证更换的准确性。

（3）布袋的请购必须把好三关：点检必须把好布袋的状态关，组长把好请购的确认关，作业长把好审核关。同时要求每次请购厂家都要提供布袋性能的监测数据以判断是否合格，重点要求透气率为 $8 \sim 11~cm^3/(cm^2 \cdot s)$，断裂强度经向 $\geqslant 3~100~N/50~mm$，纬向 $\geqslant 2~100~N/50~mm$，断裂伸长率经向 $< 25\%$，纬向 $< 20\%$。

（4）新布袋安装前点检员和技师现场检查布袋的缝制情况，重点检查布袋的形状（经向是否有拼缝）、门幅、重量、厚度情况等。布袋的更换安装必须严格遵守操作规范，保证安全可靠，延长布袋的寿命。

3. 滤袋安装

（1）拆卸的旧袋必须按要求装入指定袋中，防止粉尘二次污染，从专用落袋管放下，或用绳索捆好后吊下,严禁高空抛物。吊索悬吊滤袋时不能磕碰邻近滤袋除尘器边壁。

(2)滤袋与滤帽下部短管连接安装时,保证尺寸服帖平整,抱箍必须卡紧压下,防止脱落。滤袋吊装后,需予以张紧,初装张紧力为35~45 kg,用50 kg的弹簧秤核定。袋室内必须清扫干净,腐蚀磨损处进行处理和修理。

(3)初装滤袋经2~3周运行后,由于滤布本身的预张力在悬吊、滤袋涨缩及粉尘附着等力的作用下产生松弛,需及时调整,再次张紧,保持滤袋挺直。

(4)在定修与日常巡视时,随时调整松弛滤袋,避免与邻近滤袋、除尘器边壁磕碰而磨损、毁坏。

9.3.5 给油脂系统检修技术

给脂系统包括电动润滑泵、管路系统、油分配器、给脂点。系统结构见图9-4。

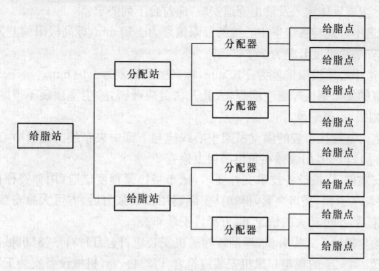

图9-4 给脂系统结构图

电动润滑泵:进行给脂情况检查,不能有渗漏现象,密封情况良好。

管路系统:先对管路渗漏、堵塞情况进行检查,确认后进行更换。

油分配器:检查渗漏、密封情况,打开清洗油分配器,对损坏、无法修复的部分进行更换。

给脂点:全面检查给脂点渗漏情况,打开清洗给脂点,然后回装。

9.3.6 除尘管道系统检修技术

除尘管道系统包括管道、电动蝶阀、手动蝶阀。结构见图9-5。

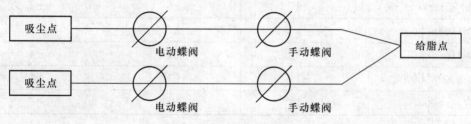

图9-5 管道布置图

123

管道部分:检查管道系统漏风、磨损、集灰情况,对漏风、磨损处进行补焊;对集灰采取通风措施;对漏风、磨损情况严重的管段进行更换。

电动蝶阀:检查电动蝶阀是否漏风,开关灵敏程度,如需要对电动头、蝶阀进行更换。

手动蝶阀:检查手动蝶阀是否漏风,开关动作灵敏程度以及到位后是否变动,如需要则更换手动机构、蝶阀。

9.4 安装验收方法及标准

9.4.1 布袋除尘器安装

(1)布袋除尘器气体输入及输出管道安装,应符合下列要求:

① 入口管道中心线与各袋室中心线的极限偏差为±10 mm,标高极限偏差为±10 mm;

② 调节阀安装水平度公差为2/1 000;

③ 出口管道中心线极限偏差为±10 mm,标高极限偏差为±10 mm。

(2)除尘室的外壳钢板焊缝应满焊,人孔及法兰应严密,除尘室顶板不得漏水,在启动除尘风机时检查侧板,不得漏风。

(3)除尘室上部悬挂布袋的横梁吊架中心线应与下部中央布袋的短管中心线相重合,公差为布袋长度的1/1 000,用线锤在每组吊架上检查2~3个点。

(4)布袋安装前,应按设备技术文件要求,做布袋拉紧程度试验(用弹簧秤挂上布袋链条张拉)。布袋要均匀紧绷,袋口夹紧,得知其实际需用拉紧张力后,方可大批安装;并要求在全部焊接工作结束后,不再动火的情况下,方准许安装布袋。

(5)布袋除尘器的斗式提升机,埋刮板输送机安装应符合 TJ231-78《机械设备安装工程施工及验收规范》第三项的规定。风机安装应符合 TJ231-78《机械设备安装工程施工及验收规范》第二篇的规定。气动装置应符合 YBJ-207-85《冶金机械设备安装工程施工及验收规范液压、气动和润滑系统》的规定。

9.4.2 除尘管道安装

(1)现场加工的除尘管道公差,见表9-8。

表 9-8 除尘管道安装公差表 单位:mm

管道直径(D)	圆 度	周 长	端面直角度
<1 000	±4	±6	±2
>1 000~2 000	±6	±8	±3
>2 000~3 000	±8	±10	±4
>3 000~4 000	±10	±12	±5
>4 000	±12	±14	±6

(2)除尘管道安装应符合下列要求,示意图见图9-6。

① 相邻管道的错口偏差 A 不得大于0.2管壁厚度;

② 相邻管段的纵向焊缝应相互错开不得小于 100 mm；

③ 相邻横向环形焊缝间距不得小于 300 mm；

④ 支管在主管上的开孔位置不宜在焊缝上，其间距不得小于 50 mm。

(3) 除尘管道焊接应符合 GBJ236-8《现场设备工业管道焊接工程施工及验收规范》Ⅳ级焊缝的规定，检验方式为外观检查。

(4) 除尘管道现场安装：

① 除尘管道托架及支架纵向、横向中心线极限偏差为±10 mm，托架及支架标高以管道中心线为准，极限偏差为±10 mm，支架安装铅垂度公差为 1/1 000；

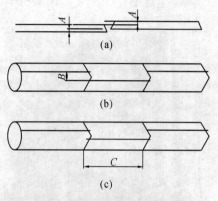

图 9-6　除尘管道组装示意图

② 除尘管道安装纵向、横向中心线极限偏差为±20 mm，管道标高极限偏差为±20 mm；

③ 除尘罩安装位置以设备安装位置为准，其纵向、横向中心线极限偏差为±20 mm，标高极限偏差为±20 mm；

④ 除尘管道的耐磨衬里浇注料配合比符合设备技术文件规定，浇注应饱满，浇注时及浇注后上部排气孔应打开。

9.4.3　除尘设备试运转

(1) 布袋除尘器辅助设备试运转应符合下列要求，流程图见图 9-7。

① 灰斗的振动器振打 2～3 rain 振打正常；

② 双重排灰阀操作 5 次，动作灵活，程序准确；

③ 除灰埋刮板输送机、斗式提升机无负荷单位试运转 2 h，运转平稳；

④ 粉尘贮槽的加湿机，排料机无负荷单体试运转 1 h 运转正常，喷水装置试验正常；

⑤ 风机连续运转 4 h，出口挡板及风道的切换阀，逆压阀各操作 5 次，动作灵活行程及开度准确。

(2) 布袋除尘器整体无负荷试运转应符合下列要求：

① 机侧操作运转 4 h；

② 各种模拟故障试验应符合设备技术文件要求（包括斗式提升机、埋刮板输送机、双重阀、逆压阀、切换阀故障试验，空气压力警报试验、粉尘槽料位信号试验等）。

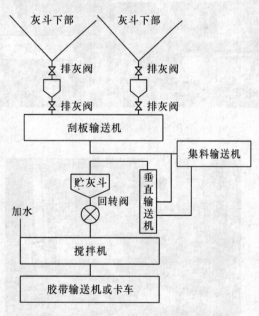

图 9-7　除尘器粉尘排出装置流程

(3) 滤袋的压力损失静压测试应符合设备技术文件要求。

(4) 检查布袋除尘器本体的漏泄情况，应符合相关技术规程的规定。

附除尘器图片(图9-8,图9-9,图9-10,图9-11,图9-12,图9-13)。

图9-8　除尘器本体图

图9-9　储灰罐立体图

图9-10　除尘管道图

图9-11　斗式提升机

图9-12　水平刮板机

图9-13　减速机

第 10 章 干熄焦露天钢结构厂房 状态维护与检修技术

干熄焦厂房是单跨多层露天钢结构厂房,每层都布满了各种规格设备,尤其其上部(41 m处)运行者体积庞大、重量达 350 t 左右(自重加吊重)的装入吊车。这种动载荷的常年运行和各种原因对干熄焦厂房造成的腐蚀,如果不加强维护很容易造成厂房钢结构过早疲劳,不堪重负,发生故障。根据我们对使用 20 多年的干熄焦厂房钢结构维护经验和加固实践,形成了钢结构厂房状态维护和加固技术,确保了露天钢结构安全使用。

10.1 钢结构厂房日常巡检内容与周期

10.1.1 巡检内容

(1)检查钢结构厂房杆件及联接板损伤情况、焊缝质量、连接螺栓(高强螺栓和普通连接螺栓)的松动和损坏情况。

(2)检查钢结构杆件弯曲变形、折损、腐蚀程度、松动、焊缝有无裂纹。

(3)检查框架柱子的垂直度。

10.1.2 点检周期

(1)对连续使用 15 年以上的钢结构厂房,每年度对钢结构上螺栓、螺母松动,杆件腐蚀程度进行检查。

(2)对连续使用 15 年以下的钢结构厂房,每 2 年对钢结构上螺栓、螺母松动,杆件腐蚀程度进行检查。

10.2 钢结构厂房日常维护

(1)部分钢结构杆件油漆缺损出现腐蚀时进行油漆补刷。

(2)部分钢结构杆件变形弯曲的要进行更换,如更换处理达不到要求,可进行加固处理。

10.3 干熄焦露天钢结构厂房加固前勘察

厂房总体设计、使用情况调查

(1)主要调查厂房的设计、施工、使用情况以及厂房的生产工艺和工作环境,复核厂房结构构件和节点的形式和尺寸,对厂房结构和支撑系统的使用状况进行初步检查,确定厂房结构的计算简图。

初步调查的主要途径包括:查阅原始设计图纸、计算书等技术资料,寻访有关技术、管理人员,现场勘察等。

(2) 现场实际情况,按以下几项基本工作步骤进行:

① 调查检测:对框架、构件的变形、磨损、锈蚀和松动情况作全面检查;对框架跨度、沉降、柱底标高、各层梁顶标高、钢柱垂直度等进行测量,并将测得结果与竣工时的数据进行比较分析。

② 分析计算:根据结构实际工作状况,利用空间有限元方法,分析结构的力学性能,校核厂房结构构件的承载能力,计算厂房结构的位移和变形,分析确定厂房所存在问题的主要原因。

③ 鉴定评级:根据国家标准《工业厂房可靠性鉴定标准》GBJ144-89,分层评定结构体系的可靠性等级以及整个厂房的可靠性等级,并将可靠性不满足国家现行规范的结构构件一一列出。

④ 加固设计:针对厂房所存在的问题,制定合理有效的维修、加固方案,在制定加固方案的同时要兼顾生产、施工。要求加固方案不仅技术先进、经济合理、加固效果良好,还要尽可能不影响生产,方便施工。钢结构厂房加固方法一般是加大杆件受力横截面或改善钢结构杆件受力情况等。

10.4 钢结构厂房加固案例:宝钢一期干熄焦框架加固

1. 概述

宝钢一期干熄焦框架为露天建筑,没有围护结构,框架长 108 m,宽 11.5 m,高 52.5 m,最高处标高为 56.25 m,在标高 41.25 m 处各设有两台 63 t 钳吊,这两台钳吊负责 4 座干熄焦炉的装料。干熄焦的主框架采用单跨钢结构框架,纵向共 9 排框架,设置 2 道柱间支撑,支撑设计在两端的检修跨,框架上部为钢结构框架,下部为钢筋砼框架,其中①②③⑦⑧⑨轴框架,标高 3.750 m 平台以上为钢结构框架,以下为钢筋砼框架。④⑤⑥轴框架,标高 10.220 m 平台以上为钢结构框架,以下为钢筋砼框架。横向钢框架,在柱脚至标高 31.825 m 处设有支撑。顶层标高 56.250 m 处设有两台 7.5 t 的检修吊车。由于框架的刚度相对较差,钳吊运行时,整个框架晃动厉害,人站在标高 41.250 m 平台上,有明显的晃动感觉;纵向柱间支撑刚度较弱,吊车在运行时,标高 41.250 m 平台以上的柱间支撑颤动较严重。因柱间支撑杆件较小,部分杆件已松动、断裂,使框架失去了空间协同作用。采用等截面工字形钢吊车梁,其制动系统由制动桁架、辅助桁架、水平支撑和垂直支撑组成,见图 10-1 所示。

由于框架的刚度相对较差,装入吊运行时,整个框架晃动厉害,因支撑杆件较小,部分杆件已松动、断裂,使框架失去了空间协同作用。框架柱子的垂直度也已发生不同程度的倾斜。有些钢结构自身刚度不够和钢梁及连接板变形、腐蚀较大(见图 10-2),对设备正常运行构成严重威胁。针对上述情况,要对整个框架系统进行加固,以确保 CDQ 安全顺利地运行。

通过对吊车梁及其制动系统的复核和检查发现吊车梁出现以下问题:

(1) A,B 列③~⑦轴线吊车梁支座处的调整垫板大都脱落,高强螺栓沿吊车梁纵向歪斜,吊车

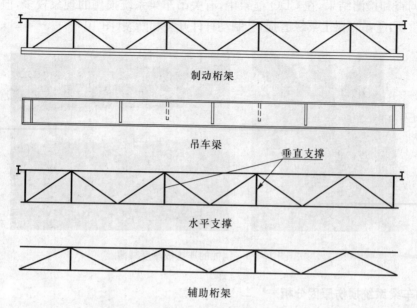

制动桁架

吊车梁

垂直支撑

水平支撑

辅助桁架

图 10-1　吊车梁系统形式

梁成悬空状态,相邻吊车梁标高差异突出,钳吊运行时,吊车梁上下跳动,其中④～⑥轴线严重。

（2）A,B列②～⑧轴线吊车梁上翼缘与轨道连接面严重磨损,形成凹槽,凹槽平均深度 10 mm,最深达 14 mm,B列相对严重。

（3）柱子向 B 列外侧侧移,中间侧移量大,两端侧移量小,呈鱼肚状,吊车梁中心线也随之弯曲变形,轨道蛇行严重,轨距严重超标(见图 10-3)。

（4）吊车啃轨现象严重,钳吊走行轮经常损坏。由于压轨器是直接焊死在吊车梁上翼缘,吊车梁弯曲变形后,轨道的直线度无法调整,加上吊车梁形成凹槽后,轨道在凹槽内,使压轨器无法卡紧轨道,轨道松动明显,钳吊运行时,轨道窜动严重,有个别部位的轨道已经断裂(图 10-4)。

图 10-2　立柱与梁连接板的锈蚀情况

图 10-3　柱与梁的侧移

图 10-4　制动梁严重锈蚀

根据调查和检测结果,在 CDQ 框架中,有关吊车梁系统损伤的现象较多,但有两个损伤现象比较重要:①吊车梁上翼缘磨损;②制动杆件开裂和断裂(图 10 - 5)。

图 10 - 5　锈蚀的连接板厚度减薄

2. 吊车梁系统损伤原因分析

针对吊车梁上翼缘磨损以及制动杆件开裂和断裂这两个损伤现象,我们进行了综合分析,图 10 - 6 给出了吊车梁系统损伤的因果关系,下面对其作详细说明。

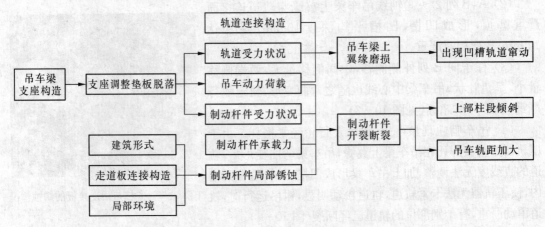

图 10 - 6　吊车梁系统损伤因果分析

3. 改造框架及加固处理

(1) 吊车梁支座的构造。吊车梁采用平板式支座,吊车梁的支座下并无调整垫板,仅设有固定垫板,垫板四周与柱段的顶板相焊,调整垫板是在安装、使用过程中,为调节轨顶标高而增设的。

首先,吊车梁的支座下宜设一块垫板,另增设专门的调整垫板将增加传力的环节,施工和后期维修时必须保证调整垫板与原垫板的连接可靠;但在改造之前,吊车梁的支座下实际上设置了多层调整垫板,而且在同一支座处,两吊车梁调整垫板的设置还是相互独立的。

其次,吊车梁的支座处作用有一定的纵向水平荷载,包括吊车和温度作用产生的纵向水平荷载,改造前所发现的支座螺栓沿吊车梁纵向歪斜的现象,便与垫板处的纵向水平荷载有关。

130

在改造前(包括改造后)的支座构造中,支座处的纵向水平荷载实际是由支座垫板承受和传递的,这较容易造成垫板的滑动和脱落。所有垫板进行相互间断焊接,并整体与吊车梁支座焊接,以防垫板的滑动和脱落。

第三,作为一种预防措施,调整垫板的中间宜开螺栓孔,并用高强螺栓将垫板、吊车梁下翼缘、柱段顶板整个连接起来,特别是当调整垫板由多层钢板组成时。

吊车梁支座实际的构造形式存在较大的缺陷,这是导致调整垫板大范围脱落的根本原因,其他可能的诱发原因包括调整垫板的连接不可靠、多层调整垫板上作用有较大的纵向水平荷载、吊车实际的运行状况不良等,而支座垫板脱落的范围也正是吊车运行的区域,即③～⑦轴线,特别是④～⑥轴线。调整垫板的脱落对吊车梁、制动系统和轨道的受力有较大的影响。首先,吊车梁及其制动系统将转变为悬挑于框架柱上的空间结构,实际使用过程中也确实发现在无吊车时吊车梁是悬空的,因此在吊车通行时,吊车梁及其制动系统将承受额外的扭矩,这将增大制动杆件和垂直支撑中的拉应力。其次,轨道将处于不利的受力状态中,特别是当同一支座处仅有一侧的调整垫板脱落时,支座处的轨道将承受很大的剪力。调整垫板的脱落还将增大吊车的冲击荷载,包括竖向和水平荷载,相当于增大了吊车竖向和水平荷载的动力系数,这对吊车梁及其制动桁架的受力有较大的影响。

(2)轨道连接形式改造。改造之前,压轨器和轨道与吊车梁的上翼缘都是直接接触的,未设橡胶垫层,其中压轨器直接与上翼缘相焊,未采用螺栓连接的方式,见图10-7。

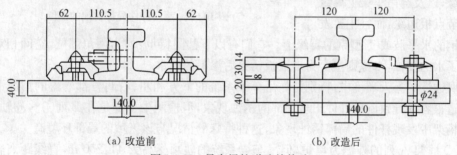

(a) 改造前　　　　　　　(b) 改造后

图 10-7　吊车梁轨道连接构造

这种构造最大的缺陷是吊车梁上翼缘会遭受轨道的磨损,其摩擦力来源于吊车竖向荷载和水平荷载的共同作用。由于轨道和压轨器沿横向几乎没有滑动的余地,而轨道在实际的使用过程中有纵向的窜动现象,因此轨道受到的摩擦力应是纵向的滑动摩擦力,其数值接近于静摩擦力的最大值。根据实测结果,吊车满载时最大轮压的平均值为 333 kN,而钢材与钢材之间的静摩擦系数一般为 0.10～0.20,因此在一个车轮的作用下,轨道受到的摩擦力约为 33～67 kN,其效果大约相当于 1 个 8.8 级 M20 的高强螺栓产生的单面摩擦力,其中的大部分将作用于吊车梁上翼缘表面一个局部的范围内。吊车梁上翼缘遭受磨损、形成凹槽的现象主要出现于吊车运行频繁的②～⑧轴线,其主要原因应是上翼缘长期受到的轨道摩擦力。

图 10-7 吊车梁轨道连接构造改造前的另一缺陷是轨道中存在一定的轴力。图 10-8 是在 1 组(2 个)车轮作用下,轨道受力的示意图,吊车的纵向水平荷载主要由两部分来平衡:轨道中的轴力、轨道与吊车梁上翼缘之间的摩擦力。实测的吊车总的纵向水平荷载为 320 kN,它们实际上主要是由 2 组(4 个)制动轮传递的,平均每组传递的纵向水平荷载为

160 kN，因此在 1 组制动轮的作用下，轨道中的轴力约为 26~94 kN。如果在轨道下设置橡胶垫层，由于钢材与橡胶之间的静摩擦系数上升为 0.5~0.7，因此轨道中几乎没有轴力。

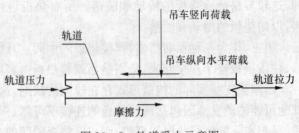

图 10-8　轨道受力示意图

采用改造前的连接构造时，轨道中的轴力并不大，不会造成轨道的窜动，导致轨道窜动的主要原因应是吊车梁上翼缘的严重磨损。

（3）制动杆件的局部锈蚀。CDQ 框架处于工业环境中，腐蚀性介质的含量相对较高，而年平均相对湿度又很大，达到了 80%，对钢材具有中到强的腐蚀性，这是在长期使用后，CDQ 框架的水平构件普遍出现锈蚀现象的主要原因。但是，导致吊车梁制动杆件出现局部锈蚀现象的原因还有两个：走道板的连接构造，制动杆件的局部环境。

走道板与制动杆件的连接构造见图 10-9，检测中所发现的制动杆件的局部锈蚀现象，主要出现在支承走道板的 Z 形连接件边缘，以及与吊车梁上翼缘连接的节点板边缘，而且主要发

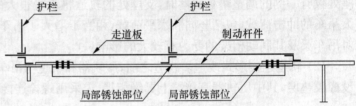

图 10-9　制动杆件局部锈蚀的部位

生于角钢的水平肢或 T 型钢的翼缘上。它们有以下共同特点：均为阴角部位，空间相对封闭，都受到了水的浸蚀，水源则主要为走道板锈穿后渗漏的雨水。

在腐蚀性的露天环境中，特别是在吊车梁系统的下方和左、右两方都暴露的情况下，这种连接构造很容易导致制动杆件出现局部的锈蚀现象，但检测中主要是在 B 列④~⑥轴线范围的制动桁架中发现杆件的局部锈蚀现象，这种特殊的情况与该区域的局部环境有关。

CDQ 框架 A 列的外侧为焦炉，但吊车梁系统的轨顶标高为 41.250 m，直线距离较远，焦炉的排放物不会造成 A、B 列吊车梁系统的局部环境产生较大差异，但 B 列一侧则与熄焦炉的冷却系统衔接，B 列的吊车梁系统不仅与熄焦炉的距离较近，且位于其上方，直接受其排放物的影响，而 A 列的吊车梁系统一方面距熄焦炉的冷却系统较远，另一方面受到标高 31.870 m 平台的保护，同时也处于主导风向（东南方）的上方，因此受熄焦炉及其冷却系统排放物的影响有限。这些使 B 列吊车梁系统的局部环境较 A 列要更为不利，也更容易遭受腐蚀。B 列一侧与熄焦炉冷却系统衔接的范围为③~⑦轴线，而制动杆件局部锈蚀的范围为④~⑥轴线，也正是衔接范围的中间区域，这在一定程度上也证实了局部环境对 B 列吊车梁系统的影响。更换部分走道板及走道板的连接构造、制动杆件等，并对其所有构件进行除锈刷油漆工作。

（4）制动杆件的开裂和断裂。制动杆件的开裂和断裂现象均发生于 B 列的 14 m 吊车梁及其制动系统中，有两个显著的特征：开裂和断裂的部位都是局部锈蚀的部位，且没有塑性变形的痕迹。综合调查检测和计算分析的结果，制动杆件的开裂和断裂应属腐蚀疲劳现象，即在腐蚀环境中，在连续反复荷载的长期作用下，钢材脆性断裂的破坏现象，此时钢材的抗疲劳能力会显著降低。另外，因吊车梁支座垫板脱落所引起的制动杆件受力状况的恶化、吊车动力荷载的增加，也是导致制动杆件开裂、断裂的原因。根据现场情况，加工制作制动杆件，加工新的

制动杆件,要加大其横截面,更换现场吊车梁制动杆件。

(5) 上部柱段倾斜和轨距增大。据调查,在过去的使用历史中,B 列的轨道曾出现明显的外凸现象,其中④～⑥轴线严重,最大外凸值位于⑤轴线附近,吊车轨距也曾出现明显偏大的现象,最大偏差处同样位于⑤轴线附近。在本次钢框架变形的测量中还发现,除了 B 列的④～⑥轴线,其他轴线处的框架柱均向焦炉一侧倾斜,具有明显的一致性,而 B 列④～⑥轴线的上部柱段则偏向 B 列外侧,且数值较大,见图 10 - 10。

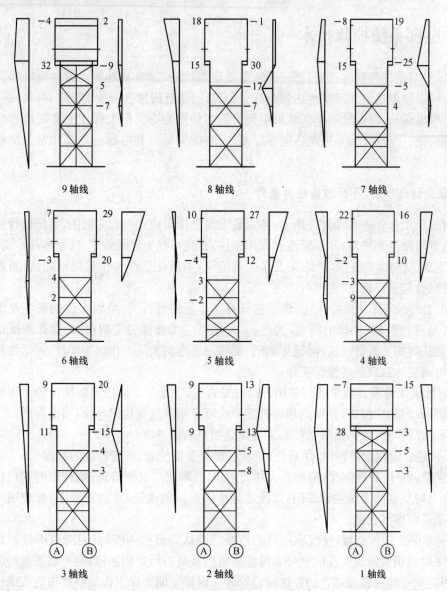

注:正值表示外倾,负值表示内倾。

图 10 - 10　框架柱倾斜测量值

这些现象与吊车梁制动杆件的开裂、断裂现象有着密切关系,它们应是在制动杆件开裂、断裂后出现或加剧的,属于制动杆件开裂、断裂现象所造成的后果。根据现场情况,加工制作吊车梁制动杆件,加工新的吊车梁制动杆件,要加大其横截面,更换现场吊车梁制动杆件。

第 11 章　干熄焦附属设备状态
维护与检修技术

11.1　电梯系统检修技术

众所周知,电梯与其他机电设备一样,需要定期检查、保养和维护。通过对电梯设备的保养、维护,可以使电梯最大限度地达到或符合原设计、制造的标准和技术要求;并可保证电梯设备的安全可靠运行,降低故障率和延长电梯设备的使用寿命。但怎样才能有效地进行电梯设备的定期检查、保养和维护,这是各电梯厂家、安装维保单位和电梯用户都非常重视和关注的课题。

1. 建立管理制度,不断改善硬件条件

在对维保工作管理和硬件应用上,各安装维保单位应建立一套完整的、系统的保证维保工作质量的管理制度和措施,并不断改善硬件条件,提高维保工作的效率、质量和用户满意度。

(1) 需建立岗位责任制,使维保工作的规范化、书面化管理工作与用户确认、监督管理的办法紧密结合起来。

① 由于维保工作的独特性,决定了它具有工作量伸缩性大、维保工作的现场及维保的工作时间不易进行控制、管理的特点,因此,必须把相应维保梯的定期检查、保养和维护等项工作,分别责任到相关人员。这样,既可调动、提高现场维保人员工作的主动性、灵活性和工作责任心,又可确实加强现场的维保工作;

② 对维保工作及其效果的好坏用户最有发言权,让维保人员把定期维保的工作情况及结果以书面形式向用户报告,并得到用户的签字认可且结果反馈维保单位(留底存档)。这样,既可对维保工作进行有效的监督、管理,又可提高用户的满意度。

(2) 须建立定期用户回访、用户信息反馈、维保质量抽查、监督管理的制度。

① 应建立专门管理制度,定期派人拜访用户,获取用户反馈信息;把获取的用户信息等第一手资料及时反馈给上级主管部门,以便进行维保质量的改进;并动态跟踪、处理用户的疑问或投诉,提高顾客满意度;

② 对维保工作的监督,仅仅靠用户的监督或确认是远远不够的(因用户毕竟不是专业人士)。须采取由负责维保工作的领导和维保质量监督员进行定期抽检,与专职质量检验(验收)人员的不定期专项检验相结合的办法进行管理。保证定期维保工作能够严格地按维保技术规程进行,可对定期维保工作(出勤、安全、维保质量和服务情况等)实行有效的监控和管理。

(3) 须建立维保电梯的用户档案——即维保电梯数据库管理系统,提高维保管理工作的效率。

① 对每一台维保电梯用户须建立用户档案,尤其对刚投入使用的电梯,可把电梯的使用和各重要机件(如门系统、电气控制系统、机械系统等)的故障等情况输入维保电梯数据库管理

系统,然后进行分类、统计和分析处理。这样,可找出电梯故障率偏高的原因,然后"对症下药",不断地提高维保工作质量,提高电梯设备的可靠性、降低电梯故障率;

② 可以依据建立的用户档案资料,积累电梯的使用和故障情况,以及维保工作(包括更换零部件)等的原始数据资料。并通过对这些数据资料的统计、分析,对影响电梯可靠性的因素(如电脑死机、易于磨损或故障的零部件等),提前进行预处理或更换易损件;采取积极、预防性的维修保养措施,可以提高维保工作的效率和用户的满意度;

③ 建议把维保人员的日常工作情况、保养记录,以及用户电梯的使用、故障和更换零部件等日常工作数据(包括电梯年检时间等资料),输入维保电梯数据库管理系统。有利于加强对维保人员工作的监督、控制和管理,也有利于针对性地确定该用户电梯的具体维保工作周期,制订维保计划或大中修计划,同时也有利于各项管理工作和具体管理措施的落实。

(4) 对具备条件的用户单位(如电梯台数相对较多、集中的用户或地区),建议采用远程监控/监视系统,可实行 24 h 热线呼出抢修服务,提高用户满意度。

① 远程监控/监视系统能够对电梯的运行、故障及保养工作等情况进行及时的动态监控、记录,为有效地实行 24 h 热线呼出抢修服务,提高用户满意度,奠定坚实的物质条件和基础;

② 远程监控/监视系统还能够对维保人员的工作情况(如抢修服务的及时性和保养工作时间等情况)进行有效地监控、管理,可极大地提高维保工作的效率、质量,有利于维保工作的合理化和科学化管理。

2. 在技术上制订定期循环检查保养的技术规程

在技术上,应制订专门的适用于各种具体型号电梯的定期循环检查保养的技术规程,并严格地执行,才能从技术上有效地保证电梯设备的定期检查、保养和维护工作的质量。

(1) 应针对不同型号电梯的特点和用户具体使用的情况,制订专门的定期循环检查保养技术规程。

① 电梯设备和其他机电设备一样,须针对其使用环境、使用频率等不同情况,采取不同的保养周期,才能最大限度地保证电梯设备的安全可靠运行、降低故障率和延长设备的使用寿命;

② 通常电梯的定期循环保养周期,有日检、周检、月检、季检、年检、专检等六种方式,针对不同型号电梯的特点和用户具体使用的情况,制订专门的检查保养工作内容或计划。因为每种保养制度、方式,都有其各自的重点和具体内容,在前后环节上,都是互相紧扣和密切联系的,保养人员需根据电梯的现有状况和使用频率等情况,制定该电梯具体的保养方式,然后认真、严格地按技术规程和制订的保养计划执行,才能真正达到保证电梯的安全可靠运行、降低故障率和延长使用寿命的目的。

(2) 各项保养制度(定期循环保养、检查周期)的异同点,以及保养的重点部位及其具体技术要求:

① 每日检查保养制度:

a. 要求维保人员每日向使用电梯的管理部门了解电梯使用情况,并亲自巡视检查电梯的运行及各部位使用情况,作好日检记录;

b. 每日检查保养的重点部位应放在电梯运行的可靠性上(即电梯运行动作的正确性、电梯运行速度的稳定性），确保电梯不带故障、安全运行；

c. 在电梯运行动作的正确性方面，主要检查各按钮、信号指示、平层、电梯运行、超满载功能等情况；

d. 在电梯运行稳定性方面，主要检查电梯运行时，速度是否正常、稳定，有无异常声响，开关门时是否正常平稳等。

② 每周检查保养制度：

a. 每周检查保养工作的重点应放在检查保养电梯的安全装置，以及电梯运转零部件的灵活性方面；

b. 在电梯运行安全装置的安全可靠性方面，主要需检查保养电梯各层门门锁、电气联锁触点和安全回路各安全开关的可靠，以及制动器制动性能和轿门安全保护装置的情况；

c. 对电梯运转零部件灵活性方面，主要需检查保养轿层门滑轮滑块和门机构各运动部件的灵活性，以及电机、蜗轮蜗杆、导向轮等转动清洁润滑状况。

③ 每月检查保养制度：

a. 每月检查保养工作的重点是检查电梯因频繁运行而可能易松动、易磨损的部件（如轿层门）的牢固性和完好性，使电梯在整体结构上，处于完整无损、牢固、安全可靠的良好工作状态；

b. 在电梯各紧固部位牢固性方面，须检查保养的内容主要是厅轿门各处的螺栓、层门强关装置、导轨支架压板螺栓、曳引绳绳头、平衡补偿装置、控制柜中各电气元件紧固螺钉、井道信息装置等；

c. 对因滑移滚动易磨损部位的完整、可靠性方面，须检查保养或更换的内容主要是轿层门滑轮滑块、门机构传动易损件、导靴的靴衬、各熔断器熔芯、曳引钢丝绳等；

d. 因故未进行日检和周检保养工作的电梯，在进行月度保养时，必须把相应的日检和周检保养工作要求的内容（保养、检查项目）纳入月度保养工作的范畴，且对电梯进行一次较全面清洁卫生和定期检查、保养的维护工作。

④ 季度检查保养制度：

a. 季度检查保养工作的重点，应放在影响电梯工作可靠性的各部件之间的配合间隙或相对尺寸的检查、调整和保养上，并兼顾日检、周检、月检时疏忽、遗漏的地方；

b. 季度保养中，对电梯各运动部件之间的配合间隙或相对尺寸进行检查、调整的主要内容有检查调整自动门机构系统、门刀与各层厅门地坎间距、轿层门电气联锁触点的可靠啮合性，以及曳引钢丝绳各绳之间的涨紧度、制动器的间隙、轿厢对重装置的缓冲距、安全嵌楔块与导轨两侧间隙和平层精度等。

⑤ 年度检查保养制度：

a. 年度检查保养工作的重点是，对电梯的安全可靠性、易磨损零部件以及各系统部件重要相关尺寸，进行一次全面、系统的检查、维护保养工作；

b. 对需年度检查保养的电梯，需检查保养的部位和主要内容有：电梯整机性能和安全可靠性进行检查、测试，对易磨损零部件及其完整可靠性进行更换，对影响电梯工作可靠性的各运动部件之间的重要配合间隙或相对尺寸进行检查、调整等。

⑥ 专项检查维保制度：适用于电梯使用期限较长和（或）问题故障较多的情况，一般进行专项检查保养的周期为 3～5 年，当然，根据电梯具体使用、维护状况而有所变化（或提前或延

后）。同样,专项检查保养工作内容可作为专职质量检验人员在进行专项维保工作质量检验时的必检内容。电梯的专项检查维保工作就是我们通常说的项目修理或大修,需要维保人员根据电梯具体状况确定专项检查维保的内容。但对涉及到的安全项目（如限速器安全钳、安全回路各开关、门保护系统等）必须作为专项检查维保的必检项目。虽然电梯具体状况不同,电梯的专项检查维保即项目修理或大修工作的内容会各异,但常见专项修理项目内容有:曳引机制动器、各种绳轮、导轨、曳引钢丝绳、轿层门、补偿装置、井道信息装置、控制柜中的各电器元件等的检查保养或更换。

要真正做好电梯设备的定期保养、维护工作,是一个比较复杂和具有挑战性的课题;而且就对电梯设备的保养而言,本来就没有一个很好或固定不变的规定或模式。只有一方面在管理和硬件上不断进行改进和提高;另一方面在技术上针对各厂家具体型号电梯的技术要求和电梯设备的具体使用情况,制定合适的定期循环检查保养的计划,才能真正使电梯设备通过有效的定期保养、维护,达到原设计、制造的标准和技术要求,并降低故障率和延长电梯设备使用寿命。

3. 特别要求

作为干熄焦附属设备的电梯,由于长期运行在粉尘多、腐蚀重、温度高的环境中,而且装入吊频繁来回运行,干熄焦框架又是露天钢结构,因此钢结构本身也存在一定的变形,因此对电梯的框架结构也会随之有一定的变形,因此对维修人员的素质和维修技术要求也较高,除例行日常维护保养项目外,还应有以下重要要求:

（1）机房结构密封良好,门窗闭合紧密,房间应有隔热降温措施,并定期用吸尘器清扫房间及设备,清扫的重点应放在电子电器部分。如果没有空调应考虑增加正压通风设备并附带粉尘过滤装置。

（2）井道及层站宜采用防水防尘的电气部件,以免因导电粉尘侵入而故障频繁;限位开关活动部位应经常保持良好的润滑状态。

（3）机械润滑部位应经常保持清洁和润滑良好,如果使用防尘型轴承则可较长时间保持机件的灵活与可靠性。

（4）每日巡视检查重点应放在清洁与清扫上,特别是厅轿门上下坎滑道内的油污与灰尘的清除。

11.1.1 电梯日常点检、巡检项目

1. 设备结构及基本工作原理

电梯的发展和更新速度很快,曳引式电梯仍然是使用最普遍的。基本结构如图 11 - 1 所示。

（1）曳引系统。曳引系统主要由曳引机、曳引钢丝绳、导向轮和反绳轮等组成（见图 11 - 2）。曳引机由电动机、联轴器、减速箱、曳引轮、机座等组成,它是电梯的动力装置。

曳引钢丝绳的两端分别连接轿厢和对重（或者两端固定在机房上）,依靠钢丝绳与曳引轮绳槽之间的摩擦力来驱动轿厢升降。

导向轮的作用是分开轿厢和对重的间距,一般安装在曳引机架上或承重梁上。

137

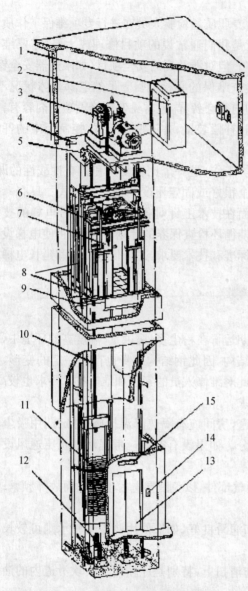

1—电阻器箱
2—控制屏
3—电引机组
4—电缆线进线口
5—限速器装置
6—轿厢及轿厢架
7—自动门机装置
8—导轨
9—导靴
10—曳引钢丝绳
11—对重
12—缓冲器
13—万门
14—召唤盒及层显
15—信息显示器

图 11-1　交流曳引电梯基本结构

当钢丝绳的绕绳比大于 1 时，在轿厢顶和对重架上应增设反绳轮。反绳轮的个数可以根据曳引比设置为 1，2，3，…组。

（2）导向系统。导向系统由导轨、导靴和导轨架等组成。它的作用是限制轿厢和对重的活动自由度，使轿厢和对重只能沿着导轨作升降运动。

导轨固定在导轨架上，导轨架是支承导轨的组件，与井道壁联接。

导靴装在轿厢和对重架上，与导轨配合，强制轿厢和对重的运动服从于导轨的直立方向。

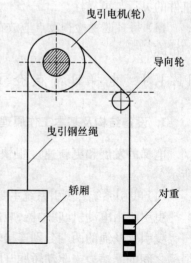

图 11-2　曳引系统的结构与原理

（3）门系统。门系统由轿厢门、层（厅）门、开门机、联动机构、门锁等组成。

轿厢门设在轿厢入口，由门扇、门导轨架、门靴和门刀等组成。

层门设在层站入口，由门扇、门导轨架、门靴、门锁装置及应急开锁装置组成。开门机设在轿厢上，是轿厢门和层门启闭的动力源。

（4）轿厢。轿厢是用以运送乘客或货物的电梯组件。它是由轿厢架和轿厢体组成。轿厢架是轿厢体的承重构架。是由上横梁、立柱、底梁和斜拉杆等组成。轿厢体由轿厢底、轿厢壁、轿厢顶及照明、通风装置、轿厢装饰件和轿内操纵按钮板等组成。轿厢体空间的大小由额定载重量和额定载客量决定。

（5）重量平衡系统。该系统由对重和重量补偿装置组成。对重由对重架和对重块组成。对重将平衡轿厢自重和部分额定载重。重量补偿装置是补偿高层电梯中轿厢与对重侧曳引钢丝绳因运行引起的长度相对变化对电梯平衡设计影响的装置。

（6）电力拖动系统。该系统由曳引电机、供电系统、速度反馈装置、调速装置等组成。对电梯实行速度控制。

曳引电机是电梯的动力源，根据电梯配置可用交流电机或直流电机。

速度反馈装置为调速系统提供电梯运行速度信号。一般采用测速发电机或速度脉冲发生器，与电机相连。

调速装置对曳引电机实行调速控制。目前常用的调速方式为 VVVF 调频调压调速控制。

（7）电气控制系统。电气控制系统由操纵装置、位置显示装置、控制屏、平层装置等组成。它的作用是对电梯的运行实行操纵和控制。

操纵装置包括轿厢内的按钮操作箱或手柄开关箱、层站召唤按钮、轿顶和机房中的检修或应急操纵箱。

控制屏安装亭机房中，由各类电气控制元件（或板）组成，是电梯实行电气控制的集中组件。

位置显示是指轿厢内和层站的指层灯。层站上一般能显示电梯运行方向或轿厢所在的层站。

（8）安全保护系统。电梯上的安全保护系统分机械和电气两大类，可保证电梯安全使用。机械上有：限速器和安全钳，起超速保护作用；缓冲器，起冲顶和撞底保护作用。

2. 主要技术性能指标

电梯型号	SPVF
驱动方式	调压调频调速驱动（VVVF）
控制方式	交流集选微机控制
开门方式	中分自动门
开门宽度	910 mm
额定载重量	1 000 kg
乘客人数	13 人
速度	1.0 m/s
行程	42 m

层站数　　　　　　　5 层/5 站/5 门
曳引绳　　　　　　　5 根×φ13 mm
轿厢规格　　　　　　宽 1 440 mm×深 1 180 mm×高 2 100 mm

3. 设备的点检及润滑事项

见表 11-1,表 11-2。

表 11-1　点检事项

序号	点 检 部 位	检查内容、方法及标准	周期
1	设备外观	观察厅轿门、轿厢、操纵板、召唤盒等表面有无变形、损伤,配件是否齐全、完好	天
2	电梯运行状况	起制动平稳、舒适,平层误差≤15 mm	天
3	轿厢内外显示、按钮	轿厢内外观察、试验,设备完好、功能齐全	天
4	安全触板、光电保护	用手(物)触碰试验(注意安全),动作可靠、力度适中	天
5	轿厢内报警装置	应答及时,通话声音清晰	天
6	轿厢照明、通风	照度足够、通风良好	天

表 11-2　润滑事项

序号	润 滑 部 位	润滑方式	润滑周期	使用润滑剂名称
1	制动器销轴	油壶	周	20# 机油
2	导向轮、轿顶轮、对重轮轴承	油脂		钙基润滑油
3	轿厢门和厅门滑轮	油杯		钙基润滑油
4	交栅门各销轴	油壶		20# 机油
5	自动门机构传动装置(轴承、销、轮槽)	油杯		钙基润滑油
6	自动门机构杠杆系统销轴	油壶		20# 机油
7	安全触板销轴	油壶		20# 机油
8	门锁开关销轴	油壶		20# 机油
9	蜗轮、拨杆轴的滚动轴承	油杯	月	钙基润滑油
10	电动机滚动轴承	油杯		钙基润滑油或适用润滑油
11	限速器销轴和涨绳轮	油杯		钙基润滑油
12	极限开关销轴	油壶		20# 润滑油
13	极限开关涨绳轮	油杯		钙基润滑油
14	选层器运动部位	油杯		钙基润滑油
15	滚动导靴轴承	油杯		20# 机油

序号	润 滑 部 位	润滑方式	润滑周期	使用润滑剂名称
16	门导轨	油壶	月	凡士林钙基润滑油
17	安全钳传动杆	油壶		钙基润滑油
18	安全钳	手抹		钙基润滑油
19	补偿装置涨绳轮	油杯		30# 机油
20	曳引钢丝绳	手抹	季	戈培油或30#、45# 机油
21	行程开关	油壶		20# 机油
22	导轨	手抹		钙基润滑油
23	滑动导靴	油杯		钙基润滑油
24	自动门机构、链条	手抹		钙基润滑油
25	弹簧缓冲器	手抹		钙基润滑油
26	油压缓冲器	油壶		与原油剂相同
27	极限钢丝绳、补偿绳	手抹		钙基润滑油
28	曳引减速机	油池	一年	30# 齿轮油、24#、38# 汽缸油
29	制动器电磁铁可动铁芯	灌注	不定期	石墨粉、铅笔芯研粉

4. 维护与保养

见表 11-3。

表 11-3　维护保养项目及周期一览表

序号	维护与保养部位	维护与保养内容	周期
1	轿厢内外显示、按钮	轿厢内外观察、试验,设备完好、功能齐全	周
2	安全触板、光电保护	用手(物)触碰试验(注意安全),动作可靠、力度适中	周
3	轿厢内报警装置	应答及时,通话声音清晰	周
4	轿厢照明、通风	照度足够、通风良好	周
5	轿厢应急照明	切断照明电源试验,应急照明应立即点亮,且是足够的	周
6	层门锁、锁紧装置	检查、试验,应清洁、灵活、可靠,门锁啮合长度≥7 mm	周
7	底坑、轿顶开关、按钮、照明	检查、试验,功能完好、灵活可靠、照度足够	周
8	限速器、断绳开关及张紧装置	外观完好、张紧装置正常,开关动作可靠有效,活动部位润滑应良好	周
10	门机系统	机电联动控制正常,机件灵活无卡阻现象	周
11	厅轿门执行机构	检查滑轮、滑块、门刀、门球、连杆及强迫关门装置等部件是否异常,动作灵活、无异常,有关间隙符合相关要求	周

序号	维护与保养部位	维护与保养内容	周期
12	控制屏	电气元器件符合标准要求,动作、联锁无异常,接线无松动	周
13	曳引机组、制动器及开关	制动灵活、间隙均匀且≤0.7 mm,制动带磨损量<1/3,油质良好,渗油量<150 cm³/h	周
15	轿顶、底坑、机房卫生	检查,打扫	周
16	安全窗,超载,安全钳及开关	机构灵活、动作可靠,开关灵敏有效,钳—轨间隙 2～5 mm	周
17	主电源、照明电源	开关动作可靠、接触良好,熔丝符合要求	月
18	各限位开关,换速开关	灵活、有效、可靠	月
19	过流装置,短路保护及接地线	动作及整定均正常,电气设备金属外壳接地电阻≤4 Ω	月
20	感应器及井道信息装置	动作灵敏可靠,感应距离 6～10 mm 为宜	月
21	随行电缆	固定可靠、无打结扭曲破损,运行通畅无阻	月
22	测速装置	目测无异常	月
23	机房、井道管路及线路	连接可靠、配件齐全,缆线无外伤、接地良好	季
24	主副导靴	靴座无松动、润滑良好、弹性适中,靴衬磨损量<25%	季
25	轿厢、对重缓冲器	耗能型缓冲器 150～400 mm、蓄能型缓冲器 200～350 mm	季
26	曳引轮、绳槽	绳槽清洁、切口深度应≥2 mm	季
27	补偿装置	其导向装置灵活,安全钩完好,链距底坑平面应>100 mm	季
28	曳引绳、绳头组合	钢丝绳应符合在用标准、无油污,受力偏差≤5%。绳头组合有双螺母锁紧和开口销	季
29	导向轮、对重轮、导轨及紧固件	润滑良好、运行正常、清洁无松动,靴衬磨损量<30%	季

11.1.2 电梯运行故障诊断分析与对策

电梯出现故障后,电梯维修人员应能迅速、准确地判断故障的所在,及时排除故障。电梯的故障可分为机械故障和电气系统故障两大类。

1. 机械系统的故障和排除

机械系统的故障比较少见,但机械系统发生故障时造成的后果却较严重。所以,做好日常的维护保养,减少机械系统故障是电梯管理的主要任务之一。

（1）机械系统的常见故障：

① 润滑系统的故障：由于润滑不好或润滑系统某个部件故障，造成转动部位发热或抱轴现象，使滚动和滑动部位的零件损坏；

② 机件带伤运转：忽视了日常的预检修，未发现机械零件的转动、滑动和滚动部件的磨损，使机械零件带伤工作，造成电梯故障，被迫停机修理；

③ 连接部位松动：电梯的机械系统中有许多部件是由螺栓连接的，运行过程中由于振动等原因使螺栓松动、零部件移位造成磨损或撞毁机械零件，被迫停机；

④ 平衡系统的故障：当平衡系数与标准要求相差较远时，会造成轿厢蹲底或冲顶，被迫停机。

（2）机械系统常见故障的预防与修理。加强电梯的维护和保养是减少或避免电梯机械故障的关键。一是要及时润滑有关部件；二是要紧固螺栓。做好这两项工作，机械系统的故障就会大大减少。

发生故障后，维修人员要向司乘人员了解故障时的现象。若电梯还能运行，维修人员应到轿厢内亲自控制电梯上下运行数次，通过实地考察、分析和判断，找出故障部位，并进行修理。修理时，应按照有关文件的技术要求和修理步骤，认真地把故障部件进行拆卸、清洗、检查、测量。符合要求的部件重新安装使用，不符合要求的部件要及时更换。修理后的电梯，在投入使用前必须经过认真的调试和试运行后，才能投入使用。

2. 电气系统的故障和检修

电梯出现的故障多为电气系统故障，而且绝大多数是控制系统故障。造成电器系统故障的原因通常是电气元器件技术指标不合格。

（1）电气控制系统的常见故障。电梯电气系统的故障多种多样，但大致有以下类型：

① 门系统故障：自动开关门的电梯，其故障多为各种电器元件的触点接触不良所致，而触点接触不良主要是由于元器件本身的质量、安装调试质量、维护保养质量等存在问题所致；

② 电气元件绝缘老化：电器元件受潮通电时产生的热量加速了绝缘的老化，使绝缘击穿造成短路；

③ 外界干扰：可编程控制器和计算机等先进设备应用在电梯的控制系统中，发展为无触点电气控制系统。这种控制系统避免了继电控制系统的触点故障。但是，这种系统中的控制信号较小，容易受到外界干扰，如果屏蔽不好，常使电梯产生误动作。

（2）电气系统故障的排除。电梯的电气控制系统结构复杂而又分散，要想迅速排除电气系统的故障，维修人员应做到以下方面：

① 掌握电梯电气控制系统的电原理图、接线图、安装位置图；

② 熟悉电梯的启动、加速、满速运行、到站提前换速、平层、开门等全部控制过程；

③ 掌握各电器元件间的控制关系，继电器、接触器接点的作用；

④ 了解各电器元件的安装位置和机电间的配合关系。

维修人员要不断分析、研究和总结经验，才能做到准确地判断故障并迅速将其排除。表11-4所列内容是笔者多年维修经验的积累，仅供读者参考。

表 11 - 4　常见故障与对策

序号	故 障 现 象	故 障 原 因	处 理 方 法
1	呼梯不应答。电梯可以检修运行，也可以自动平层，自动返回基站	检查所有外部线路正常，就是 P1 板上的串行灯 STM 不闪烁，表明串行系统不能正常工作，SPVF 的串行系统分两支，一支从机房到外呼梯，一支从机房到内指令和指层器，通常串行系统出错有多种表现，单个楼层出错表现为仅仅该层不能呼梯，2 个楼层出错表现为 2 个楼层之间不能呼梯（因为系统可以正反双向传送）；还有的出错造成该层呼梯灯不灭，电梯自动响应该层；轿内的出错表现为每层的指令均亮，电梯一层层停；或者指层器不显示，楼层不变化；这些现象均是串行出错的表现	出现这些问题，我们先根据其结构找到是哪一个分支的故障，然后再找到是哪一个部件的问题。该串行系统主要包括 P1 板上的 2 个接口芯片 UPA67C，和一些限流、限压电路组成，每个厅门盒内装有一个 M5690，M5226 的集成芯片，在轿内的呼梯板和显示板上也有 M5690，M5226，它们是该串行的主要芯片
2	所有外召唤按钮无效，并且所有厅门无楼层显示	电梯采用数据总线形式的串行通信方式，原则上如果一个楼层的按钮出现串行通信故障，不会影响到其他楼层按钮的正常响应。但是，如果是一个楼层的外召唤按钮的电源故障，尤其是整流稳压电源的交流侧发生短路故障，则会导致所有外召唤按钮无法正常工作	1. 首先检查电梯当前的运行状态，因为如果电梯处于专用状态，则所有外召唤及厅门楼层显示都无效。经检查发现电梯当前处于自动运行状态； 2. 查阅电梯 P1 电脑板的故障代码，故障代码显示"EC"，即"到厅门串行传输错误"； 3. 对 P1 板进行检测（或更换），未发现问题； 4. 逐层对外召唤按钮进行检测，发现所有的外召唤按钮都没有直流电源输出。进一步检查发现，5 楼的外召唤按钮电源故障。更换 5 楼外召唤后，故障仍然没有排除； 5. 检查机房控制柜外召唤的保险丝，发现该保险丝已经烧断，更换后，电梯恢复正常运行
3	电梯不能自动关门	1. 信号偶合转换电路； 2. 光电盘移位； 3. 偶合放大元件问题； 4. 门机调速可控硅损坏； 5. 门负载传感器或者热保护开关动作	1. 检查修复关门指令 22 端信号偶合转换电路； 2. 重新调节光电盘位置，使 OLT 和 CLT 信息正确； 3. 更换终端信息的偶合放大元件； 4. 修理或更换门机调速可控硅或门机板（DL2 - VCO）上的元件； 5. 复位门负载传感器或者热保护开关

序号	故 障 现 象	故 障 原 因	处 理 方 法
4	电梯无法运行,经检查发现 P1 主电脑板上 D-WDT 指示灯不亮	P1 主电脑板上的调速软件异常	1. D-WDT 指示灯不亮说明调速软件或调速 CPU 工作不正常,一般与外围线路无关; 2. 因为 P1 主电脑板其他指示灯正常,说明+5 V 电源没有问题。 3. 更换 P1 主电脑板上的调速软件(或对故障电梯的调速软件进行检测),该软件正常; 4. 更换 P1 主电板,D-WDT 指示灯点亮,电梯恢复正常运行; 5. 对 P1 主电脑板进行进一步检测,发现 X45KK-09 故障从而导致调速软件无法正常工作
5	♯89 继电器不动作	电梯安全回路通,外部线路正常,就是无法启动(♯89 继电器不动作,89 指示灯不亮)	首先再次确认 29 安全回路的正常,不能因为 29 指示灯亮就认为安全回路正常,SPVF 的安全回路是 79 端子通过开关再限流直接输入 P1 板,所以有时较低的电压也可以输入 P1 板,造成安全回路正常的假象,但是较低的电压不能推动♯89 继电器的动作。所以安全回路的短路不是很严重时,可能不会烧保险,而是造成此现象。我们可以测量安全回路的对地电阻,及安全回路各点的电压判断。如果安全回路正常,我们在察看 P1 板的 W1C-P09 脚是否输出低电压,由于 P1 板的此点输出容易损坏,只要看看 P1 板的输出三极管及走线,一般都能找到故障的所在
6	开关门速度不受控,有时门机伴有"嗡嗡"声	门机控制板有问题	门机控制板采用调压调速的三相控制,并在关门后其中一相通过电阻减压继续保持一个小的力矩防止门被打开。门位置信号是通过一个光栅盘来采样的,光栅盘的位置很重要,必要时可以微调;在开关的过程中,必须看到 LED 灯亮一灭一亮一灭一亮的过程,否则电梯门看起来正常,实际在终端电机还再运行。如果门机板损坏了,一般都是那几个红色的模块坏了,换上它就行了

序号	故障现象	故障原因	处理方法
7	一运行就自保	一般电梯都有一个故障检查系统，一运行就自保，说明故障只有在运行时才被检查出来，如电梯过电流，编码器无输出，拖动数据不匹配，等等，由于早前的电梯不能记忆故障，所以每次断电后都又发生一运行就自保的故障。	对此故障，先找到自保原因，在没有维修机的情况下，我们首先看编码器，编码器的输出在电机旋转时是有 2.5 V 的交流电，停止时则电压应小于 1VDC，如果编码器没问题，外部接线正常，可能是过电流引起，可能是输出过电流，如电机过流，电梯过载，也可能是电流的检测单元(DC-CT)的问题。在 E1 板上我们可以检测到 CT 的偏置电压，如果不正常，则需要调整 DC-CT 的 OFS 电位器。调整方法在 SPVF 的安装调试手册上有记载
8	门关一半又打开	电气连接螺丝松动或接触不良安全触板或光幕的连接线没有完全折断或短路	检查并紧固螺栓 修复或更换连接线
9	电梯每次运行到一楼停梯后，自动熄灭轿厢内照明，并且无法对电梯进行召唤，控制柜 P1 电脑板故障代码显示为"EF"（即"不能启动"），对主电脑板进行复位处理后，电梯又恢复	1. 称重装置反馈回主电脑板的数据如果发生错误或与 EE-PROM 中存储的称重数据有冲突，电梯会停止运行，因此，当电梯更换钢丝绳或轿厢进行重新装修后，应该对称重装置进行调整并且重新进行称量数据写入； 2. 故障不是由于下强迫换速的	1. "EF"是一种非常笼统的故障指示，引起上述故障现象的可能性很多，主要有 P1 主电脑板故障、下端站强迫换速距离错误，称重反馈数据错误等。本案例应采取由易到难的办法逐项排除，首先不考虑 P1 主电脑板故障的可能性； 2. 检修运行电梯，在机房检测下强迫换速开关是否正常，结果未发现问题； 3. 进入井道及底坑对各下强迫换速开关进行检测，未发现问题
	正常运行，但运行到一楼后，又出现上述故障	原因引起的，如因为某种原因导致下强迫换速减速距离变化，也可能导致与本案例完全相同的故障现象	4. 检测强迫换速开关碰铁的垂直度，未发现问题； 5. 检测各下强迫换速开关与碰铁的水平距离，该距离属正常范围； 6. 进入机房，确认轿厢内无人，并且轿厢门、厅门已经全部关闭后，断开门机开关以防乘客进入轿厢，将 P1 主电脑板上 WGHO 拨码开关置"0"位，以取消称重装置(此时 P1 主电脑板上的数码显示的小数点会左右跳动)，在机房对电梯进行召唤，结果电梯恢复正常运行，这说明原来的电梯故障是由称重装置引起的； 7. 进入轿顶对称得装置进行检查，发现称重装置歪斜，调正后电梯恢复正常运行 注：电梯恢复正常后，应将 P1 板上的 WG-HO 拨码开关置回原来位置

序号	故 障 现 象	故 障 原 因	处 理 方 法
10	写入操作时楼层指示不闪烁	门区信号和下强迫减速信号写入不正常	在调试和维修中,经常要写入楼层高度,实际上写入的是楼层脉冲数,减速点的位置。如果写入时楼层指示不闪烁或者先闪烁后停止闪烁,数据是写不进去的,这一般是由于门区信号和下强迫减速不正常所致,单程下强迫减速信号具有强迫楼层为1的作用,门区是采样楼层高度的关键,千万不要看到 DZ 继电器动作或电脑板上的 DZ 灯亮就认为门区信号正常。
11	电梯在检修调试过程中,发现楼层高度无法写入	楼层高度数据的写入非常简单,但与很多环节有关,其中任何一个环节出现问题,都有可能导致楼层高度数据写入失败。上述故障处理过程中的每一步检测都是必要的。另外,GPS - Ⅱ电梯软件数据需要用专用仪器才能进行读出和修改	1. 检修运行电梯,用万用表在电梯机房检测井道内上下端站开关动作情况,检测结果开关动作正常; 2. 进入轿顶,对轿顶磁感器及各个楼层的隔磁板安装位置进行检查,未发现问题; 3. 从最底层检修向上运行电梯,用万用表在电梯机房检测轿顶磁感应器动作情况,并对其动作次数进行计数,结果磁感应器动作次数与实际楼层数相符; 4. 读取 P1 主电脑板上软件数据,发现软件中设定的楼层数为16层16站,与实际楼层数不符,修改该数据后,楼层数据写入成功
12	停在最高楼层,经检查发现逆变部分的一块大功率驱动模块坏了,但更换后,检修向下运行时,电梯轿厢会向上运行一小段后停梯,故障代码为"E3",即反转。	由于逆变部分没有电源,致使电梯运行失控。当控制部分发出检修下行指令后,抱闸打开,但此时没有电流流过电机,又由于对重重于空载轿厢,致使轿厢向上滑行,而控制部分检测到的现象则是"反转",实际上电机并没有通电运行。因此,故障代码虽然在故障处理过程中可以提供很大方便,但不能过分拘泥于故障代码的提示	1. 故障代码显示为"反转",与观察到的故障现象一致; 2. 任意交换两相电机定子接线顺序,检修向下运行,轿厢仍然是向上运行一小段距离后停梯,这说明电梯轿厢的运行没有受控; 3. 恢复交流电机定子接线,检查(或更换)驱动板,未发现问题; 4. 重新检查逆变主回路接线。经检查发现,更换大功率驱动模块时,忘记连接逆变电源的正极了,从而导致逆变部分没有电源。重新接好线后,电梯恢复正常运行
13	电梯运行时,♯5接触器吸合后,LB 继电器(抱闸继电器)不吸合,抱闸不打开,电梯无法启动	通风、散热、工艺及材料上的疏忽常会造成器件的损坏	1. 查看主电脑板显示的故障代码为"E8"及"EF",即"♯LB 故障"及"电梯不能再启动"; 2. 检查 LB 继电器,未发现问题; 3. 用万用表检查主电脑板输出的对 LB 的控制端口,发现♯5 吸合后,主电脑板并未输出 LB 吸合指令; 4. 检查♯5 的触点,未发现问题;

序号	故 障 现 象	故 障 原 因	处 理 方 法
			5. 上述检查基本说明外围电路没有问题，怀疑 P1 主电脑板有故障，更换 P1 主电脑板后，电梯即恢复正常； 6. 通过对 P1 主电脑板的检测后发现，由于专用芯片 X45KK－09 故障从而导致 P1 主电脑板无法输出对 LB 的控制信号。由于专用 IC 芯片 X45KK－09 的管脚非常密集，因此更换难度非常大

11.1.3 电梯检修技术及验收标准

1. 机房设备

(1) 每台电梯应在机房入口处单独设置有一个切断该电梯的主电源的开关，开关高度离地 1.3～1.5 m，其容量应能切断电梯正常使用情况下最大电流，但该开关不应切断下列供电电路：

① 轿厢照明和通风；

② 机房和滑轮间照明；

③ 机房内电源插座；

④ 轿顶与底坑的电源插座；

⑤ 电梯井道照明；

⑥ 报警装置。

(2) 每台电梯应配备供电系统断相、错相保护装置，该装置在电梯运行中断相也应起保护作用。检验时，人为断开保护装置底座三相电源中的任意一相电源，此时保护仪应可靠动作；任意调换三相电源中的两相电源，此时保护仪也应可靠动作。

(3) 电梯动力与控制线路应分离敷设，从进机房、电源起零线和接地线应始终分开，接地线的颜色为黄绿双色绝缘电线，除 36 V 以下安全电压外的电气设备金属罩壳均应设有易于识别的接地端，且应有良好的接地，接地线应分别直接接至地线柱上，不得互相串联后再接地。

(4) 线管、线槽的敷设应平直、整齐、牢固。线槽内导线总面积不大于槽净面积 60%；线管内导线总面积不大于管内净面积 40%；软管固定间距不大于1 mm，端头固定距离不大于 0.1 m。

(5) 控制柜、屏的安装位置应符合：

① 控制柜、屏正面距门、窗不小于 600 mm；

② 控制柜、屏的维修侧距墙不小于 600 mm；

③ 控制柜、屏距机械设备不小于 500 mm。

(6) 机房内钢丝绳与楼板孔洞每边间隙均应位 20～40 mm，通向井道的孔洞四周应筑一高 50 mm 以上的台阶。

(7) 曳引机承重梁如需要埋入承重墙内，则支撑长度应超过墙厚中心 20 mm，且不小于75 mm。

(8) 在电动机或飞轮上应有与轿厢升降方向相对应的标记。曳引轮、飞轮、限速器轮外侧面应漆成黄色。制动器手动松闸扳手应漆成红色，并挂在容易接近的墙上。

（9）曳引机应有适当润滑油，油标应齐全；油位显示应清晰，限速器各个活动润滑部位也应有可靠润滑。

（10）制动器灵活，制动时两侧闸瓦应紧密、均匀地贴合在制动轮的工作面上。松闸时应同步离开，其四角处间隙平均值两侧各不大于 0.7 mm。

（11）限速器绳轮、选层器钢带轮对铅垂线的偏差均不大于 0.5 mm，曳引轮、导向轮对铅垂线的偏差在空载或满载工况下均不应大于 2 mm。

（12）限速器运转应平稳，出厂时动作速度整定封记应完好无拆动痕迹，限速器安装位置正确、底座牢固，当与安全钳联动时无颤动现象。

（13）停电或电气系统发生故障时应有轿厢慢速移动措施，如用手动紧急操作装置，应能用松闸扳手制动器，并需用一个持续力去保持其松开状态。

2. 井道

（1）每根导轨至少应有 2 个导轨支架，其间距不大于 2.5 m，特殊情况，应有措施保证导轨安装 GB7588 规定的弯曲强度要求，导轨支架水平度不大于 1.5‰，导轨支架的地脚螺栓或支架直接埋入墙的埋入深度不应小于 120 mm，如果用焊接支架其焊缝应是连续的，并应双面焊接。

（2）当电梯冲顶时，导靴不应超出导轨。

（3）每列导轨工作面（包括侧面和顶面）对安装基准线每 5 m 的偏差均应不大于下列数值：
轿厢导轨和设有安全钳的对重导轨为 0.6 mm；不设置安全钳的 T 型对重导轨为 1.0 mm。

（4）轿厢导轨和设有安全钳的对重导轨工作面接头处不应有连续缝隙，且局部缝隙不大于 0.5 mm。导轨接头处台阶用直线度为 0.01/300 的平直尺测量，应不大于 0.05 mm，如果超过应修平，修光长度为 50 mm 以上，未设有安全钳的对重导轨接头处缝隙不得大于 1 m，导轨工作面接头处台阶应不大于 0.15 mm，如超差亦应校正。

（5）两列导轨顶面间距偏差：轿厢导轨为 0～+2 mm，对重导轨为 0～+3 mm。

（6）导轨应用压板固定在导轨架上，不应采用焊接或螺栓直接连接。

（7）轿厢导轨与设有安全钳的对重导轨的下端应支撑在地面坚固的导轨座上。

（8）对重块应可靠紧固，对重架若有反绳轮时其反绳轮应润滑良好，并应设有挡绳装置。

（9）限速器钢丝绳至导轨导向面与顶面两个方向的偏差均不得超过 10 mm。

（10）轿厢与对重间的最小距离为 50 mm，限速器钢丝绳和选层器钢带应张紧，在运行中不得与轿厢或对重碰撞接触。

（11）对重完全压缩缓冲器时的轿顶空间满足：

① 井道顶的最低部件与固定在轿厢上设备的最高部件的距离（不包括导靴或滚轮，钢丝绳附件和垂直滑动门的横梁或部件最高部分）与电梯的额定速度 v（单位为：m/s）有关，其值不小于 $(0.3+0.035v^2)$ m；

② 轿顶上方应有一个不小于 0.5 m×0.6 m×0.8 m 的矩形空间（可以任何面朝下放置），钢丝绳中心线矩形体至少一个垂直面距离不超过 0.15 m，包括钢丝绳的连接装置可包括在合格空间里。

（12）封闭式井道内应设置照明，井道最高与最低 0.5 m 以内各装设一灯外，中间灯距不超过 7 m。

（13）电缆支架的安装应满足：

① 避免随行电缆与限速器钢丝绳、选层器钢带、限位极限等开关、井道传感器及对重装置等交叉；

② 保证随行电缆在运动中不得与电线槽、管发生卡阻；

③ 轿底电缆支架与井道电缆支架平行，并使电梯电缆处于井道底部时能避开缓冲器，并保持一定距离。

（14）电缆安装应满足如下要求：

① 随行电缆两端应可靠固定；

② 轿厢压缩缓冲器后，电缆不得与底坑地面和轿厢底边框接触；

③ 随行电缆不应有打结和波浪扭曲等现象。

3. 轿厢

（1）轿厢顶有反绳轮时，反绳轮应有保护罩，且润滑良好，反绳轮铅垂度不大于 1 mm。

（2）轿厢底盘平面的水平度应不超过 3/1 000。

（3）曳引绳头组合应安全可靠，并使每根曳引绳受力相近，其张力与平均值偏差不大于5％，且每个绳头锁紧螺母应安装有锁紧销。

（4）曳引绳应符合 GB8903 规定，曳引绳表面应清洁不粘有杂质，并宜涂有薄而均匀 ET 极压稀释型钢丝绳油脂。

（5）轿内操纵按钮动作应灵活，信号应显示清晰，轿厢超载装置或称量装置动作可靠。

（6）轿顶应有停止电梯运行的非自动复位的红色停止开关，且动作可靠，在轿顶检修接通后，轿内检修开关应失效。

（7）轿厢架上若安装有限位开关碰铁时，相对铅垂线最大值偏差不超过 3 mm。

（8）各种安全保护开关应可靠固定，但不得使用焊接固定，安装后不得因电梯正常运行的碰撞或因钢丝绳、钢带、皮带的正常摆动使开关产生位移、损坏和误动作。

4. 层站

（1）层站指示信号及按钮安装应符合图纸规定，位置正确，指示信号清晰明亮，按钮动作准确无误，消防开关工作可靠。

（2）层门地坎应具有足够的强度，水平度不大于 2/1 000，地坎应高出装修地面 2～5 mm。

（3）层门地坎至轿门地坎水平距离偏差为 0～+3 mm。

（4）层门门扇与门扇，门扇与门套，门扇下端与地坎的间隙，乘客电梯应为 1～6 mm，载货电梯应为 1～8 mm。

（5）门刀与层门地坎，门锁滚轮与轿厢地坎间隙应为 5～10 mm。

（6）在关门行程 1/3 之后，阻止关门的力不超过 150 N。

（7）层门锁钩、锁臂及动接点动作灵活，在电气安全装置动作之前，锁紧元件的最小啮合长度为 7 mm。

（8）层门外观应平整、光洁、无划伤或碰伤痕迹。

（9）由轿门自动驱动层门情况下，当轿厢在开锁区域外时，无论层门由于任何原因而被开启，都应有一种装置能确保层门自动关闭。

5. 底坑

（1）轿厢在两端站平层位置时，轿厢、对重装置的撞板与缓冲器顶面间的距离，耗能型缓冲器应为 150～400 mm，蓄能型缓冲器为 200～350 mm，轿厢、对重装置的撞板中心与缓冲器中心的偏差不大于 20 mm。

（2）同一基础上的两个缓冲器顶部与轿底对应距离偏差不大于 2 mm。

（3）液压缓冲器柱塞铅垂度不大于 0.5%，充液量正确，且应设置有在缓冲器动作后未恢复到正常位置时使电梯不能正常运行的电气安全开关。

（4）底坑应设有停止电梯运行的非自动复位的红色停止开关。

（5）当轿厢完全压缩在缓冲器上时，轿厢最低部分与底坑之间的净空间距离不应小于 0.5 m，且底部应有一个不小于 0.5 m×0.6 m×0.8 m 的矩形空间（可以任何面朝下放置）。

6. 整机检查

（1）曳引检查：

① 在电源电压波动不大于 2% 工况下，用逐渐增加载荷测定轿厢上、下行至与对重同一水平位置时的电流或电压测量方法，检验电梯平衡系数为 40%～50%，测量表必须符合电动机供电频率、电流、电压范围；

② 电梯在行程上部范围内空载上行及行程下部范围 125% 额定载荷下运行，分别停层 3 次以上，轿厢应被可靠地制动（下行不考虑平层要求），在 125% 额定载荷下正常运行速度下行时，切断电动机与制动器供电，轿厢应被可靠制动；

③ 当对重支撑在被其压缩的缓冲器上时，空载轿厢不能被曳引绳提升起；

④ 当轿厢面积不能限制载荷超过额定值时，再需用 150% 额定载荷做曳引静载检查，历时 10 min，曳引绳无打滑现象。

（2）限速器安全钳联动试验：

① 额定速度大于 0.63 m/s 及轿厢装有数套安全钳时应采用渐进式安全钳，其余可采用瞬时式安全钳；

② 限速器与安全钳电气开关在联动实验中动作应可靠，且使曳引机立即制动；

③ 对瞬时式安全钳，轿厢应载有均匀分布的额定载荷的短接限速器与安全钳电气开关，轿内无人，并在机房操作下行检修速度时，各种安全钳均采用空轿厢在平层或检修速度下试验；

④ 对渐进式安全钳，轿厢应载有均匀、短接限速器与安全钳电气开关，轿内无人，在机房操作平层或检修速度下行，人为让限速器动作。

以上试验轿厢应可靠制动，且在载荷试验后相对于原正常位置轿厢底倾斜度不超过 5%。

（3）缓冲器试验：

① 蓄能型缓冲器仅适用于额定速度小于 1 m/s 的电梯，耗能型缓冲器可适用于各种速度的电梯；

② 对耗能型缓冲器需进行复位试验，即轿厢在空载的情况下以检修速度下降将缓冲器全压缩，从轿厢开始离开缓冲器一瞬间起，直到缓冲器回复到原状，所需要时间应不大于 120 s。

（4）层门与轿门连锁试验：

① 在正常运行和轿厢未停止在开锁区域内，层门应不能打开；

② 如果一个层门和轿门(在多扇门中任何一扇门)打开,电梯应不能正常启动或继续正常运行。

(5) 上下极限动作试验:设在井道上下两端的极限位置保护开关,它应在轿厢或对重接触缓冲器前起作用,并在缓冲器被压缩期间保持其动作状态。

(6) 安全开关动作试验:电梯以检修速度上下运行时,人为动作下列安全开关,电梯均应立即停止运行。

① 安全窗开关,用打开安全窗试验(如果设有安全窗);

② 轿顶、底坑的紧急停止开关;

③ 限速器松绳开关。

(7) 运行实验:

① 轿厢分别以空载、50%额定载荷和额定载荷三种工况,并在通电持续率40%情况下,到达全行程范围,按120次/h,每天不少于8h,各起、制动运行平稳、制动可靠、连续运行无故障;

② 制动器温升不应超过60℃,曳引机减速器温升不超过60℃,其温度不超过85℃,电动机温升应符合GB12974的规定;

③ 曳引机减速器,除蜗杆轴伸出一端渗漏油面积平均每小时不超过150 cm² 外,其余各处不得有渗漏油。

(8) 超载运行试验:断开超载控制电路,电梯在110%的额定载荷,通电持续率40%情况下,到达全行程范围,起、制动运行30次,电梯应能可靠地运行、起动和停层(平层不计),曳引机工作正常。

7. 整机性能试验

(1) 乘客与病床电梯的机房噪音、轿厢内运行噪音与层、轿门开关过程的噪音应符合GB10058规定要求。

(2) 平层准确度应符合 GB10058 规定。

(3) 整机其他性能应符合 GB10058 有关规定要求。

11.2 维修用电动葫芦装置设备状态维护与检修技术

11.2.1 基本工作原理及设备结构

1. 设备概况

在提升机的上部设有维修用电动葫芦,电葫芦的轨道用工字钢,为方便下部维修的起吊,工字钢轨道做成悬臂式。机械室内设手动葫芦吊,可双向移动,用于维修时起吊电动机、起升减速机盖等部件。为方便提升机各机构的维修,机械室设计为组合式拼装结构,各部分之间用螺栓连接,在提升机大修或起吊其中的较大部件时可以方便地将它打开。

2. 设备结构

(1) 座架装置:以使吊车行走为目的,由行走驱动装置、框架、车轮装置构成。

（2）行走驱动装置：以使座架装置车轮驱动为目的，由电动机、减速机构成。

（3）卷扬机（提升部）：以卷取钢丝绳为目的，由电动机、卷扬筒、减速机、制动器构成。

（4）小车（横行部）：以使卷扬机横行为目的，由电动机、减速机、车轮构成。

（5）钩子滑轮：以吊运货物为目的，由钩子、滑轮构成。

（6）防止过卷的限位装置：以防止钢丝绳过卷为目的，由限位开关、限位杆构成。

（7）控制盘：以控制升降起重机为目的，由电磁接触器、电磁继电器构成。

（8）悬吊式开关箱：以操作维修用电动葫芦的提升、浮动、走行、横移等为目的，由按钮开关构成。

11.2.2　主要技术性能指标

吊起负载　　　　7.68 t

额定负载　　　　7.5 t

跨距　　　　　　$2+8+2=12$ m

扬程　　　　　　49.5 m

额定速度　　　　见表 11-5

电源　　　　　　AC（交流）380 V，50 Hz

表 11-5　电动葫芦额定速度表

动作类型	速度/(m·min⁻¹)	电动机/kW
提升	4	7.5
小车（横行）	12.5	0.75×2
大车（走行）	17	1.5×2

11.2.3　设备的点检事项

见表 11-6。

表 11-6　点检事项

检查部位及内容	检 查 方 法
周围环境及大车轨道	电动葫芦的移动范围内有无特别的障碍物，大车轨道有无异常，有无异常声音或振动
悬吊式开关箱	是否能按照悬挂式开关器的指示进行上下、提升、浮动的动作
制动器的零部件	制动器的零部件情况是否良好
过卷限位开关	过卷限位开关是否能可靠地动作
钢丝绳	钢丝绳是否能正常地卷在卷扬筒上，是否缺油
挂钩	钩子起吊滑轮是否能够灵活旋转，是否缺油，钩子螺母的止转件有无异常，是否有异常声音

11.2.4 常见故障与处理对策

若进行周到的保养和合理的处理,电动葫芦会很少发生故障;若处理故障不恰当,而又不注意维护保养检查,则往往会发生各种不良情况,常见故障见表11-7。

表11-7 常见故障与对策

序号	故障现象	故障原因	处理方法
1	与按钮操作不一致,往相反的方向上下动作	接错电源	调换线内接地侧以外的2根线
		钢丝绳放下过头,使钢丝绳在卷筒上反卷	正确地重卷
2	提升中即使推出限位开关杆,提升也无法停止	动力或控制线接触不良	正确地接线
		钢丝绳放下过头,使钢丝绳在卷筒上反卷	正确地重卷
3	钢丝绳磨损严重	横拉作业过多,钢丝绳擦到卷扬筒箱内	调整为正确的使用状态
		钢丝绳放下过多,使钢丝绳在卷筒上反卷	正确地重卷
4	钢丝绳的卷取不整齐	横拉作业过多	调整为正确的使用状态
		钢丝绳卷取零乱	调换钢丝绳
5	钢丝绳被切断	拉升中钩到障碍物	调整为正确的使用状态
		生锈或被其他化学物品腐蚀。	在钢丝绳上涂上较稠的油脂,充分地进行保养、检查钢丝绳
6	即使按住按钮,电磁接触器也不动作	按钮用电缆断线	调换或丢弃不良部件
		紧固螺栓松动	检查修理电磁接触器
7	提升电机通电后也无法动作	动力电缆接触不良 电线过细或过长 电源侧变压器的容量不足	进一步检查修理
8	电动机过热	点动动作次数太多 电磁刹车在动作	检查修理并检查负荷
		负载过重,运转时间过长 电源侧变压器的容量不足 电磁刹车的间隙调整得过小	按相关调整标准进行调整
9	电磁刹车不动作、铁芯不吸引	压降大,电流电压过低 铁芯间隙过大	调整到符合规定的尺寸
		橡皮绝缘电缆的引线短路	修理
		线圈烧坏断线	调换

序号	故障现象	故障原因	处理方法
10	电磁刹车线圈烧坏	电磁吸引电流过大	调整到符合规定的尺寸
		橡皮绝缘电缆的引线短路	修理
		线圈烧坏断线	调换
11	电磁刹车零件损坏	铁芯间隙过大	修理
		电磁刹车衬垫达到磨损极限	调换新的零件
12	控制继电器的动作,但电磁接触器不动作	限位开关接点的接触不良 限位杆未处于原来的抬起位置	检查修理
		限位开关触点断裂、损坏	杆连接部分注油,使之灵活动作
13	电动机动作,但吊钩不能上下动作	齿轮磨损、断齿 电动机构折断,损坏	调换齿轮和电动机的零件
14	传动齿轮声音很响	断油 油的性质发生变化	更换为标准指定用油
		齿轮衬套尖磨损	调换零件
15	吊钩明显磨损	吊具不好 吊装点靠前 横移惯性过大	再检查使用方法,正确地进行挂钩作业
16	小车滑接轮旋转	轨道上粘附了涂料油	仔细清扫轨道
17	绝缘滑接轮不能灵活转动	绝缘滑接轮布置不良 绝缘滑接轮的接触点卡死 绝缘滑接轮与绝缘滑接轮臂之间间隙过大	调整绝缘滑接
18	启动时发出异常声音	滑接齿轮缺齿	调换缺齿齿轮
19	移动时发出异常声音	滑接轮断油	若要涂油则予以调换零件
		轮子的滚珠轴承损坏	调换轴承
		轨道间距不良	将轨道修正到规定尺寸
20	吊车自动滑行	轨道面粘附油污	将轨道擦拭干净
		轮子的滚珠轴承损坏	调换轴承
		轨道间距不良	将轨道修正到规定尺寸

11.2.5 维护与保养

1. 制动器

(1)制动器的动作。动作方式为内压接刹车衬垫式,由刹车支承板和刹车轮组成,轮子用键和螺母固定在电动机轴上,因而比较容易进行安装和拆卸。刹车垫和支承板用键配合在刹车箱内,制动器压接在弹簧轮上。按上或下按钮,电磁铁线圈中有电流,吸引柱塞,所以刹车杆能够推杆销,刹车的支承板就能通过杆销,由支承板杆推动,打开制动轮和刹车垫的压接,制动电动机轴就能旋转。若松开按钮,则会断开柱塞的吸引,通过压接支承板的弹簧力,使支承板压接到轮子上进行制动。

(2) 制动器的调整。长期使用电动葫芦时,制动垫会磨损,这样电磁线圈(电磁铁)的行程(调整范围)会变化。大于规定尺寸,柱塞不能被吸引,刹车就不能被打开,制动力变弱,会在日后产生种种不良情况,所以应定期进行行程的调整,具体调整方法应按照如下方法进行:

拆下刹车盖,按逆时针方向松掉固定杆销子和 4 个行程调整螺母,将冲程调整到 8～10 mm,另外调整制动器后,必须进行试运转,观察制动器的动作和制动状况,已确认是否运转正常。

2. 钢丝绳

钢丝绳每月必须进行一次以上的检查。

钢丝绳出现下列情况之一应更换:

(1) 一股钢丝绳中,有 20％以上的钢丝断丝情况。

(2) 钢丝绳磨损直径减小超过公称直径的 7％的情况。

(3) 打结的钢丝绳。

(4) 明显变形或明显腐蚀的钢丝绳。

检查钢丝绳需将钢丝绳从卷扬机卷筒上全部抽出,进行全面检查,检查主要通过目测,但钢丝绳通常涂有油脂,需擦净油脂才能全面观测钢丝绳的断丝情况。钢丝绳最容易损坏的地方,是使钩子停在离地面 1 m 处,离钩子上方约 1 m 的地方,滑轮两侧的钢丝绳最容易损坏,故应重点检查。

11.2.6　检修技术

1. 日常检修内容及检修方法

进行日常检查前,应确认下列事项:

(1) 操作人员行走范围内有无特别的障碍物。

(2) 从地面上瞭望大车轨道,在无负荷的情况下运行升降起重机,确认如下事项:

① 是否能按按钮的指示正确顺利地进行上下、横行、移动等运行;

② 限位开关是否能够可靠地动作;

③ 制动器的零件情况是否良好;

④ 设备有无异常的运转声音;

⑤ 销子块滑轮是否能够顺利旋转,是否缺油,钩子转动是否灵活,钩子保险卡有无异常,此外,钢丝绳是否滑到滑轮侧;

⑥ 钢丝绳是否能正确地卷在卷扬机上;

⑦ 挂钩用具有无异常;

⑧ 吊车及轨道有无异常振动。

2. 定期检修内容及检修方法

电动葫芦的月度检查包括安全检查、保养检查及零件损坏检查等，检查时间应按照表
11-8的规定。

表 11-8　定期检修内容

等　　级	分 类 标 准	适 用 周 期
A 级	安全方面的重要检查事项	每月检查一次
B 级	机器的保养方面的重要检查事项	每 3 个月检查一次
C 级	磨损、破损度较少的部分	每 6 个月检查一次

11.2.7　提升电动机结构

结构为全封闭自冷法兰式，为了保证与卷扬机的动作一致，进行了特别的制作。轴承在支撑转子重量的同时，是进行高速旋转的重要部分，卷扬机提升用电动机使用密封式滚珠轴承，可以保证灰尘不会侵入，润滑油脂不会飞溅，从而大大提高了轴承的寿命，同时使保养方法更简便。

在卷扬机提升的情况下，由于要求特别大的力矩，所以起动力矩设计制作成工作力矩的150%以上。为了改进冷却效果，框架装有散热肋，如果此处附着过多灰尘将会影响到冷却效果，造成过热，因此电动机外面要经常清扫。

保护结构为全封闭式，制动方式为利用部分定子磁场的弹簧制动的盘式制动器，不带磁场用的磁铁，结构非常小。

定子内侧产生力矩的转子和牵引转子，牵引转子具有改变定子所产生的旋转磁场方向，在同电枢之间产生电磁吸引里的重要作用，为了使电枢能靠这个吸引力及制动弹簧朝轴向旋转，电枢和电动机要用键结合。

制动器由钢板制，与电枢组成一体。制动器衬垫连接在衬垫底座上产生制动力。

11.3　干熄焦静止设备状态维护与点检要领

工业管道、塔、槽、罐、压力容器以及变压器等是在静止状态下工作的，我们称这些设备为静止设备。干熄焦各类介质管道、纯水槽、变压器等均属于静止设备。在以往的设备管理和维修中，大多数单位对静止设备都未引起高度重视，以致多数静止设备出了故障，影响到生产或影响到主体设备运转，才对静止设备进行维护。现代化企业设备管理消除了这一盲区，将静止设备统一纳入整体设备管理。为了做好这些静止设备状态维护和检修，首先让我们了解以下这些静止设备的特点及故障产生的原因。

11.3.1　静止设备特点

（1）凡属静止设备内部都通过或者存在各种不同的流体工作介质，这些工作介质大多是高温的、高压的、有毒的、可燃的，或者是腐蚀性的流体。

（2）由于工作介质的温度、压力以及腐蚀性等因素的综合影响，很容易使这些设备内部潜在的缺陷发展成破损，或者是其密封失效，无论是破损还是密封失效，都会引起工作介质泄露。

（3）一旦发生泄露故障通常是造成工作介质和能量流失，影响经济效益，污染环境，造成设备工作不稳定和效能下降。严重泄露者，会对人体造成伤害，引发设备和人身事故，打乱正常生产秩序，造成负面社会影响。

11.3.2　管道

1. 管道泄露故障原因及检修要领

管道是干熄焦最主要静止设备，在整个干熄焦系统中起着十分重要的作用，运送的主要流体有压缩空气、蒸汽、氮气、工业水、纯水等。且数量庞大，所用材料品种繁多，有特殊钢管、有色金属管、普通钢管等。管道最容易发生的故障是泄露，泄露原因分析及点检要领如下：

（1）管材不能适应使用条件的要求。检修作业中更换一段损坏管道经常发生，但更换的管子材质必须与使用的管道材质相同。往往容易出错的是由于不同材质的管子保管无序，混杂在一起，使用时又比较随意，很容易造成更换时用错管子。因此仓库保管一定要加强管理，制定相应制度，避免此类事件发生。

（2）管子本身质量问题。管子本身质量是无法靠人的直观检查出来的，但检修现场在使用管子时要把住管子自身质量关，一是管子要有出厂合格证，二是要有材质证明书，三是不用有明显缺陷的管子。

（3）成品保护意识不强。现场最容易发生的是不爱护和不保护运行中的管道，把成排管子当平台用，任意堆物践踏，甚至将管子作为受力支撑点来用。这些都很容易造成管子泄露。因此现场必须禁止野蛮施工，制定相应的保护措施。

2. 管道检修工程中易犯通病

检修工程中处理管道泄露最多的是法兰连接处，其原因主要有以下几点：
（1）法兰垫片损坏。
（2）检修回装时法兰面未清除干净。
（3）法兰连接螺栓紧固方法不对或漏紧，造成法兰接触受力不均匀。
（4）法兰与管子焊接质量问题。
（5）法兰垫片使用不当。
（6）需热紧固螺栓未按规定分次紧固。

3. 管道日常巡检、点检项目及要领

（1）异音检查：巡检点检时应注意运行中的管道是否有异音发出，如果有异音发出，应对管道相关联设备运行情况同管道异音异常进行分析检查。
（2）振动：运行中的管道发生振动，同样与其相关联设备运行情况一并分析检查。
（3）发现漏点及时处理，严禁管道带漏运行。

11.3.3　纯水槽

纯水槽是干熄焦余热锅炉配备的重要室外型静止设备。由于使用条件和环境影响，容易发生腐蚀、变形、疲劳和外力撞伤。对这些缺陷要通过定期巡检点检来发现。若对这样的设备长时间不点检，上述缺陷极容易产生泄露故障，这种泄露虽然不会引起大的破坏，但确会造成能源资源的严重损失和环境污染。因此对纯水槽日常巡检点检应实行周期管理。

11.3.4　干熄焦电气静止设备故障诊断与状态维护

干熄焦电气静止设备主要有变压器和气体绝缘封闭式开关。这类电气静止设备主要故障是绝缘击穿。

检测变压器绝缘的方法常用的是绝缘电阻、介质损耗角正切、吸收电流特性及各种绝缘油特性等方法。局部放电检测和分析油中含气也已成为检测变压器绝缘的较理想方法。另外，局部放电检测对于气体绝缘封闭式开关设备（简称 GIS）也是有效的绝缘检测方法。

检修工程中要把握住变压器运行状态，防止变压器绝缘被击穿事故发生，点检巡检应定期利用电测法和声测法对变压器运行状态进行控制。在变压器发生绝缘击穿前，绝大多数情况是要产生局部放电，因此，检测出局部放电，就能有效预防变压器绝缘击穿事故的发生。

11.4　干熄焦装入吊车轨道维护与检修技术

11.4.1　轨道日常巡检、点检项目

（1）轨道压轨器螺栓松动检查。
（2）轨道鱼尾板连接螺栓松动检查。
（3）吊车走行轮运行时有无啃轨现象检查。
（4）定期测量轨道跨距、水平度和两列轨道相对高差。
（5）轨道两侧垃圾及时清理，避免增加对压板组件造成腐蚀。

11.4.2　轨道焊接工艺

轨道在使用过程中会出现裂缝、断裂现象，一旦出现裂缝和断裂故障，都是采用焊接方法处理，即便是裂缝，也是将裂缝段割除后焊接。焊接的方法有两种，一种是手工电弧焊，一种是QPCJ 铝热焊。

1. 钢轨 QPCJ 铝热焊法

铝热焊法，是将铝粉、氧化铁粉、铁钉屑及铁合金等，按一定比例配合起来，组成铝热焊剂，用高温火柴点燃后，发生激烈的化学反应和冶金反应，得到钢水和熔渣，并放出大量的热，造成高温。将高温钢水注入预热的铸型中，高温钢水将铸型中的钢轨端部熔化，冷却后把两节钢轨焊接在一起。由于铝热焊的浇注和冷却过程与铸造的规律极为相似，所以铝热

焊亦称铸焊。

20 世纪 80 年代中期，我国研究了定时预热焊工艺，并逐步在轨道连接中推广。该工艺靠预热时间来确定预热温度，以区别于靠熟练工人看火候来确定预热温度，大大减少了人为因素的影响。

定时预热工艺主要有以下特点：

① 较短预热时间。一般在 5～10 min；

② 由预热时间控制预热温度，提高了铝热焊的可操作性；

③ 较宽焊筋，大焊剂量。熔化母材热量主要由铝热钢水提供。这样的能量输入可以精确控制，从而使焊接接头性能更加稳定。

(1) 铝热焊接工艺：

① 现场焊前准备；

② 依照铝热焊接工艺标准清单检查并落实所必需的工具、材料、设备以及资料；

③ 对焊接现场的条件进行综合评估，对任何会导致火灾或安全事故的隐患进行清除；

④ 采取必要的防护措施，避免钢轨在组装对正及焊接过程中发生移动；

⑤ 检查钢轨端头，做好焊接前的对接工作，将钢轨接头两端各 40 mm 范围内打磨干净，接头处下垫一块 10～12 mm 的钢板，使其达到铝热焊所应具备的条件；

⑥ 钢轨端头的对正，按照"轨道铝热焊对轨道安装的技术要求"（附后）做好钢轨端头的间隙调整、垂直对正和水平对正；

⑦ 准备砂模：准备齐砂模的所有部件并装配起来，然后涂上防漏泥，这个步骤比较关键，若没做好，将会导致焊完后的接头存在缺陷；

⑧ 准备焊药包：检查焊药包内的物品，不得受潮及破损，药包外必须有制造厂家、质量保证书及有效期，不得使用过期产品，产品实绩必须在宝钢股份内有使用实绩的药剂厂家，将焊药装入 QPCJ 坩埚内；

⑨ 对砂模和钢轨端头预热 6 min，温度达到 800～900℃，用点温计进行温度的测试，加热的时间和温度是非常重要的；

⑩ 停止预热，将 QPCJ 坩埚放置于砂模的正中位置上，点燃焊药并监视焊药的浇注过程；

⑪ 拆除砂模与推瘤，浇注完毕后，先等待 6～10 min，再拆除砂模、推瘤以及除掉余烬；

⑫ 热打磨：打磨焊完后的接头的轨内外表面，使其接近钢轨；

⑬ 冷打磨：打磨接头处的焊缝隆起，并打磨钢轨的行车行驶表面，在热打磨和冷打磨的过程中，工作的精确程度将决定接头的可靠性；

⑭ 收尾工作：检查焊好的接头，做好书面记录并贴上标记，将轨道下垫板抽掉，并校正、压紧钢轨，清理焊接现场，撤消轨道防护措施；

⑮ 铝热焊接验收标准，按照 TB/T1632 和《着色探伤标准》GB/T6062—92 进行着色探伤检查，以无裂纹为合格。检验时间为焊后 24 h 后。

(2) 铝热焊容易出现的质量、安全问题与对策。

铝热焊接钢轨由于在操作上主要是采取铸造工艺达到焊接的目的，因此所形成的缺陷多是铸造缺陷。在焊缝处所形成的主要缺陷有缩孔和疏松、气孔、夹渣、粘砂、热烈、未焊合等。表 11-9 列出铝热焊施工过程中容易出现的质量、安全问题与对策。

表 11‑9　铝热焊施工容易出现的质量、安全问题与对策

序号	现象	原因	对策
1	铁水浇注时泄漏	① 焊接砂型破损,与轨道贴合缝过大	① 检查焊接砂模完好,型号正确,清除杂物
		② 焊接砂型周围缝隙封填不严实	② 封箱砂不能过干,捣实过程认真,工具选择正确
		③ 焊接砂型底垫板设置不正确	③ 底垫板下垫实,不能悬空
		④ 焊接浇注前,分流塞没有放入焊接砂型	④ 在焊缝加热过程中,人员分工明确,避免慌张,遗忘
			⑤ 确保操作全过程照明充足
2	铁水浇注时向上喷发	① 焊剂本身成分不稳定	① 采用合格厂家产品
		② 焊剂不同组分发生分层	② 焊剂使用前先摇匀
		③ 焊剂有吸潮、结块现象	③ 焊剂没使用时不能开包,注意防潮; ④ 焊剂有结块和色泽不正常变化时不能使用; ⑤ 坩埚盖加装伞型罩防止火焰和铁水喷发
4	焊缝局部未熔合	焊缝加热温度不均	① 调整烤枪高度、角度:使火焰喷口下表面与轨道上表面保持 30 mm 距离; ② 加热过程中注意轨道焊接断面火焰烘烤状况,烤枪进行适当调整,使焊缝断面加热基本均匀
5	焊缝断裂	① 焊接应力不能释放	① 轨道焊接前螺栓不能全部紧固,有 3 组螺栓预紧起到定位作用,待焊缝冷至常温再全部紧固
		② 焊接材料质量问题	② 采用合格厂家产品
6	焊缝表面凹坑、气孔	轨道断面加热温度过高	① 调整氧气、丙烷压力:根据现场施工实际情况及皮管长度作适当调整,氧气出口压力保持 0.35～0.4 MPa,丙烷出口压力保持 0.04 MPa 较宜
			② 加热过程中不断观察轨道断面颜色变化,断面颜色由黑色刚开始要向橘黄变化时,温度已达到 800℃

（3）铝热焊施工维修作业标准。

见表 11‑10。

表 11‑10　轨道铝热焊施工维修作业标准

编制: 审核:	维修作业标准		编制日期: 修改日期:	
编制部门: 五冶检修大队	厂部:炼铁厂 项目名称、编号:干熄焦装入吊车轨道铝热焊	设备名称、编码:		工期工时:
危险源	动火作业,高空作业	动火等级	二级	项目时间:52 min

人、机、料、时间投入情况汇总

| 需用工机具及编号 | A. 专用加热工具（氧气、氧气流量计、
　　丙烷、皮管、烤枪）　　　　1套
B. 气割工具（氧气、乙炔、皮管）1套
C. 砂箱框　　　　　　　　　　1付
D. 弓形卡　　　　　　　　　　1付
E. 坩埚盖　　　　　　　　　　1个
F. 加热器搁架　　　　　　　　1付
G. 坩埚搁架　　　　　　　　　1个
H. 接渣斗　　　　　　　　　　1个
I. 电动磨光机 φ150 mm　　　　1台
J. 榔头　　5P　　　　　　　　1把
K. 钢直尺　　1.0 m　　　　　　1把
L. 电动扳手 22#　　　　　　　1把
M. 毛刷　　　　　　　　　　　1把
N. 乙炔瓶扳手　　　　　　　　1把
O. 消渣辊　　　　　　　　　　1根
P. 拖线盘 220 V　　　　　　　1个
Q. 撬棒　　　L＝1 000 mm　　2根
R. 计时器　　　　　　　　　　1只
S. 錾子　　L＝300 mm　　　　2根 | 需用材料 | 常用材料：
1. 铝热焊剂　　　　　　　1套
2. 一次性坩埚　　　　　　1套
3. 轨道焊接砂模　　　　　1套
4. 封箱泥　　　　　　　　1包
5. 防火石棉布 2 m×2 m
　　　　　　　　　　　　1张
6. 高温火柴　　　　　　　1支
7. 灭火器　　　　　　　　1只
8. 轨道胶垫　 L＝500 mm
　　　　　　　　　　　　1只
9. 分流塞　　　　　　　　1个 | 需要人数 | 4人 | 工种代码 | 钳工:al(组长)
铝热焊工:bl
气焊工:cl
辅助工:dl |

工时工序

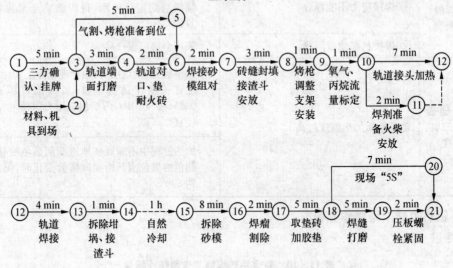

步　序	作业方法	作业人员代码	使用工具、材料编号	安全措施	技术要点
①～③ 5 min	三方确认，现场挂牌	点检、生产、al		严格进行三方确认、挂牌	

①～② 5 min	1. 作业人员施工前技术交底,签字确认; 2. 工机具、材料、备件准备,人员到位	Al,bl, cl,dl	A,B,C,D, E,F,G,H, I,J,K,L, M, N, O, P,Q,R,S, 1, 2, 3, 4, 5,6,7,8,9	检修现场拉好安全围绳	
③～④ 3 min	将轨道待焊接面毛刺消除,打磨干净	dl	I,P	作业人员拴好安全带	焊接面露出金属光泽
③～⑤ 5 min	将气割、加热两套工具连好,拉到位	Al,bl,	A,B	皮管绑扎在栏杆上	
④～⑥ 2 min	用撬棍将轨道头抬高 10 mm,将耐火垫板放在轨道焊缝中间,调整轨道接头,对正	Al dl,	K,3	作业人员拴好安全带	轨道焊缝间隙 26±2(mm)
⑥～⑦ 2 min	1. 检查焊接砂模完好,型号正确,清除杂物; 2. 将砂模对正焊缝中心,紧贴轨道组对; 3. 用砂箱框和弓形卡将砂模固定好	al,bl	C,D	工具生根,防高空落物	砂模组装缝和与轨道贴缝≤1 mm
⑦～⑧ 3 min	1. 用封箱泥将砂模组装缝、砂模与轨道贴缝,轨道底板部分填实; 2. 将接渣斗放在砂模有缺口侧的轨道面上,紧贴砂模并用封箱泥将接口缝隙填实; 3. 将坩埚搁架放在砂模上,放平稳; 4. 将塞块放在砂模边缘进行加热	al,bl	H,G,4,9		
⑧～⑨ 1 min	将烤枪支架放到轨道上,调整位置使烤枪头正对焊缝中心	bl,	A,F		
⑨～⑩ 1 min	烤枪点燃,调整氧气、丙烷流量,使焰芯长度为 15～18 mm 蓝色火焰	Cl,dl	A	防火石棉布挡好,劳防用品穿戴整齐	氧气量:3 500 L/h 丙烷压力:0.04～0.06 MPa
⑩～⑫ 7 min	火焰调整好后将烤枪放在搁架上,对焊接接头进行加热,并记录加热时间(如果轨温低于15℃,应用焊枪将其左右 1 m 各加热约 1 min,使其达到37℃)	Cl	R		加热时间:7 min
⑩～⑪ 2 min	1. 将焊剂倒入一次性坩埚,使顶部略呈锥形; 2. 将高温火柴插入焊剂,露头 3～5 mm	bl	1,2,5		受潮焊剂和砂模禁止使用

163

⑫～⑬ 4 min	1. 预热完毕后，移开烤枪，将塞块迅速放入砂模中间； 2. 将装有焊剂的一次性坩埚置于砂型上方装置的坩埚支架上； 3. 烤枪点燃高温火柴，盖上坩埚盖，焊接自动进行	al,cl	G,E,5,9	
⑬～⑭ 1 min	浇注完后，取走接渣斗和坩埚，妥善放置	Cl	0	
⑭～⑮ 1 h	使焊缝自然冷却(气温低于 15℃，应将焊头用毯状物或其他覆盖 10 min)，流水作业时可不考虑本工序时间			
⑮～⑯ 8 min	用榔头和錾子拆除砂模	Cl,dl	J,S	遮挡措施做好，防高空落物
⑯～⑰ 2 min	用氧、乙炔焰将多余焊瘤割除，不得伤及轨道母材	Cl	B	防火石棉布挡好劳防用品穿戴整齐
⑰～⑱ 5 min	用撬棍将轨道头抬高，取出耐火垫砖，清除轨道底部杂物，将胶垫塞入轨底垫好	Al,bl,cl,dl	Q,M	
⑱～⑲ 5 min	用磨光机打磨焊缝，使轨道顶面和两侧打磨至原钢轨一致	dl	I,P	高差≤0.5 mm
⑲～㉑ 2 min	轨道压板螺栓紧固	Al dl	L	作业人员拴好安全带，工具生根，防高空落物
⑱～⑳ 7 min	现场"5S"	bl,cl		

2. 手工电弧焊焊接工艺

(1) 焊接材料质量要求。焊条必须有产品质量证明书，焊条牌号为 E6016 或 E6015，烘干后使用(烘焙 350～400℃，保温 1 h，恒温在 150℃使用)，现场焊接必须使用保温桶。

(2) 钢轨质量：

① 检查钢轨质量证明文件，钢轨必须是合格产品；

② 依据国家产品标准 GB3426—82，钢轨外形尺寸的主要要求有：

a. 钢轨侧向弯曲度每 m 不得大于 1.5 mm，总弯曲度 8 mm；端部弯曲度 0.5 m 内不得大于 1 mm；

b. 钢轨的上下方向的总弯曲度不得大于 1.5 mm；

c. 钢轨的扭转不得大于钢轨全长的 1/1 000；

d. 钢轨接头宽度允许偏差 -2.0 ～+1.0 mm；

e. 钢轨轨底宽度－2.0～＋1.0 mm；

f. 钢轨轨腰厚度±1 mm；

g. 钢轨轨中心高度±1.0 mm。

（3）焊前准备：

① 工艺准备：选用黄铜制作铜模，其制作方法是在钢轨上热靠模加工，制作铜模固定夹具，加工 200 mm×80 mm×10 mm 的黄铜垫板若干块，见图 11－3；

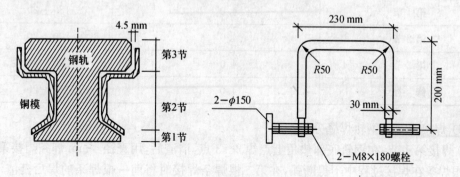

图 11－3　轨道焊接铜模示意图

② 人员要求：焊工必须持合格证、操作证上岗，并具有相应焊接资质，钳工负责轨道接头质量；

③ 工、机具准备：焊机选用 500 A 和 300 A 两种，还要准备相应的工具；

④ 现场条件：采用角向磨光机清除轨道接头近缝区 50 mm 范围内的污物。

（4）施焊要求：在钢轨接头处底部垫铜垫板，一般情况下，铜垫板尺寸为 200 mm×80 mm×10 mm，将钢轨水平放置在铜垫板上，焊接并修磨焊缝两侧垫角，见图 11－4。

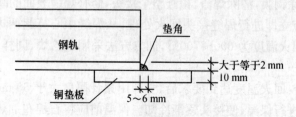

图 11－4　钢轨焊接示意图

（5）钢轨组对：见图 11－5 所示，用铜垫板和钢垫板将钢轨端头垫起 30 mm，利用已有的螺栓和压板，拧紧螺帽使钢轨固定在吊车梁上，每一钢轨接头设置 4 处固定点。

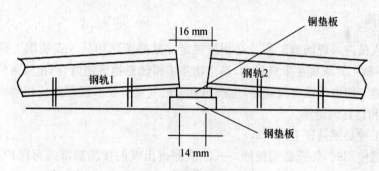

11－5　钢轨焊接组对图

165

用氧、乙炔火焰将钢轨接头两侧各 150 mm 范围内轨道围绕轨头、轨腰、轨底进行两次无间隔加热,保证钢轨全截面加热均匀,特别要保证轨底的加热质量,加热温度为(300±20)℃,采用点温计或分三节进行焊接,如表 11-11 所示。用试温笔测定预热温度。

表 11-11　焊接规范表

焊接部位	焊条直径/mm	焊接电流/A
第 1 节	4.0	180±20
第 2 节	4.0	200±20
第 3 节	4.0	200±20
修　补	4.0	160±20

(6) 焊接工艺。钢轨焊缝分节:

① 焊接第 1 节:在钢轨底部垫角上点焊 2~3 点,清渣后,用直径 4 mm 焊条焊接第一层焊缝,每根焊条在焊接过程中不得断弧,在第二根焊条焊接时将前一根焊条的焊后药渣清除后,再进行焊接,以此类推。轨底焊完后,松开压板,将钢轨端头的垫起高度降低到 20 mm,再拧紧压板螺栓。安装铜膜(用铜膜固定夹具夹紧),利用铜模的可调螺栓将钢轨与铜模的间隙调至 4~5 mm。一个接头必须连续焊接至结束。

② 焊接第 2 节:焊条在焊缝中部引燃电弧,沿接缝两侧往复焊接,操作时采用小锯齿形运条方式,在接缝两侧做小圆弧旋转回焊,使熔渣从钢轨与铜膜的间隙中流出。

③ 焊接第 3 节:仍采用焊接第 2 节的方法进行焊接。

④ 修补焊缝:拆除铜膜,清除焊渣,检查整个接头,修补焊缝表面的缺口、夹渣等缺陷。

焊后处理:焊后应立即进行焊缝接头回火处理,从焊缝中心算起两边各为 40 mm 左右作为回火处理的范围,回火温度为 600~700℃,加热方法采用氧乙炔,同样采用点温计或试温笔进行监控测定。

⑤ 焊缝保温缓冷:回火温度达到要求后,立即用累计厚度大于 50 mm 的石棉布在焊缝两侧各 200 mm 范围内进行保温,使接头逐渐冷却。保温前应将石棉布加热除去水份。

焊缝修磨:钢轨接头回火并冷却到大气温度后,对轨头的顶面及两侧面的焊缝进行磨平处理。当焊缝突起过大时,可先用扁铲将焊波铲除一部分,然后用角向磨光机将焊缝磨到与钢轨头平齐,对钢轨腰部、底部焊缝也做适当修磨,铲除飞溅、焊瘤。

3. 安全措施

(1) 施工人员进入现场施工作业必须按规定穿戴好劳防用品。安装用工具、材料应妥善放置,扳手等小型工具应放在工具包内,高空物品不得随意抛落地面,防止坠落伤人。

(2) 现场施工用电气设备及线路,应按照有关电气安全技术规程安装和架设,以保证有足够的安全距离和良好的绝缘。

(3) 特殊工种必须持证上岗。

(4) 电焊机使用时,外壳必须接地,一、二次侧进出线的接线端部应有保护罩。电焊线应无破损,地线应跟焊把线走;施焊人员不得赤手施焊。

(5) 轨道焊接在高空作业,作业人员必须拴上安全带,并扣好保险扣,安全带高挂低用。严防火灾事故的发生,清除焊接位置周围的一切火灾隐患(含易燃物品等)。现场要配备相应数量的灭火器。

11.5 发电系统检修维护技术

电力系统的正常周率应保持在 50 Hz 运行,其偏差不大于 0.2 Hz,应尽可能地维持正常周率运行。而 CDQ 发电系统是否正常运行,直接影响到整个下游用电系统的电力配置。所以要认真做好设备维护工作,以确保设备在规定的时间内无故障运行。

11.5.1 配电装置的检查

1. 配电装置检查内容

(1) 周围环境:如房屋门窗良好,不漏水,锁良好,通风照明、接地装置良好,室内清洁,常设遮栏装设与运行要求相符,有关消防设备完备。

(2) 母线、开关、互感器、电缆、变压器、发电机等正常。

2. 配电装置一般检查项目

(1) 充油设备;油色、油位是否正常,有无渗、漏油。

(2) 瓷制设备无裂纹和放电痕迹。

(3) 设备外壳接地装置良好。

(4) 开关、母线、引出线有无发热变色、变形等现象。

(5) 带电设备无异常振动、摆动、放电、异声、焦味。

(6) 常设遮栏装设与运行要求相符。

(7) 变压器硅胶吸潮剂不应变色。

3. 设备服役其他注意事项

(1) 所有配电设备应清洁、无异物。

(2) 一次及二次回路内短路线及接地线均拆除,有关安全遮栏装设完好。

4. 运行设备检查注意事项

(1) 发电机、站用变压器大修后 24 h 内,须每班检查一次回路。

(2) 检查运行中设备时,不可越过安全距离:10 kV 及以下时,无遮栏 0.7 m,有遮栏 0.35 m。

5. 配电装置有关设备运行中的限额温度

见表 11 - 12。

序　　号	设备名称	限额温度/℃
1	铜制硬导体或母线接头	70
2	熔断器外部触头	120
3	高压开关,活动触头	75
4	电流互感器接头	80
5	电压互感器接头	80
6	穿墙套管接头	180

6. CDQ 发电机开关跳闸次数的规定

发电机开关在运行中由于故障引起跳闸的次数超过下列规定,或未超过规定次数但遇有严重破坏、漏油等现象,应即通知有关人员进行处理后方可再投入运行。

具体跳闸次数规定如下:

(1) 允许故障跳闸次数为 4 次(制造厂说明书)。

(2) 机械操作 10 000 次。

7. CDQ 发电机开关在正常开关负荷情况下,至少每年操作一次。

11.5.2　开关的事故处理

(1) 开关最常见的故障有下列几种:

① 操作机构拒绝合闸或拒绝跳闸,低压开关合上自动脱扣;

② 油开关缺油;

③ 温度不正常。

(2) 开关拒绝合闸时,应首先检查操作电源的电压是否正常,如不正常,即应调整,然后再操作。此时还应检查控制回路是否断线,操作电器是否损坏,控制熔丝是否熔断,操作机构是否正常,以及信号指示是否正常。

(3) 若发现开关跳闸回路有故障,应立即检查控制回路和操作回路。此时若发生事故,开关将拒绝跳闸,引起事故的严重扩大,为此应采取下列措施:立即征得调度同意后,将拒绝跳闸的开关以手动切断,并通知有关人员消除其故障。

(4) 发现油开关无油指示,应认为该开关已经不能安全地断开回路,应按上一条措施处理后,断开该开关操作回路以不使跳闸,并拉出该开关。

(5) 如果开关发热不正常,应加强监视,并设法降低其温度,如果温度继续升高,则应停止该开关运行。

(6) 遇有下列现象之一时应报告班长、调度,将开关停止运行:

① 瓷套管有大的裂纹、闪络或破裂;

② 油开关内部有异常放电声;

③ 严重漏油而无法维持最低油位者。

11.5.3　电压、电流互感器故障

(1) 发现故障时,应进行以下检查:

① 查电压互感器次级开关是否脱扣(若有查熔丝是否熔断),如脱扣应使其复位,若再次脱扣(或熔断),说明有故障,须查明原因并消除;

② 必要时隔离电压互感器进行绝缘检查。

(2) 当发现电压互感器有下列故障征象之一时,应立即停用:

① 发热过高;

② 内部有劈啪声或其他噪音;

③ 有臭味或冒烟;

④ 有火花放电等现象;

⑤ 绝缘物有损坏现象。

(3) 若因电压互感器故障影响到馈线继电保护(如低电压保护等)应向调度申请,将有关保护出系或调整方式恢复电压。

(4) 当发现电流互感器有下列故障征象之一时,应立即停用:

① 二次回路开路;

② 互感器冒烟;

③ 有火花放电等现象。

(5) 停用后检查开路原因:

① 一次线线头是否松脱;

② 电流试验部件是否接触良好,有关压板是否放上;

③ 检查故障时切勿用手接触二次回路导线。

11.5.4　发电机运行中的监视、检查维护和试验

(1) 所有安装在发电机仪表盘上的电气表计指示值,必须每小时记录一次;发电机定子线圈和进出风的温度,必须每小时检查一次,每 2 小时记录一次,若有特殊要求时,可以缩短抄表时间。

有功和无功电度表的电量计算按能源部有关规定每日定时向调度报告。

转子接地检验应每班测量一次,检验时,持续 5 min 按电压调节器的"电刷传动装置"113 - S323 按钮,若出现转子接地信号应在尽可能短的时间内,最迟 48 h 之后,将汽轮机组停下,必须对转子进行检测、复查,找出接地处。

(2) 发电机三相电流之差,不超过额定值的 10% 时,允许继续带额定负荷运行,但任何一相的电流不得大于额定值。

(3) 发电机及其附属设备,应由值班人员进行定期的外部检查,检查周期为:

① 各电气量的检查,按(1)的有关规定;

② 发电机轴承温度及振动的检查,按电站规程机械篇的有关规定由汽轮机值班员负责进行;

③ 每 2 h 检查一次轴承各部渗漏油现象,并监听有无异声;

④ 每周进行一次各项记录有无异常变化的比较;

⑤ 每周进行一次发电机周围的清洁、母线及导线是否有变色的检查,特别是轴承座绝缘部位应保持清洁。此外,在每次较严重的外部短路以后,也应对发电机进行外部检查。

(4) 润滑油和轴承的允许温度及油压、进出风温度控制和冷却器水门调节,均见汽轮机运行规程中的规定。

(5) 发电机停机时的检查:

① 1～2 日间短时间的停止:

a. 水和油的阀门待发电机完全停止后应全部关闭;

b. 进行运转中未能进行的作业;

c. 检查无刷整流装置各部件的外表有无异常,各紧固部件有无松动,各连接部是否有异常变形及有无龟裂;

d. 当整流环内有尘埃等污染时用除尘器等清除,用 500 V 兆欧表测定与地之间的绝缘电阻,电阻值大于 1 MΩ 为合格;

e. 清扫空气过滤器。

② 长时间停止:

a. 作①- a 和①- b 项的检查、保养;

b. 长期停止时重要的是防止吸湿及生锈;

c. 检查控制回路各部件的可动部,如注意电压调节器、电磁接触器等的接触部件及转动处的锈蚀情况;

d. 无刷整流装置的检查,请参照①- c 和①- d 项。

(6) 发电机的运行管理与监督,除有规定外,其余应由电气值班人员担任,对进行过的检查、保养工作应做好记录。

(7) 为掌握发电机在运行过程中绕组的绝缘情况,应在每次开机前、停机后及处于停运状态时测量绝缘电阻,以保证发电机安全运行。

发电机的绝缘测量应每月一次(在月中 15 日左右),梅雨季节根据天气潮湿情况决定,每天停机时间达 10 h 及以上者须测量定、转子绝缘。

(8) 发电机停运后,在下次启动前一到二天须测量绝缘电阻(以便发现问题及时处理),在梅雨季节应每天测量一次。

(9) 凡是在发电机一次回路或励磁回路作过工作后必须测量绝缘电阻。

(10) 发电机绕组绝缘电阻,须在停机后热状态下测量,并应注意下列各项:

① 确知发电机已停转,发电机开关应断开;

② 测量发电机绝缘时,凡与一次回路接触的工作,均应经过验电放电后进行;

③ 励磁回路只能用 500 V 兆欧表测量。

(11) 发电机各部绝缘电阻的允许值及有关规定见第五节 3. 每次绝缘电阻测量的结果均应记录在"绝缘电阻记录簿"上,并由值班长签阅。

(12) 发电机开路试验即空载试验,就是测定在额定转速下,发电机空载电压与励磁电流变化的关系。

(13) 发电机短路试验,就是测定在额定转速,定子绕组三相短路的情况下,发电机定子电流与励磁电流变化的关系。

(14) 进行开、短路试验时,发电机必须在启动状态,常设遮栏均应装上,"在此工作"牌取掉,工作票收回。

(15) 根据需要,做好试验准备工作,作短路试验时,在+1 BAB 02 52 G 2 处装接短路线,短路线为 60×8 铜汇流排。

(16) 凡在一次回路曾经进行过可能改变相序工作时,复役前必须核对相位,正确后方可投入运行。

11.5.5 发电机不正常运行和事故的处理

(1) 在事故情况下,允许发电机的定子线圈在短时内过负荷运行,同时也允许转子线圈有相应的过负荷。

短时过负荷的允许值,可以参照表 11-13。

表 11-13 短时过负荷的允许值

定子线圈短时过负荷电流/额定电流	1.1	1.12	1.15	1.25	1.5
持续时间/min	60	30	15	5	2

(2) 当发电机的定子电流达到过负荷允许值时,值班人员应该首先检查发电机的功率因数和电压,并注意电流达到允许值所经过的时间,按照规定,在允许的持续时间内,用减少励磁电流的方法,减低定子电流到正常值,但不得使功率因数过高和电压过低。

如果减低励磁电流不能使定子电流降低到正常值时,则必须降低发电机的有功负荷。

(3) 发电机发生剧烈的振荡或失去同期时(例如由于系统上发生短路,发电机突然减少励磁等),在仪表上有下列指示。

① 定子电流表的指针来回剧烈地摆动,定子电流的摆动有超过正常值的情形;

② 发电机电压表指针发生剧烈的摆动,经常是电压降低;

③ 电力表的指针在全盘上摆动;

④ 转子电流表的指针在正常值附近摆动。

(4) 发电机发出鸣音,其节奏与上述各项表计的摆动合拍,这时电气值班人员应采取下列措施:

① 在未使用自动电压调节装置时,应尽可能增加励磁电流(在允许值范围内),以创造恢复同期的有利条件;

② 在使用自动电压调节装置时,应降低发电机的有功负荷;

③ 如果采取上列两项措施后,在 $3 \sim 4$ min 内振荡仍未消除,报告调度将发电机与系统解列。

(5) 当系统内发生事故引起电压下降,发电机的励磁由自动电压调节装置增加到最大时,在 1 min 内电气值班人员不得干涉自动电压调节装置的动作,在 1 min 以后,则应立即按本节规定采取措施,以减低发电机的定子与转子电流到正常运行所允许的数值。

(6) 在发电机主开关以外发生长时间的短路,且定子电流表的指针指向最大而电压剧烈降低时,如果发电机的保护装置拒绝动作,电气值班人员应立即用手动把发电机解列。

(7) 当发电机断路器自动与电网切断时,值班人员应立即:

① 检查励磁开关是否跳开(113-K 322),如果未跳开,就立即用远方操作按钮(113-S 5)

将其切断；

② 检查危急保安器动作了没有；

③ 检查由于哪一保护装置的动作使发电机被切断；

④ 检查是否由于人员误动作而引起，如果确定掉闸是由于人员误动作所引起，则应立即将发电机并入电网；

⑤ 根据仪表，查明保护装置的动作是否由于短路故障所引起。

(8) 如果发电机是由于电网内或母线上的短路过电流保护装置动作而被切断，同时内部故障的保护装置未动作，经外部检查发电机亦未发现明显的不正常现象，则发电机即可并入电网。

(9) 当发电机由于内部故障的保护装置动作而掉闸时，除按本节 7. 检查外，还应测量定子线圈的绝缘电阻，并对发电机及其有关的设备和所有在保护区域内的一切电气回路(包括电缆在内)的状况，作详细的外部检查，查明有无外部征象(如烟、火、响声、绝缘烧焦味、放电或烧伤痕迹等)，以判明发电机有无损坏。此外，应同时对动作的保护装置进行检查，并查问在电网上有无故障。

如果检查发电机及其回路的结果并未发现故障，则发电机可以零起升压。升压时如发现有不正常情况，应立即停机，以便详细检查并消除故障。如升压时并未发现不正常现象，则发电机可并入电网运行。

(10) 当发现系统中有一点接地时，应立即查明接地点。如接地点在发电机内部，则应立刻采取措施，迅速将其切断。如接地点在发电机以外亦应迅速查明原因并将其消除。当定子电压回路单相接地时，应立即将发电机从电网解列，并断开励磁。

(11) 当发电机或汽轮机发生需要立即切断发电机的事故时(发现发电机内冒烟、着火、超过规定的严重振动，威胁人员生命等)，汽轮机值班人员应打下危急保安器或操作紧急停止按钮，并通知电气值班员。电气值班员得到通知，如同时看到发电机没有有功负荷，则应立即将发电机与系统解列，并断开励磁。

(12) 当发电机各部分的温度与正常值有很大的偏差时(发电机线圈的温度，冷却气体或水的温度或温升超过正常值等)，值班人员必须立即根据仪表检查有无某种不正常的运行情况(三相电流不平衡或水路堵塞等)，同时查明冷却器阀门是否已全开及冷却水系统是否正常，并将所发现的情况报告给值班长。

值班人员应采取一切措施，查明并消除过热的原因。

(13) 如果发电机的过热是由于冷却水的中断或进入到冷却器的水量减少，则应立即恢复供水。如果不能恢复，则应减少负荷或将发电机自电网解列。

(14) 当发电机的转子线圈发生一点接地时，应即查明故障的地点与性质，如系稳定性的金属接地，应尽快安排停机检修。

(15) 当励磁系统发生两点接地时，必须立即解列发电机并切断励磁。当转子线圈有层间短路而引起不允许的振动或转子电流急剧增加时，必须立即减少负荷，使振动或转子电流减少到允许的范围内，必要时亦应解列发电机，并切断励磁。

(16) 当"发电机着火时(从发电机罩或冷热空气室等处冒出明显的烟气、火星或有绝缘烧焦的气味)，值班人员应当立即采取下列措施：

① 立即打掉危急保安器或操作紧急停机按钮，并发出信号；

② 将发电机立即与系统解列,切断励磁,将发电机隔绝电源;

③ 发电机解列后,即应根据现场的水灭火装置使用规程,立即向机内喷水,直到火灾完全消灭为止;

④ 如果水灭火装置发生故障而不能使用时,值班人员必须设法使用一切能灭火的装置及时扑灭火灾,但不得使用泡沫式灭火器或砂子灭火(当地面上有油类着火时,可用砂子灭火,但应注意不使砂子落到发电机内或其轴承上);

⑤ 起动汽轮机的辅助油泵,并破坏真空,使汽轮机的转速迅速降低。但为了避免发电机在扑救火灾时,由于一侧过热而致主轴弯曲,禁止在火灾最后熄灭前,将发电机完全停下,而应保持发电机在额定转速的 10% 左右转动(可用手动调整汽轮机的进汽量)。

(17) 当发电机失掉励磁时,其表计的指示如下:

转子电流等于或近于零,发电机电压通常降低,电力表指示较正常数值低,定子电流表指示升高,功率因数表指向进相,关功力表指针越过零位,即发电机由系统吸收无功电力,定子电流和转子电压有周期性摆动。

此时应将电调节器后"自动"改为"手动"运行,手动调节励磁若无效,立即将发电机解列,停机检修。

(18) 当定子或转子仪表之一突然消失指示时,必须按照其余仪表的指示,检查是否由于仪表本身或其一次、二次回路的损坏。如果是由于仪表或二次回路导线的损坏,应尽可能不改变发电机的运行方式。如果影响发电机正常运行时,应根据实际情况减少负荷或停机处理,并采取措施以消除所发现的故障。

(19) 发电机持续允许不平衡电流值不超过额定值的 10%,且转子温度不能超过限额。

(20) 发电机常见故障现象和处理方法,见附录。

(21) 如果发电机的励磁调节装置有故障,应即将其消除,励磁调节装置的"自动"工作故障未经消除前,不得将发电机投入运行。

(22) 当励磁机着火冒烟时,汽轮机值班人员应立即紧急停机,并参照第八节 16. 规定进行处理和灭火。

(23) 励磁装置的常见故障现象和处理方法。见附录。

11.6 变压器运行规定

(1) 站用变规范:

额定容量   1 250 kW

额定电压   3 000/400 V

额定电流   241/1 804 A

短路电压百分数%   6

冷却方式   自冷

接线组别   DYn-5

(2) 电站站用变压器 1BFTOI/02 联接于焦化厂 CDQ 电气室的 3 kV 母线(目前暂接在同一个开关上 YDHP 321.2),二台站用变正常运行方式为分列运行,事故情况下电站可用一台站用变压器供电(可满足电站用电的全部需要),它是通过闭合联络开关 Q03

实现。

11.6.1 变压器的正常运行及检查维护

(1) 变压器并列运行的条件：

① 变压器相同；

② 接线相同；

③ 短路阻抗百分数（短路电压百分数）相同。

(2) 变压器在安装或进行检修工作后，恢复送电以前，运行值班人员应进行详细的检查。检查项目包括一次回路中的设备，变压器分接头位置，并从母线开始检查到变压器的出线为止。此外，还应检查临时接地线，遮栏和工作牌等是否均已撤除，全部工作票是否都已交回。最后，测定变压器绕组的绝缘电阻合格后，方可使变压器投入运行。

(3) 变压器投入运行时，应先合电源侧开关，停则相反。在合上电源开关前，应首先使变压器保护投入。

(4) 变压器正式投入运行前必须进行充电，这是为了检查变压器内部绝缘的薄弱点，考核变压器的机械强度以及继电保护能否躲过激磁涌流而不误动作，充电应在有保护装置侧进行。

(5) 在用无载调压分接开关进行调整电压时，应将变压器与电网断开后，才可改变变压器的分接头位置，并应注意分接头位置的正确性。在切换分接头以后，必须用欧姆表及测量用电桥检查回路的完整性和三相电阻的一致性。

(6) 新安装或进行过有可能使相位变动的工作的变压器，必须经过核相以后，才允许并列运行。

(7) 变压器绝缘电阻测定基准可参考表 11 - 14。

表 11 - 14　变压器绝缘电阻测定基准

电　压 绕　组	3 kV	6 kV	20～30 kV
一次—二次（对地）MΩ	30	50	70
一次—二次 MΩ	20	50	70
二次—一次（对地）MΩ	20	20	20

注：测定温度 20℃，使用 1 000 V 兆欧表。

(8) 变压器运行中，值班人员应监视变压器的运行情况，负荷不应超过额定值，电压不能过高或过低，定时记录表计（每班至少应记录一次）。变压器上的温度计，可在巡视变压器时抄录。

(9) 变压器外部检查每月至少进行一次，并应在每次投运前和停用后进行检查。另外，根据尘土、气候激变（冷热）等具体情况，应增加检查次数，特别应注意变压器的油位变化。此外，在瓦斯继电器发进警报信号时，亦应对变压器进行外部检查，夜间检查每月亦应进行一次。

(10) 变压器外部检查的一般项目：

① 检查油枕内油面的高度及有无漏油,油枕内的油色应是透明微带黄色;

② 检查变压器上层油温,变压器上层油温一般应在85℃以下,但由于变压器的负荷轻重及冷却条件不同,所以油温也不相同;运行人员在检查时,不能仅以油温不超过85℃为标准,应与以往运行数据进行比较,例如油温突然过高,则可能是冷却装置有故障,也可能是变压器内部故障;

③ 检查变压器的响声应正常,变压器正常运行时,一般有均匀的嗡嗡电磁声,发现异常现象应仔细检查,如不能处理应向负责人员报告;

④ 检查变压器套管应清洁,无破损裂纹及放电痕迹和其他现象;

⑤ 引线不应过紧、过松,接头的接触应良好不发热;

⑥ 呼吸器应畅通,硅胶不应吸潮至饱和状态,当蓝色颗粒深度为3 cm或更少时,则干燥剂应更新;

⑦ 变压器应不漏油、渗油,外壳应清洁;

⑧ 外壳接地线应良好。

(11) 变压器油每五年进行一次简化试验,但在每次大修后均应取样做简化试验。对电气绝缘强度试验,则在两次简化试验之间,至少再做一次试验。除按计划取样试验外,在变压器切断短路故障后,或在其他情况下加油时,亦需取样分析。

(12) 变压器油的几项判断标准

① 击穿电压的最小值 kV(VCDE 0370),使用 VDE 电极,标准见表 11-15;

表 11-15　VDE 电极使用标准

电压等级/kV	新　油/L	运行中的油/L
60 以下	50	30
60~150	50	40
150 以上	50	50

② 酸价:

新　　油　　　　　　≤0.05 KOH mg/g

运行中油　　　　　　≤0.4 KOH mg/g

(13) 变压器绝缘油击穿电压未达到上表规定的最小值时,绝缘油变压器必须干燥。在使用期内,如果化学性质达到下列数值之一,取样时间降低为两年:

酸　价　　　　　　0.4 KOH mg/g

皂化值　　　　　　1.0 KOH mg/g

当超过下列限值之一要换油:

酸　价　　　　　　0.6 KOH mg/g

皂化值　　　　　　1.5 KOH mg/g

11.6.2　变压器的事故处理

(1) 变压器在事故情况下允许过负荷,其倍数及延续时间按表 11-16,同时立即设法降低负荷,恢复正常。

表 11-16   允许的过负荷及过负荷延续时间

过负荷与额定负荷的比值	允许过负荷延续时间/min
1.30	120
1.60	30
1.75	15
2.00	7.5
2.40	3.5
3.00	1.5

(2) 变压器在过负荷时,应加强温度监视,不得超过限额。

(3) 遇下列情况应将母线联络开关 Q 03 闭合,二台站用变先行并列运行,而后停用有故障的变压器:

① 变压器内部声音很大,很不均匀,有爆裂声;

② 在正常冷却条件下,变压器温度不正常,并不断上升;

③ 漏油致使油位降落,已低于限额;

④ 油色变化过甚,油内出现炭质;

⑤ 套管有严重破损和放电现象;

⑥ 接头发热变色,电缆端盒严重龟裂;

⑦ 瓦斯继电器动作,而气体又非空气者。

(4) 遇下列情况应立即将变压器断电:

① 变压器外壳爆破;

② 套管爆裂;

③ 油枕喷油、喷烟;

④ 变压器着火。

(5) 瓦斯保护动作于信号,当瓦斯保护的信号动作时,值班人员应立即处理,复归音响信号,对变压器进行外部检查,检查的项目为:

① 油枕中的油位及油色;

② 变压器的电流、电压、温度的变化;

③ 细听变压器的声音有无异常变化,外部有无特殊情况;

④ 当上述情况都正常时,应查明瓦斯继电器中气体的性质,气体的性质可按表 11-17 确定;根据瓦斯继电器气体的性质,采取处理措施:

表 11-17   继电器气体性质辨识表

气 体 颜 色	故 障 性 质
无色、无臭、不燃烧	空气
浅灰色带强裂臭味不燃烧	纸或纸板故障
黄色不易燃的	木质故障
灰色或黑色易燃的	油发生闪络或过热分解

a. 空气放出,并注意再次动作的间隔时间,如信号越来越稀,则不发信号即可消失,说明变压器无问题,如果信号动作的时间逐次缩短,此时值班人员应将瓦斯保护的跳闸回路切断,并立即报告调度处理;

b. 有色可燃的气体,说明变压器内部有故障,按上第(3)项处理。

(6) 瓦斯保护动作于跳闸。除按上第(5)项中规定的内容检查外,还应立即检查下列各项:

① 各焊接缝处有否裂开现象;

② 变压器外壳是否有膨胀变形;

③ 保护装置二次回路是否有故障;

④ 最后分析气体性质是否可燃,以及采用气相色谱法进行分析,以鉴定变压器内部故障的性质,概括分析结果,应做如下处理:

a. 不准运行:如气体可燃或在检查中发现一种外部异常现象(不论轻重),则变压器未经内部检查,均不可投入运行;

b. 可以运行:如气体为空气,且变压器外部又无异常现象,而又查明了瓦斯动作的原因,证明变压器内部无故障,此时变压器可不经内部检查而投入运行。

(7) 在一台变压器自动跳闸时,应闭合 Q 03,由另一台站用变供站用电,停用跳闸的站用变,以检查变压器自动跳闸的原因。若检查结果证明变压器跳闸不是由于内部故障所引起的,而是由于过负荷、外部短路或保护装置二次回路故障所造成的,则变压器可不经外部检查而重新投入运行。若检查时发现有内部故障征象,则应进行内部检查。

(8) 变压器在运行中,一定要保持正常油位,值班人员必须经常检查油位计的指示。如发现油位过低,而油位计看不见油位时,应设法加油。在缺油不太严重,即在夜间看不到油位,而在白天能看到油位时,则应继续加强观察后再做处理。在油位过高时,应设法放油。

(9) 检查变压器时,如发现油箱内上部有"吱吱"的放电声,电流表随着响声发生摆动,瓦斯保护可能发出信号,油的闪光点急剧下降,此时可初步判断为分接开关故障。此时值班人员应监视变压器的运行情况,如电流、电压、温度、油位、油色和声音的变化,同时应立即取油样进行分析,以鉴定故障的性质。值班人员应将分接开关切换到完全好的另一挡上(切换后经测量证明),此时变压器仍可继续运行。

(10) 变压器在投入运行前或调换分接头位置时,必须测量各分接头的直流电阻。且测得之三相电阻应平衡,如发现不平衡时,其相差不得超过 2%,并应参考历次测试的数据进行核对。在切换分接头位置时,应将分接开关手柄转动 10 次以上,以消除触头部分的氧化膜及油污,然后再调至所需要的分接头位置上,将变压器投入运行。

(11) 遇变压器着火,首先将一切电源隔绝,用消防喷水灭火,无消防水时用泡沫或黄沙灭火。

11.7　电动机运行规定

11.7.1　电动机的运行方式和一般要求

(1) 电动机在额定冷却空气温度时,可按制造厂铭牌上所规定的额定数据运行。冷却空气温度大于额定值时,应通过试验确定运行数据。

(2)电动机绕组和铁芯的最高监视温度,应根据制造厂的规定,在任何运行方式下均不应超出此温度。

(3)电动机可在额定电压变动-5%～+10%的范围内运行,其额定出力不变。

(4)电动机在额定出力运行时,相间电压的不平衡,不得超过5%。

(5)电动机运行时,每个轴承测得的振动,不应超过表11-18所列数值:

表11-18 轴承振动控制标准

额定转速/(r·min^{-1})	3 000	1 500	1 000	750 及以下
振动值(双振幅)/mm	0.05	0.085	0.10	0.12

(6)备用中的电动机应定期检查和试验,或轮换运行,以保证能随时起动。

(7)在电动机及其所带动的机械上,应划有箭头指示旋转方向。

(8)电动机的外壳,应按规定妥善接地。

11.7.2 电动机的操作、监视和维护

(1)负责电动机起动和运行的人员,应在电动机合闸前进行如下外部检查:

① 电动机上或其附近有无杂物和有无人工作;

② 电动机所带动的机械是否已准备好,并可以起动;

③ 最好设法转动转子,以证实转子和定子不相摩擦,被它所带动的机械也没有被卡住;

④ 是否有机械引起的反转现象,如有,应设法禁止反转。

(2)对远方操作合闸的电动机,应由负责电动机运行的人员进行外部检查后,通知远方操作者,说明电动机已准备好,可以起动。

起动电动机时,机组运行人员应按电流表(如有电流表时)监视起动过程,起动结束后,应检查电动机的电流是否超过额定值,发生疑问时应对电动机本身进行复查。

对于新安装或大修后的电动机在远方操作合闸时,负责电动机运行的人员应留在电动机旁,直到转速升到额定转速。

(3)电动机所带动机械的值班人员(以下简称机组值班人员),应经常对电动机的运行情况进行监视:

① 监视电动机的电流是否超过允许值。如超过,则应报告值班长,并根据其指示采取措施;

② 检查轴承的润滑及温度是否正常;

③ 注意电动机的音响有无异常;

④ 注意电动机及其周围的温度,保持电动机附近清洁(不应有煤灰、水汽、油污、金属导线、棉砂头等,以免被卷入),定期清扫电动机;

⑤ 按规定的时间,记录电动机表计的读数、电动机起停时间及原因,发现的一切异常现象。

(4)当机组值班人员发现异常现象时,应迅速报告值班长并同时通知电气值班员。

除机组值班人员应进行的外部检查外,重要的厂用电动机还应有电气值班人员定期

巡回检查。如发现电动机运行不正常,需改变运行方式时,则必须通过机组值班人员及值班长。

（5）与电动机电气部分有关的全部维护和检修工作,都由电气部门的人员进行,轴承的维护和电动机的外部清洁,由机组值班人员负责。

（6）电动机轴承的最高允许温度,应遵守制造厂的规定,无制造厂的规定时,可按照下列标准:

① 对于滚动轴承,不得超过100℃;

② 电动机轴承用润滑脂,应符合轴承运行温度和转速的要求;

③ 电动机运行中轴承的监视温度应根据试验确定,如发现有不正常的升高时,应即查明原因,设法消除;

④ 滚动轴承中所用的润滑脂,应每半年补充一次。

（7）电动机起动前,一般应用500 V或1 000 V的兆欧表测量线圈的绝缘电阻。备用中的电动机,亦应定期测量。经常开停的电动机,可减少测量次数,但每月至少测量一次。

（8）电动机的定子绕组的绝缘电阻应符合"电气设备交接和预防性试验标准"中的规定。

11.7.3　电动机的事故处理

（1）在下列情况下,应立即将电动机遮断:

① 发生需要立即停用电动机的人身伤害事故时;

② 电动机及所带动的机械损坏至危险程度时。

（2）在下列情况下,对于重要的站用电动机,可先起动备用电动机组,然后再停机:

① 在电动机中发现有不正常的声音或绝缘有烧焦的气味;

② 电动机内出现火花或冒烟;

③ 定子电流超过正常运行的数值;

④ 出现强烈的振动;

⑤ 轴承温度不允许的升高。

（3）扑火电动机的火灾,必须先将电动机的电源切断,灭火时应使用电气设备专用的灭火器,无电气设备专用的灭火器时,则应在电动机的电源切断后,用消防水喷射散开如雾状的细水珠来灭火。为了防止由于浇水冷却得不均匀而使电动机各部变形,禁止将大股的水注入电动机内。

11.7.4　电动机的异常现象及其处理的方法

当发现运行中的电动机有异常现象时,应及时加以消除,以免扩大成事故。在大多数情况下,这些异常现象是电动机的保护装置不能反应的,通常电动机的异常现象及其发生的可能原因有下列各种:

（1）当电动机启动时,将开关合闸后,电动机不转动而只发出响声,或者不能达到正常的转速,这种异常现象的可能原因如下:

① 定子回路中一相断线(熔断器一相熔断,电缆头或断路器等的一相接触不良,定子绕组一相断开);

② 转子回路中断线或接触不良(鼠笼式转子铜或铝条和端环间的连接破坏);

③ 电动机或所拖动的机械被卡住;

④ 定子绕组接线错误(三角形接线误接为星形,星形接线的一相接反等)。

(2) 在起动或运行时,从电动机内出现火花或冒烟,其可能的原因如下:

① 中心不正或轴承磨损,使转子和定子相碰;

② 鼠笼式转子的铜(铝)条断裂或接触不良。

(3) 新安装或检修后的电动机启动时,短路或过负荷保护装置动作,其可能的原因如下:

① 被带动的机械有故障;

② 电动机或电缆内发生短路;

③ 短路保护装置整定的动作电流太小,过负荷保护装置的时限不够。

(4) 运行中的电动机声音突然发生变化,电流表所指示的电流值上升或降低至零,其可能的原因如下:

① 定子回路中一相断线;

② 系统电压下降;

③ 绕组匝间短路;

④ 被带动的机械故障。

(5) 运行中的电动机,定子电流发生周期性的摆动,其可能的原因如下:

① 鼠笼式转子铜(铝)条损坏;

② 机械负荷发生不均匀的变化。

(6) 电动机不正常的发热,但根据电流表的指示,定子电流未超出正常的范围,其可能原因如下:

① 风道堵塞;

② 周围的空气流通不畅,进风温度过高。

(7) 电动机发生剧烈振动,其可能的原因如下:

① 电动机和其带动的机械之间的中心不正;

② 机组失去平衡(包括所带动机械的转动部分和电动机转子);

③ 转动部分与静止部分摩擦;

④ 轴承损坏或轴颈磨损;

⑤ 联轴器及其联接装置损坏;

⑥ 所带动的机械损坏;

⑦ 鼠笼式转子端环有裂纹或与铜(铝)条接触不良;

⑧ 电动机转子铁芯损坏或松动,转轴弯曲或开裂;

⑨ 电动机某些零件(如轴承、端盖等)松弛,或电动机底座和基础的连接不紧固;

⑩ 电动机定、转子空气间隙不均匀超过规定值。

(8) 为了查明电动机振动的原因,必须先将联轴器拆开,使电动机空载起动。如电动机在空载运行时振动正常,则说明引起振动的是电动机所带动的机械,应由检查部门负责进一步检查并消除。如电动机在空载运行时即有很大的振动,则说明振动是由电动机本身引起的,这时可以:

① 检查电动机的机座和基础固定处的底脚螺栓的紧固情况,如果不紧,应将螺栓拧紧;

② 检查端盖的紧固情况。如果轴承是外装式的,则检查轴承座与基础的固定情况;

③ 仔细倾听电动机轴承的声音,注意在轴承上有无敲击声(特别是滚珠轴承);

④ 将电动机的电源切断,再检查振动是否消除,如果振动消除,则说明这种振动可能是由于上述原因之⑦或⑩所引起的;

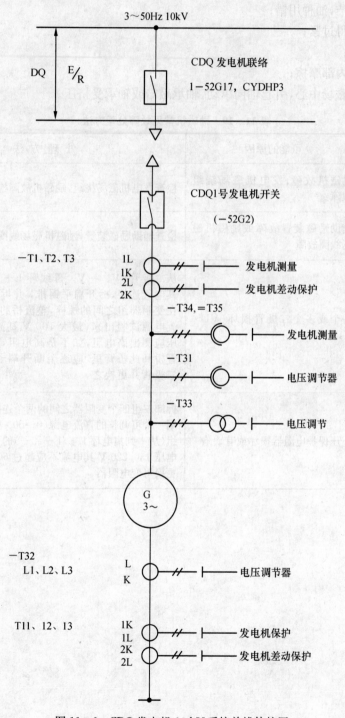

图 11-6　CDQ 发电机 10 kV 系统单线体统图

⑤ 如经以上检查,振动原因仍不清楚,则应将电动机解体,校验转子是否平衡,检查轴颈、轴承及转轴的状况。

(9) 轴承过分发热,其可能的原因如下:

① 滚动轴承油脂不足或太多;

② 油质不清洁,油种用错;

③ 轴承盖盖得过紧;

④ 中心不正;

⑤ 滚动轴承内部摩擦;

⑥ 转子不在磁场中心,引起轴向窜动、轴承敲击或轴承受挤压。

表 11 - 19　励磁机常见故障处理方法

故　障	可能的原因	处　理　方　法
发电机不能励磁	励磁机故障、发电机磁场绕组故障	检查发电机磁场绕组,励磁机故障检查参见以下各条
励磁机不能激动	辅助励磁装置故障或励磁机磁场线圈故障	检查辅助励磁装置,励磁机磁场线圈检查
旋转部件开路	一个或多个二极管损坏(V1~V12)	从二极管(V。—V。母线环 L+)到接线柱,打开其电气连接,拆开扁平铜排,并拆卸所有 8 个连接在变阻器组之间的螺栓,整流桥的情况可用一个直流电源试验出来(最大 100 V 直流)。当反向加电压应测出高电阻,如不是高电阻,则故障在这二极管桥和此桥臂里,应逐个断开端子片,找出损坏的二极管并更换之
	电压保护电阻器损坏或有缺陷	拆卸二组四个变阻器之间的两个连接螺栓 用一个可调整的直流电源(0~500 V),独立地试验各组(从+到集电环 L+/L—和—)的可变电阻器 电压 150/220 V 其电流不应超过 60/140 mA,否则应更换可变电阻器

第 12 章　干熄焦电气设备维护检修技术

12.1　电气控制系统组成

干熄焦整个装置由干熄焦槽(四座)、装运设备(二组)、排出设备(每干熄焦槽一组)、气体循环设备、锅炉及水处理设备、环境除尘设备组成。其中六大单机是电气的主要控制对象,这六大单机为:电车、吊车、移车台、装入装置、排出装置和循环鼓风机。

干熄焦一般采用电气仪表统一控制装置作为干熄焦的主控装置,该装置由 JP - EI 控制站、OPS 操作站和外围设备组成。通常为了实现本工段内及本工段与其他工段的通讯联系,干熄焦 JP - EI 控制站及 OPS 操作站均挂接到焦炉区三电一体化的 EIC - BUS 通讯网上,通过 EICV - BUS 网在线实时与各控制站和操作站之间交换过程数据信息,上位计算机也将通过 EIC - BUS 网获取有关数据信息,完成其管理机能。

干熄焦 JP - EI 控制站主要包括 JP - EI 主机 1 套及输入/输出盘 1 套。考虑到干熄焦工艺要求的特殊性,确保安全可靠,其 JP - EI 主机 CPU 采用冗余化。

干熄焦控制系统无论电气逻辑控制还是仪表控制都比较复杂,而 JP - EI 控制站主机可满足干熄焦控制系统要求,所有电气逻辑和仪表控制回路均可以通过 JP - EI 主机 CPU 的 POL 指令和 DDC 宏功能运行加以实现。又由于主机 CPU 采用冗余化,这样如果其中 1 个 CPU 发生故障,另一个 CPU 将自动投入,从而保证了干熄焦系统的可靠性,满足了干熄焦关键设备——移车台、吊车、循环鼓风机和锅炉系统仪表调节、监视回路的控制要求。

JP - EI 控制站输入/输出盘用于过程信号的处理和电平的转换。输入盘(模块)将现场继电器接点、限位开关、操作开关等状态信号转换为信号电平传送给 JP - EI 主机 CPU;输出盘(模块)将运算结果、逻辑结果进行功率放大,经变压器、光电耦合进行电气隔离,而后驱动继电器、电磁线圈、指示灯等。由于干熄焦系统所要控制的设备如电机、阀门等特别多,而且进行控制所要求的现场信号、控制盘信号也很多,为了减少输入/输出盘的数量,干熄焦 3 kV 高压组合器盘及交流低压电动机控制盘(除吊车控制盘外)均装了信号传送子局 CDL,利用 CDL 来完成过程信号的处理和电平的转换并代替输入/输出盘的功能。

干熄焦 OPS 操作站主要包括:OPS 本体主装置 2 台;54 cm 彩色 CRT 3 台;操作员操作台 3 台;操作键盘 3 台;打印机 2 台;硬拷贝 1 台及中央辅助操作台 1 台。

本干熄焦控制系统采用人机接口多功能 OPS 操作站,通过 OPS 操作站的 CRT 来监视和操作控制系统,掌握干熄焦整体运行状态,代替传统的中央模拟屏和操作台。在本 OPS 操作站 CRT 上,电气和仪表合为一个窗口统一表示,实现了电气和仪表一体化,对于系统的操作,以 CRT 触摸和键盘操作为主。由于本 OPS 操作站配备 2 台 OPS 主机及 3 台 CRT 且每台 OPS 监控内容要求 100％互为备用,这样即使一台 OPS 主机出现故障停止运行,另一台 OPS 仍可监控干熄焦工段的所有控制内容。在不同的 CRT 调出相同操作画面进行各自操作时,以后选优先为原则确定操作数据。在本 OPS 操作站还配置了过程打印机、报表打印机及硬拷贝,这样将必要的生产过程数据及故障信息等在线实时地或定时地打印出来,为操作人员提供硬拷贝情报。

考虑到万一干熄焦 MELTAS 系统出现故障时,为确保干熄焦锅炉系统安全,防止爆炸的发生,在干熄焦 OPS 操作站,还设置了一台中央辅助操作台,在中央辅助操作台上,可进行完全脱离 MECTAS 系统的有关锅炉系统重要阀门开闭、中央单独运转操作及干熄焦系统各部分非常停止操作。

外围设备主要有工程师键盘、数字化仪及盒式磁带机等,可完成程序的写入、变更和检查,对整个系统调试及维护起着重要作用。

12.2 牵引装置电气设备状态维护与检修技术

12.2.1 牵引装置基本工作原理

干熄焦整个装置中移车台又称牵引装置,由于运焦线与熄焦槽不在一条直线上,牵引装置就是将满焦罐从电车焦罐车上拉到卷塔下,反之将卷塔下的空焦罐推出到电车焦罐车上。牵引装置的主要组成电气设备有电动机、测速发电机、凸轮限位、电动缸等。

12.2.2 主要技术性能指标

1. 电气设备的最高允许温度维修技术标准(日常管理用)

见表 12-1。

表 12-1 电气设备的最高允许温度归类

设 备 名	区 分	最高允许温度/℃	备 注
旋转机	旋转机的机架 A 种	70	日常管理标准为 60℃以下
	E 种	85	日常管理标准为 70℃以下
	B 种	90	日常管理标准为 70℃以下
	F 种	105	日常管理标准为 70℃以下
	H 种	135	日常管理标准为 90℃以下
	旋转机的轴承	80	温度计插入内部时为 85℃以下
	整流子、滑环	100	日常管理标准为 70℃以下
油浸变压器	本体箱内的油温	70	
	本体箱外表面	65	根据配电柜的标准
	端子速接部	—	
配电柜 (盘)	铜接触部	65	
	银接触部	95	若一方是铜即作为铜接触
	端子及铜带速接部(铜—铜)	75	日常管理标准为 60℃以下
	端子及铜带速接部(镀锡)	85	日常管理标准为 70℃以下
	端子及铜带速接部(银—银)	95	日常管理标准为 70℃以下
	盘内绝缘电缆	60	

设 备 名	区 分		最高允许温度/℃	备 注
交流断路器	MBB	接触部： 铜—铜 银—银	75 95	日常管理标准为 60℃ 以下 日常管理标准为 70℃ 以下
干式变压器	线圈表面温度：A 种 B 种 端子连接		90 110 —	日常管理标准为 80℃ 以下 日常管理标准为 90℃ 以下 参照电气柜标准
蓄电池	液温		40	
电力电缆	CE CV CVV		90 90 60	控制用亦相同

注：1. 旋转机架的温度是将测温计埋入旋转机内部再加 20℃ 为最高允许温度。

2. 上述的最高允许温度以环境 40℃ 加上允许上升温度。

3. 有关详细数据参照 JEAC–5503(1969)中的技术标准。

〈参考〉绝缘种类和允许温度

种 类	最高允许温度/℃	内 容
Y	90	由棉绢纸等构成未浸油及刃力水等
A	105	由棉绢纸等构成浸油及刃力水等
E	120	由云母石棉玻璃纤维共同构成
B	130	云母石棉玻璃纤维和树脂共同构成
F	155	由云母石棉玻璃纤维和硅共同构成
H	180	单独用生云母石棉瓷器等构成
C	180 以上	

2. 电气设备的绝缘电阻维修技术标准

见表 12 - 2。

表 12 - 2　电气设备的绝缘电阻标准

电动机	3 kV 400 V 200 V	>3 MΩ >0.4 MΩ >2 MΩ	限度的标准：>额定电压/输出(kW)+1 000 MΩ 包括角向砂输机、手电钻等移动工具
变压器	特高(10 kV) 高压(3 kV) 低压	>100 MΩ >100 MΩ >1 MΩ	绝缘油油温 40℃时
避雷器	特高 高压	>1 000 MΩ >100 MΩ	气隙部 同上
其他电气设备	特高 高压 低压	>100 MΩ >10 MΩ >1 MΩ	隔离开关(DS)遮断器 CT, PT 隔离开关(DS)遮断器 CT, PT 电磁接触器灯具

架空电线	高压 低压 低压	＞1 MΩ ＞0.2 MΩ ＞0.1 MΩ	除下雨的情况外 除下雨的情况外 除下雨的情况外,对地电压＜150 V
电缆	特高 高压 400 V 200 V 100 V 护套	＞100 MΩ ＞10 MΩ ＞0.4 MΩ ＞0.2 MΩ ＞0.1 MΩ ＞1 MΩ	CE,CV 电缆要求＞100 MΩ 能以开关将其区分的线路 ＜1 MΩ 应注意
电气仪表		＞5 MΩ	电流表电压表等

3. 保护继电器动作特性基准值

见表 12 - 3。

表 12 - 3　保护继电器动作特性

种　类	区　分	基　准　值	备　注
感应式过电流继电器	起动电流	±10%以内	（参考）验收时试验±5%以内
	动作时间（反时限范围）	±20%以内	
	动作时间（定时限范围）	±10%以内	
	动作时间（瞬时动作）	±15%以内	
可动铁心式过电流继电器	动作电流	±20%以内	
接地继电器	动作时间	0.1～0.3 s	130%整定电流值时
	动作时间	0.1～0.2 s	400%整定电流值时
电压继电器	起动电压	±5%以内	
热继电器	动作时间	2～30 s 以内	600%额定电流值时（冷态）
		4 min 以内	200%额定电流值时（热态）
		2 h 以内	125%额定电流值时
		不动作	100%额定电流值时
感应式 3E 继电器	继相元件 动作时间 逆相元件 动作时间 过电流元件 动作时间 起动电流	以制造厂的标准为依据	（参考值） 40%～90%但验收试验70%～90% 25%～50% 定时限 50%电流 反时限 200%和300%电流 ±20%以内反时限±30%以内动作 注:以中间刻度进行试验为标准

种　类	区　分	基　准　值	备　注
静止式3E继电器	断相元件 动作时间 逆相元件 动作时间 过电流元件 动作时间	以制造厂的标准为依据	（参考值） 过电流动作电流值时2 s以下 额定电压时0.5 s以下 ±10%以下 注：以最小刻度进行试验为标准

12.2.3　设备的点检

1. 电动机点检

见表12-4。

表12-4　电动机点检事项

设备名	项　目	周　期	说　　明
电动机	绝缘电阻测定	1年	用1 000 V摇表1 min ＞$(E+1)$MΩ　3 kV级＞0.4 MΩ
	绕阻直流电阻测定	2～4年	各相差别不超过最小值的2%，并注意差别历年的相对变化，对中心点未引出测线间电阻时为1%
	直流耐压与泄露	2～4年	维护时交流1 min耐压1.2E+400，交流10 min耐压1.1E，耐住电压泄露不随电压不成比例增长
	电机振动	2～4年	小型机0.5/100 mm双振幅 中大型机1～3，1～5/100 mm
	定转子间隙	2～4年	使用极限，各类气隙与平均之差不大于平均值的±20%，注意界限为±15%
	绝缘诊断	4～5年	仅限于高压电动机，是否有吸湿及污损
	滑环的圆度	1年	对绕线转子，vs电机 滑动面振幅极限值 最高转速/(r·min⁻¹)　500　1 000　1 500　3 000 双振幅/mm　　　　　80　　70　　60　　50
	滑环的厚度	1年	＞20 kW　＞4 mm
	电刷压力与尺寸	6月	一般在160～240 kg/cm²（1 kg/cm² = 9.8×10⁴ Pa） 刷握与滑环表面间隙h，2 mm≤h≤4 mm

2. 接地装置点检

见表12-5。

表 12-5　接地装置点检事项

设 备 名	项 目	周 期		说 明
接地装置	电气室接地电阻	1 年		＜4 Ω
	其他接地电阻	1 年		E1 避雷器接地＜10 Ω E2 中性点接地＜5 Ω E3 电气设备接地＜4 Ω E4 感应接地＜10 Ω E5 构筑物接地＜10 Ω
	中性点电阻器 绝缘电阻直流电阻	2 年		＞51.1 Ω ±10% 以内

3. 配电盘点检

见表 12-6。

表 12-6　配电盘点检事项

设 备 名	项 目	周 期		说 明
高压受配电设备	**断路器**			
	外观一般点检	1 周		能打开的盘门
	外观详细点检测定		1 年	
	构造精密点检测定		3 年	
	磁气遮断器			
	外观一般点检	1 周		
	外观详细点检测定		1 年	盘面
	构造精密点检测定		5 年	
	电气接触器			
	外观一般点检	1 周		
	外观详细点检测定		1 年	盘面
	构造精密点检测定		3 年	
	SF6 接触器			
	外观一般点检	1 周		盘面
	外观详细点检测定		1 年	
	盘内一般元件及控制回路			
	外观一般点检	1 周		
	外观详细点检测定		1 年	
	绝缘电阻测定		1 年	
	继电器动作特性试验		3 年	盘面
	仪器校正试验		1 年	
	程序试验		1 年	
	连锁试验		1 年	

设 备 名		项 目	周	期	说 明
配电设备	开关类	外观一般点检	1周		盘门能打开的盘
		外观详细点检测定		1年	
	盘内一般元件及控制回路	外观一般点检	1周		盘门能打开的盘
		外观详细点检测定		1年	
		绝缘电阻测定		1年	
		程序连锁试验		1年	

12.2.4 日常检修内容和方法

每天必须对现场和电气室的电气设备进行巡检，包括电动机、测速发电机、凸轮限位、电动缸等，并对检查到的故障进行及时的处理。

1. 导线和金属软管更换

现场机械在运行中最容易把导线和金属软管损坏，必要时对导线和金属软管进行更换。即先将旧的导线和金属软管拆除，然后安装新的导线和金属软管。元件更换主要包括接触器、继电器、开关等，更换此类元件时要先对更换的元件——对应做好记号，新的元件型号、性能等要与原有的元件相匹配。

2. 控制柜部件更换

根据干熄焦牵引部分的电气设备运行状况，对影响设备正常运行和生产的电气元部件进行更换，如中间继电器、接触器等。在进行电气设备部件更换作业时，应根据需要更换部件的种类，安排好检修作业人员，并在更换前要确认所换的元器件名称、规格、型号、电压等级、容量等参数是否与原设备相符合。一般应在确认电源已经断开的情况下进行更换作业。首先进行设备元件的拆除工作，在拆除前还要认真对所有线路的标记进行确认，如果标记号码不清楚要重新进行标记，更换后的元器件应按照标号进行接线，在确认接线正确后，才能通电动作并确认，待一切正常后恢复设备的生产运行。

3. 电动机的日常修理

见表12-7。

表 12-7 电动机的检修内容

日修项目	检修内容	检修方法	作业危险源
清擦电机	清擦和擦去电机外壳污垢，测量绝缘电阻	用毛刷和角布清擦电机外壳，使外壳干净，散热良好 用500 V摇表在电气室测绝缘电阻不低于0.5 MΩ	灰尘、交叉、移动机械、登高、炉面高温、煤气

日修项目	检修内容	检修方法	作业危险源
紧固各固定件	检查地脚螺丝 检查端盖、轴承盖和止钉螺丝 检查接地连线 检查接线盒螺丝 检查接线螺丝是否松动或烧坏	打开接线盒,紧固接线螺丝,恢复接线盒要进行防雨密封 所有螺丝必须配有平垫和弹簧垫 对电机的螺丝按大小力矩进行紧固 线头包扎时绝缘层要达标	灰尘、交叉、移动机械、登高、炉面高温、煤气、不走安全通道
轴承检查	检查轴承是否缺油或损坏 检查轴承是否有杂音 检查轴承温度	打开挡油盖检查轴承油况,必要时用加油枪或手工加油 轴承损坏更换新轴承	灰尘、交叉、移动机械、登高、炉面高温、煤气、不走安全通道
传动装置检查	检查联轴器螺丝是否紧固或损坏 检查同心度是否达标	联轴器螺丝损坏,更换新螺丝并紧固 拆出联轴器螺丝并用百分表检查同心度,达检修标准	灰尘、交叉、移动机械、登高、炉面高温、煤气、不走安全通道
集电环、电刷、刷磨检查	检查集电环表面是否异常磨损、圆度情况、火花痕迹程度,有无局部变色 检查集电环绝缘螺丝上的碳粉附着情况 电刷磨损情况及电刷引出线情况 弹簧的破损、紧固与弹簧压力情况	用工业酒精清擦,擦去集电环表面的灰尘和污垢,检查集电环表面磨损情况,用0#砂布磨光,并调整电刷弹簧的压力 测量电刷长度并记录 紧固接线螺丝 弹簧的破损或压力不足需更换新弹簧	灰尘、交叉、移动机械、登高、炉面高温、煤气、不走安全通道
清理检查启动设备	擦去外部污垢,擦清触头,检查有无烧损 检查接地线情况 测量绝缘电阻	擦去外部污垢,擦清触头,检查有无烧损,如损坏需更换 接地线良好 测量绝缘电阻值达标	灰尘、移动机械、电工

12.2.5 定期检修内容及检修方法

1. 电动缸解体保养、更换

首先,由起重工用汽车把新备件运至指定点,电工拆除动力缸电机线和限位线,同时做好标记;用钢丝钳拆除开口销,然后用锤子、铜棒将销子打出,拆除机座螺丝。把解体清洗好的电动缸搬运到吊装点,由起重工吊至车上。动力缸用随车吊运至指定点。动力缸固定头拆除、运至新备电机上。新动力缸运至现场。起重工将动力缸吊至安装位置。电工按标记接线。钳工装上机座螺丝和动力缸固定头的销子,即可试车。

2. 电动机、测速发电机的解体更换

电机拆除方法:电工打开电机接线盒盒盖,拆除动力电源线,并做好相序标记。电钳工用扳手拆除联轴器和地脚螺栓,吊离现场。

电机解体检查：检查定子绕组和转子绕组有无接地、短路、断路现象；笼型转子是否断条；绝缘电阻值是否符合要求；清擦绕组表面污垢；用汽油或煤油清洗轴承，并更换新的润滑脂；检查轴承磨损、变形情况，间隙超标或轴承损坏则更换新轴承；用拉马拔除旧轴承，安装新轴承，并加油脂。检查集电环表面是否异常磨损、圆度情况、火花痕迹程度，有无局部变色。检查集电环绝缘螺丝上的碳粉附着情况，电刷磨损情况及电刷引出线情况，弹簧的破损、紧固与弹簧压力情况。

电机安装方法：吊装电机前，应检查基础是否锈蚀、变形、损坏；并用水平仪检查基础水平误差，基础板螺丝的紧固情况；检查联轴器螺丝是否紧固或损坏，检查同心度是否达标。擦去外部污垢、擦清触头、检查有无烧损。吊装电机，安装抱闸，按照对应标记接线。校中按国家有关标准执行。接手按标记连接。检查接地线情况，测量绝缘电阻值，试车。

3. 凸轮限位更换

限位电源线拆除时做好相序记号；限位固定螺栓拆除；电源进线限位软管做保护性拆除。按所做的标记进行限位安装；限位软管安装；按所做的记号进行接线，恢复即可。

4. 3E 继电器试验

（1）试验接线和使用仪器。3E 继电器试验接线如图 12-1 所示，采用 TPR-3E 试验仪进行试验。

（2）试验方法：

① 最小动作值试验。将电流整定值调节器放在整定位置，时限调节器放到最小位置，用 3E 继电器试验，给继电器的电流回路施加 3 相电流，平衡地上升电流直至继电器动作，这时电流表中指示的电流即为最小的动作值，此值应为整定电流值的 110%～125%。

② 动作时间特性的试验。把电流调节器和时限调节器放在整定位置，再将 3 相电流平衡地调整到整定值的 500%，然后断开电源开关，把继电器故障牌复位，试验器的计时器回零，再次合上电源开关，此时继电器与计时器同时启动，直至继电器动作，接点闭合，计时器停止计时，此时计时器上记录时间即为整定值动作时间。此值应在整定时间的 ±15% 的误差范围内。

③ 欠相试验。欠相动作值试验：在完全缺相状态下，测定最小动作电流，该动作电流应在额定安匝（AT）电流值的 50% 以下；欠相动作时间测定：在完全缺相状态下，输入额定安匝（AT）电流，测其动作时间应在 2 s 以下。

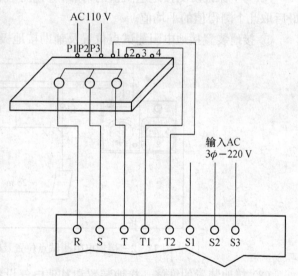

图 12-1　3E 继电器试验接线图

注：1. 1, 2 端子为常开，3, 4 端子为常闭接点；
　　2. P1, P2, P3 为控制电源(P1, P2, 110 V, P1, P3, 220 V)

④ 逆相试验。逆相动作值试验：在逆相状态下，测定最小动作电流，该动作电流应在额定（AT）电流值的 70％ 以下；逆相动作时间测定：在逆相状态下，输入额定 AT 电流测其动作时间，该时间应在 1 s 以下。

5. 接地电阻的测量和接地装置的维修

（1）接地电阻的测量。接地电阻的测量方法较多，通常都采用 ZC 型接地电阻测试仪进行测量。这种方法比较方便，测量数值也比较可靠。ZC 型接地电阻测试仪的外形结构随型号的不同稍有变化，但使用方法基本相同。使用方法和测量步骤如下：

① 拆开接地干线与接地体的连接点，或拆开接地干线上的所有接地支线的连接点。把一根测量接地棒 C′ 插入离接地体 40 m 远的地下，再把另一根测量棒 P′ 插在离接地体 20 m 的地下，两根接地棒均需垂直插入地下 40 mm 深。

② 把测试仪置于接地体近旁平整的地方，然后进行接线。用一根最短的连接线 E - E′ 连接测试仪上接线端子 E 和接地装置的接地体 E′；用一根最长的连接线 C - C′ 连接测试仪上接线端子 C 和一根 40 m 远的接地棒 C′；用一根较短的连接线连接测试仪上两个原已并联的接线端子 P - C 和一根 40 m 远的接地棒 C - C′。

③ 根据被测接地体的接地电阻要求，调节好粗细旋钮。以 120 m/min 的速度均匀地摇动手柄，当表针偏斜时，随时调节细调拨盘，直至表针居中为止。以细调拨盘调定后的读数，去乘以粗调定位的倍数，即是被测接地体的接地电阻值。

④ 为了保证所测接地电阻值的可靠，应在测毕后移动两根接地棒，换一个方向进行复测。最后取几个测得值的平均值。

⑤ 接地装置接地电阻测试点位置及辅助接地极布置示意图见图 12 - 2。

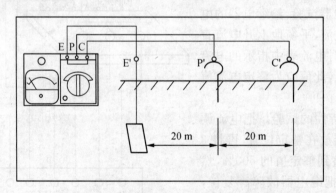

图 12 - 2　接地电阻测试点位置及辅助接地极布置示意图

（2）接地装置的维修。接地装置和其他电气设备一样，必须进行定期的检查和维修，以确保其可靠性。常见故障的处理方法如下：

① 连接点松散或脱落。最容易出现松脱的有：移动设备的接地支线与外壳之间的连接处；铝芯接地线的连接处；具有振动的设备的接地线连接处。发现松脱时及时重新接妥。

② 接地线局部的电阻增大。常见的原因有：连接点存在轻度松散；连接点的接触面存在氧化层和其他污垢；跨接过渡线松散等。应重新拧紧压接螺钉或清除氧化层和污垢再接妥。

③ 接地体的散流电阻增大。通常是由接地体被严重腐蚀所引起的；也可能是接地体与接地干线之间的接触不良所引起的。应重新更换接地体，或重新把连接处接妥。

12.3　提升机电气设备状态维护及检修技术

12.3.1　提升机基本工作原理

提升机是干熄焦的重要设备,主要功能是将红焦运输至干熄炉内。提升机本体主要由车架、起升机构、运行机构、吊具、检修用电葫芦、机器室等组成。起升机构安装在车架上部,通过钢丝绳与吊具相连,带动焦罐进行上升或下降运动。运行机构安装在车架下部,通过车轮的转动,带动提升机进行横向移动。

12.3.2　提升机技术参数

(1) 额定起重量:65 t （包括焦罐、焦罐盖及焦炭重量）。

(2) 最大扬程:36 m。

(3) 起升速度:高速　　　　　20 m/min;
　　　　　　　中速　　　　　10 m/min;
　　　　　　　低速　　　　　4 m/min;
　　　　　　　紧急提升速度　4 m/min。

(4) 走行速度:高速　　　　　40 m/min;
　　　　　　　低速　　　　　3.5 m/min;
　　　　　　　紧急走行速度　3.5 m/min。

(5) 提升及走行调速方式:VVVF(变频,变压,调速,恒转矩)。

(6) 运行精度:提升停止精度　　±45 mm;
　　　　　　　走行停止精度　　±20 mm。

(7) 轨距:12 000 mm。

(8) 走行距离(单程):12 350 mm。

(9) 工作循环时间:约 7.8 min (468 s)。

　　说明:包括将空焦罐下放到运罐车后等待电机车移位换罐约 60 s,将满罐放到干熄炉上方,打开罐底后等待卸料约 25 s。

(10) 走行轨道:QU100。

(11) 车轮轮压:33 t。

(12) 电机功率:正常提升电机功率　400 kW;
　　　　　　　紧急提升电机功率　75 kW;
　　　　　　　正常走行电机功率　75 kW;
　　　　　　　紧急走行电机功率　7.5 kW。

(13) 噪音:≤85 dB （机旁 1 m 范围内）。

(14) 提升机总重:195 t。

(15) 工作制度:年工作日　345 天;
　　　　　　　每日工作小时　19.5 h(每连续工作 6.5 h,检修 1.5 h);
　　　　　　　负载率　100%;

提升机工作制　　A8；

机构工作制　　　M8。

（16）维修用电动葫芦：

额定起升负荷　3 t；

起升高度　47 m；

起升速度　12 m/min；

运行速度　25 m/min；

运行距离　8 m/min。

12.3.3　提升机工艺过程及联锁控制

提升机设在提升井架及干熄炉构架顶部，负责提升和搬运焦罐。提升机按设定的提升与横移速度曲线图沿提升导轨(含焦罐车、提升井架及提升机上设置的提升导轨)将焦罐提升到井架，顶部再沿设置在两侧钢结构上的走行导轨将满焦罐横移至干熄炉顶的装料口上方。当设置在干熄炉顶的装入装置将干熄炉炉盖打开并把装料料斗对准炉口后，提升机将焦罐缓慢卷下并自动打开焦罐底闸门，焦炭经料斗装入干熄焦炉内。装焦动作完成后，提升机提起空焦罐并横移到提升井架处，将空焦罐卷下，完成一个工作循环。提升机具有提升、走行、自动操作和自动对位等功能。提升机的卷上设有三种速度，以适应高速提升与低速对位的要求。根据提升行程并通过无触点接近开关检测，提升高度的误差保持在±45 mm以内，走行设有两种速度，以适应快速走行和精确对位的要求。横移走行的位置是由无触点接近开关和同步发信器来检测的。为保证横移的准确对位，提升机采用自动减速、监测的方式，其对位误差在±20 mm以内。

1. 提升过程

提升机在一个工作循环中完成两次卷上与卷下动作。提升操作主要包括提升机在提升井架卷上满焦罐，在干熄炉顶卷下满焦罐、在干熄炉顶卷上空焦罐，在提升井架卷下空焦罐等操作。提升机卷上、卷下的高度在机上操作盘及中控室PLC均有显示。

提升机按规定的速度曲线图变速运行，并能根据提升行程准确发出变速指令和对速度变化进行监测。当提升行程超过设定范围出现过卷上和过卷下现象时，发出过行程报警信号。当出现卷上和卷下过速现象时，发出过速报警信号。此外，卷上和卷下的最终位置，还设有位置检测接近开关。

提升机在接收到可提升满罐的信号后，以低速及中速开始提升，顺序完成合拢吊钩、吊起满焦罐、盖上焦罐盖等动作。当焦罐提升到提升井架的导向轨并通过待机位置后，行程指示器发出高速指令，提升机以高速进行提升。当焦罐将要从提升井架的导向轨进入提升机上的导向轨时，行程指示器发出减速指令，提升机又以中速提升。当焦罐提升到终点时，提升上限检测器发出信号，停止提升。为确保提升安全，提升机还设有过上限限位开关和钢丝绳伸长检测器等。

在接收到可装入的信号后，提升机以中速及低速卷下满焦罐，首先落在装入料斗的支撑座上，然后提升机继续低速卷下，并依靠重力自动打开焦罐底闸门开始放焦。当焦罐底闸门完全打开时，设在料斗支撑座上的两个焦罐底闸门的打开检测器发出信号，提升机卷下动作停止。

焦炭装入完成后,提升机以中速卷上空焦罐,直至提升上限检测器发出信号,停止提升操作为止。

提升机以高速卷下空焦罐,在到达待机位置前,行程指示器发出减速指令,并通过减速监测接近开关检测卷下速度,提升机在待机位置停止。在接到空运载车已对位完成并可接受焦罐即提升机可卷下的指令后,提升机以中速卷下,并通过减速监测接近开关检测卷下速度,直至焦罐盖以低速落座、空焦罐以低速着床、吊具框架落座以及吊钩打开时才停止卷下。此时,吊钩打开检测器发出信号,完成本次工作循环并向电机车及自动对位装置发出可动作指令。

2. 走行过程

提升机的运行为高空作业,为保证行驶安全,采用无触点接近开关对位,既能满足高作业率的要求,又能消除车轮打滑对对位的影响。当提升机走行距离超过设定的行程范围时,还能发出过行程报警信号。

提升机在井架处将满焦罐提升至上限后,以高速向干熄炉驶去。当提升机行驶至干熄炉中心前某一距离时,无触点减速接近开关发出减速指令,提升机以低速向前行驶。在至干熄炉中心前,自动减速监测接近开关监测提升机的走行速度,如果提升机的行驶速度仍保持在原速度的 30％以上,则走行电机停止运转。提升机依靠设置在干熄炉两侧走台上的无触点接近开关,检测出过走或欠走的行程并进行适当的补走,最终可保持对位误差在±20 mm 以内。提升机走行接近干熄炉时,向装入装置发出炉盖打开指令(提升机操作室也可进行此项操作的手动操作),待提升机完成对位动作后,装入装置正好完成打开炉盖,对上装料斗的动作。

装料完成后,提升机将空焦罐提升至上限,随后向装入装置发出关闭指令,并以高速向提升井架驶去。当提升机行驶到提升井架中心前,无触点减速接近开关动作发出减速指令,提升机继续以低速向提升井架驶去。依靠设置在提升井架两侧走台上的无触点接近开关,检测出过走或欠走的行程并进行适当的补走。最终可保持对位误差在±20 mm 以内。

3. 联锁控制

为保证提升机准确、安全地完成工艺过程,提升机设置下述联锁控制。

(1) 起升机构状态检测:

① 卷上行程检测(速度指令用);

② 钢绳过卷,过返回检测(过卷上:1 点,备用 1 点;过卷下:提升井架处 1 点,干熄炉炉顶处 1 点)旋转限位;

③ 上限检测(走行可能条件);

④ 上限检测(钢绳拉长报警)旋转限位;

⑤ 紧急过卷上检测(计重型)负荷传感器;

⑥ 吊钩开检测(联动操作用);

⑦ 炉顶焦罐底门开检测(装入计时);

⑧ 钢绳过张力、过松弛检测(过张力 1 点,过松弛 1 点)负荷传感器;

⑨ 过速度检测(超过 35％时动作)超速开关(开关信号);

⑩ 卷上减速监视(减速监视时"异常"则紧急停止);

⑪ 卷下减速监视(减速监视时"异常"则紧急停止)。

(2) 走行机构状态检测:

① 走行极限检测(后退端紧急停止用);

② 防止走行冲撞检测(前进端紧急停止用);

③ 走行定中心位置检测(干熄炉、提升井架处对位);

④ 自动减速指令(提升机走行减速);

⑤ 自动减速监视(减速监视时异常紧急停止);

⑥ 提升机锚定确认检测(防风);

⑦ 电缆卷取架锚定确认检测(防风)。

(3) 联锁条件:提升机与装入装置、电机车及自动对位装置(APS)联动。

① 提升机在提升井架卷上满焦罐条件:

提升机在提升井架处卷上位置定中心;

带满罐的焦罐车在提升井架处对位完成并且可提升;

提升机紧急过卷上检测器未发出信号。

② 提升机向干熄炉走行条件:

提升机将满焦罐卷至上限;

防止走行冲撞检测器未发出信号;

提升机锚定确认检测器未发出信号;

提升机电缆卷取架锚定确认检测器未发出信号。

③ 提升机在干熄炉顶卷下满焦罐条件:

提升机在干熄炉处对位完成;

装入装置向提升机发出"炉盖开"信号;

过卷下检测器未发出信号。

④ 提升机在干熄炉顶卷上空焦罐条件:

提升机在干熄炉处对位完成;

焦罐底闸门打开检测器发出信号并延时。

⑤ 提升机向提升井架走行条件:

提升机将空焦罐卷至上限;

防止走行冲撞检测器未发出信号;

提升机锚定确认检测器未发出信号;

提升机电缆卷取架锚定确认检测器未发出信号。

⑥ 提升机在提升井架卷下空焦罐条件:

提升机在提升井架处卷上位置对位完成;

过卷下检测器未动作。

⑦ 提升机自提升井架待机位置卷下空焦罐条件:

空运载车在提升井架处对位完成并可接受空焦罐;

过卷下检测器未动作。

12.3.4 提升机电气控制系统

1. 电气传动与控制

设计满足干熄焦系统工艺要求的安全、自动、高效的提升机电气控制系统是本提升机设计的原则。

提升机的电气传动采用全数字式矢量型变频传动系统。整车电气传动采用整流/回馈单元＋起升逆变器＋走行逆变器＋PLC的方式。

整流/回馈单元向起升机构、走行机构逆变器提供公用直流母线电源,起升机构逆变器、走行机构逆变器分别挂接在直流母线上,当电机处于回馈工况(制动或吊重下降)时,电机回馈产生的能量使直流母线上的电压升高,此电压达到一定值时,其能量通过回馈单元返回电网,从而使系统实现四象限运行。与传统的调速方式相比,节省了大量的电阻器,提高了整车效率,减少了大量的连接电缆、接触器元件。

综合电气传动工艺要求,起升机构和走行机构在运输过程中是不允许同时动作的,因此,本设计中采用了整流/回馈公用直流母线的结构,节省了走行机构整流/回馈单元,使得整车的电气配置更为经济、合理。

起升机构采用一台逆变器控制一台 400 kW 电动机的传动方式,电动机为鼠笼变频电机,强迫通风形式保证了电动机在频繁起制动和低速运行时电动机能够输出额定力矩;内置 PTC 热保护元件使得控制系统对电动机过热造成能够及时采取措施。

起升机构采用带测速编码器的有速度反馈的矢量控制方式,高精度的速度反馈和全数字的速度给定使得系统具有非常高的速度控制精度以及动态响应,这对于提升过程的速度控制、精确定位是很重要的。

故障状态下,为保证提升机能够将焦罐放置到安全地方,同时便于提升机检修,起升机构还设置了一台 75 kW 鼠笼电机。通过手动离合器可以将该电动机投入,控制提升机以4 m/min的速度运行。该电动机为非调速控制。

手动离合器上设置了正常、紧急位置检测接近开关,与电气传动联锁,只有当手动离合器处于相应位置时才能进行正常电机或非正常电机运行。

运行机构采用一台逆变器控制 75 kW 电动机的传动方式,电动机为鼠笼变频电机,强迫通风形式保证了电动机在频繁起制动和低速运行时电动机能够输出额定力矩;内置 PTC 热保护元件使得控制系统对电动机过热造成能够及时采取措施。

运行机构采用带测速编码器的有速度反馈的矢量控制方式,高精度的速度反馈和全数字的速度给定使得系统具有非常高的速度控制精度以及动态响应,这对于走行过程的速度控制、精确定位是很重要的。

故障状态下,为保证提升机能够将焦罐放置到安全地方,同时便于提升机检修,起升机构还设置了一台 7.5 kW 鼠笼电机。通过手动离合器可以将该电动机投入,控制提升机以4 m/min的速度运行。该电动机为非调速控制。

手动离合器上设置了正常、紧急位置检测接近开关,与电气传动联锁,只有当手动离合器处于相应位置时才能进行正常电机或非正常电机运行。

本车采用了 PLC 控制技术,综合考虑系统的控制要求,设计中采用了总线结构形式。双

CPU 热备,PLC - PLC 远程控制器双缆备份。

PLC 与逆变器之间采用总线的方式,速度的给定、参数的切换、变频器的状态的读取都是通过总线通讯的方式完成的,这种形式保证了控制系统高精度的速度给定和速度控制,同时极大地方便了控制的联锁、保护、现场的调试。

由于电气控制设备放置于地面,PLC 需要与车上诸如限位开关、超速开关有大量的连接。为了减少电缆的施工,将大量的检测信号集中处理,本车设计中在提升机上设置了 PLC 的远端模块,该远端模块将提升机上所有的控制信号集中采集,通过总线与地面 PLC CPU 进行信号传输,大大减少了现场电缆施工、连接的工作量,同时也提供了控制系统的紧密性和可靠性。

本提升机是一个与干熄焦系统密切相关的工艺设备,与系统之间在运行时间、变速、安全联锁等方面有着很重要的联系,正确理解并处理好这些联系是关系到干熄焦系统稳定、可靠、高效运行的关键所在,也是我们需要优先关注的问题。

本设计中 PLC 与干熄焦 EI 系统之间按照工艺要求,已经留有必要的接口,并且可以根据需要加以扩展。

本车 PLC 和系统 EI 之间的控制信号采用开关量(PLC 继电器输出),本车向系统 EI 传输的高度信号为 4~20 mA 电流信号。

本车还按照招标文件的要求设置了一台悬挂按钮盒控制的电葫芦。

2. 检测装置

提升减速监测槽型接近开关 1 个:提升减速监测用,安装在提升塔塔架上;

运行减速监测圆柱型接近开关 2 个:走行减速监测用,安装在提升机走行轨道平台上;

运行对中圆柱型接近开关 2 个:走行对中用,安装在提升机走行轨道平台上;

焦底门打开检测接近开关(系统提供);

炉盖开检测接近开关(系统提供);

吊钩打开槽型检测接近开关 1 个:提供吊钩打开检测,安装在提升塔塔架上;

焦罐离床槽型检测接近开关 1 个:提供焦罐离床检测,安装在提升塔塔架上;

待机位置槽型检测接近开关 1 个:提供提升塔待机位置检测,安装在提升塔塔架上;

提升位置检测用绝对式光电编码器 1 个:提供提升机高度位置检测,安装在提升卷筒上;

运行位置检测用绝对式光电编码器 1 个:提供提升机走行位置检测,安装在走行从动轮上。

3. 操作方式

(1)中央控制室 PLC 联动操作。在集控室选择了中央集中控制自动后,本车可由集控室进行集中自动控制。此时,本车将按照系统指令自动按照速度曲线进行提升、走行运行,并按照系统指令进行提焦罐、装焦运动。

中央操作台上的"紧急停止"可分断提升机的总动力电源。

(2)操作室手动操作和联动操作。如果选择了操作室手动操作,则只能在操作室进行手动操作,操作过程必须与指挥人员密切配合。此外,操作室还设置了操作装入装置炉盖打开操作开关。

操作台上的"紧急停止"可分断提升机的总动力电源。

(3) 机械室更换钢丝绳操作。提供了安装、更换钢丝绳的现场操作,使安装及维护人员能在钢丝绳卷筒旁进行提升操作。

(4) 乘降盘操作。允许操作人员在登机时进行封锁走行操作、解除走行封锁操作。

(5) 自动运行。自动运行时,提升机 PLC 系统自动实现速度变速控制,按照干熄焦系统指令实现提焦罐、装焦、提空焦罐、放空焦罐的工艺运行。其中设置了足够的安全保护装置和设备:

① 提升机械式超速保护开关 1 个:起升正常电机超速保护,安装在起升正常电机上;

② 传动超速保护:变频器内部;

③ 提升重锤限位开关 1 个:起升极限位,安装在提升机上;

④ 提升旋转限位开关 1 个:起升上限位、提升塔下限位、冷却塔下限位,安装在提升机上;

⑤ 提升超载保护 1 套:提升机超载、偏载、松绳保护,安装在提升机上;

⑥ 提升减速监测保护开关:见检测部分;

⑦ 走行终极机械式开关 2 个:走行终极限位,安装在提升机走行轨道平台上;

⑧ 走行定位开关:见检测部分;

⑨ 锚定机械式限位开关 2 个:提升机、电缆导车锚定检测,安装在提升机走行轨道平台上。

12.3.5　提升机的维护与保养

1. 对维修人员的基本要求

(1) 熟悉提升机规程、相应的使用说明书及有关技术资料。

(2) 了解工艺流程及提升机设备运行全过程。

(3) 掌握常用电气设备维护、检修、投运及常见故障处理的基本技能。

(4) 掌握电工原理、电子技术基础、电机学及西门子 PLC 等专业维修方面的基础理论知识。

2. 提升机的维护

(1) 每日巡检:

① 向当班工艺人员了解设备运行情况;

② 发现并及时处理松动的接线和紧固件;

③ 查看电气传动电机的运行稳定性;

④ 发现问题应及时处理。

(2) 定期维护:

① 每周进行现场检测元件(光电开关,接近开关)的外部清扫;

② 每月进行一次主控及辅助电器盘柜的清扫工作;

③ 每季度进行一次信号检查,用万用表及示波器监视(速度给定,反馈等信号),必要时进

行调整；

④ 每年进行一次电机保养工作(年修)；

⑤ 每年进行一次综合保养，内容包括上述各项。

12.4 装入装置电气设备状态维护及检修标准

12.4.1 装入装置基本工作原理

装入装置——又称装入门，设置在各熄焦槽顶部，当吊车将满焦罐提升到塔顶，平移至装入槽进处，自动打开装入门、料装入完毕，焦罐车被提升到走行可自动关闭装入门。平行式电液推杆可作往复推杆直线的运动。

12.4.2 装入装置电气设备主要技术性能指标

(1) 推杆应在不含腐蚀性、不易燃易爆的介质环境中使用。否则，推杆应注明特殊规格。

(2) 工作环境温度：$-35\sim60℃$。

(3) 相对湿度：$<95\%$。

(4) 无强烈振动。

(5) 满负荷工作时，不应超出推拉力。

(6) 海拔高度符合 GB755 规定。

(7) 推杆一般使用 $30^{\#}$ 机械液压油(新标号 $46^{\#}$)。须经过滤后，方可通过加油口加入推杆内。

(8) 电源的要求，正常电机接线的电源要求：50 Hz，380 V。

(9) 使用时必须去除排气螺钉，如果不拆除排气螺钉，推杆来回工作几次后，液压油减少的体积无法得到补偿，会使外壳内产生压力，致使外壳损坏，容易出现漏油。

12.4.3 装入装置电气设备的点检

1. 一般点检项目

见表 12-8。

表 12-8 装入装置电气设备一般点检项目表

项　目	点检方法	判 定 基 准	处　理	检查周期(天)	运行 O 停止 X
电气设备外部的龟裂及损伤	目视	以外表看无龟裂损伤等	龟裂、损伤时，根据其程度修补	1	O
旋转体的异音及振动	听、摸	无异常声响、异常振动	根据原因调查结果处理	1	O
异味	闻	无固体绝缘物燃烧产生的臭味	根据原因调查结果处理	1	O

项 目	点检方法	判 定 基 准	处 理	检查周期（天）	运行 O 停止 X
污损	目视	因尘土、油迹产生的污损	进行清扫	1	O
异常温升	目视 手摸	温度上升与平常一样，用手触摸 2～10 s 的温度为 50～60℃。	根据原因调查结果处理	1	X
各部位的螺帽松动	用锤子或螺丝刀	螺栓、螺帽无松动	紧固	1	O
漏油（润滑油、绝缘油）	目视	给油装置、配管、阀门、油量计等无漏油	视其程度进行处理	1	O
接头部分的松动	用螺丝刀等	螺栓、螺帽无松动	紧固	1	O
线路损伤、过热等	目视	端子部位及导体连接部无损伤、过热、变色现象	根据原因调查结果进行处理	1	O
电焊的熔损	目视	连接部位无焊接熔损	修理	1	O
配线牌号的安装状态	目视	号牌无脱落	安装	1	O
安全装置是否良好	目视	无异常状态	异常时进行修理	1	X
接地线的连接状态	目视	无松动、损伤	调查修理	1	X

2. 旋转与缸体点检事项

见表 12 - 9。

表 12 - 9 旋转与缸体点检项目表

项 目	点检方法	判 定 基 准	处 理	检查周期（周）	运行 O 停止 X
温升	用手摸或用温度计	与平常温度相同	查明原因	2	O
振动、异音	摸、听	无异常振动，运转	查明原因	2	O
异味	闻	无绝缘漆和电缆等燃烧的气味	有臭味时要停车查明原因	2	O
皮老虎	目视	破损	修补或更换	2	O

3. 接线板、端子板点检事项

见表12-10。

表12-10 接线板、端子板点检项目表

项　　目	检检方法	判　定　基　准	处　理	检查周期	运行O停止X
污损	目视	应不粘附,不堆积粉尘	清扫、除去	1～3月	X
龟裂及损伤	目视	应无龟裂及损伤	修理、更换	2周	X
端子松动、过热	目视	应无过热痕迹、端子应无松动	紧固、修理	2周	X

（1）操作盘点检事项。

见表12-11。

表12-11 操作盘点检项目表

项　　目	检检方法	判　定　基　准	处　理	检查周期(周)	运行O停止X
指针偏转	目视	指示值应为正常状态	调查原因	2	O
指示灯亮	目视	灯罩应无破损,应正常亮	更换	2	O
操作器具的安装损伤	目视	应无安装松动,应无损伤,为了防止误操作,不应将操作器具的外罩取下	安装或更换	2	O

（2）加油装置点检事项。

见表12-12。

表12-12 加油装置点检项目表

项　　目	检检方法	判　定　基　准	处　理	检查周期	运行O停止X
漏油	目视	在配管装置等处无漏油	修理	2周	O
压力的指示值	压力表	正常状态无变化	调查原因	2周	O
阀的开闭	目视	阀的开闭位置正常,流动输送设备固定无松动	调整	2周	O
油冷却管堵塞、腐蚀	目视	冷却管无明显的堵塞、腐蚀	定期清扫	2年	X

12.4.4 装入装置电气设备的故障与对策

见表12-13。

表12-13 装入装置电气设备常见故障及处理一览表

故　　障	原　　因	排　除　方　法
活塞杆不动作	电动机不动作	检查电机接线及电器
	电机工作,但未加油或加油太多	参照推杆标牌加油
	电机有电流声,但不动作,油泵卡死	拆开清洗
	电机工作,有溢流声,但阀不动作	更换或清洗

故　障	原　因	排 除 方 法
电机烧毁	电机不符或缺相或电机积（进）水	检查电器、电压或缺相原因,排除并避免电机积（进）水
活塞杆缩回不能伸出或伸出不能缩回	电机工作正常,电器接线不能换向	检查电器接触器
	管路破裂	更换油路
活塞杆不能往返运动	阀被卡死	清洗或更换
活塞杆空载正常,带负荷不能工作	溢流阀可能压力太小	加大系统压力
	组合密封垫损坏	更换组合垫
	所用液压油太稀	更换液压油或重新加大系统压力
不自锁	液压锁内泄漏	更换、清洗液压锁
	Y 圈损坏	更换 Y 圈
外泄露	密封件损坏	更换密封件
	加油太多	参照标牌加油
	排气螺钉未拆	拆除排气螺钉

12.4.5　装入装置电气设备定期检修内容及方法

1. 限位更换

限位电源线拆除并做好相序记号。限位固定螺栓拆除。保护好电源进线,限位软管拆除。按所做的标记进行限位安装、限位软管安装。按所做的记号进行接线,三方确认及现场 5S。

2. 装入动力缸更换

目的是让动力缸离线进内场保养或修理,现场主要以整体更换装入动力缸为主,更换方法见表 12 - 14 所列维修作业标准。

表 12 - 14　动力缸维修作业标准

编制: 审核:	维修作业标准		编制日期: 修改日期:
编制部门: 五冶检修公司	厂部:炼铁 CDQ　设备名称（编码）:CDQ 装入门电动缸 项目名称、编号:1# CDQ 装入门电动缸拆、装、吊运、校正		工期时间:48 h
危险源	吊物,高空,A, B 吊运行	动火等级	项目时间:8 h
人、机、料、时间投入情况汇总			

| 需用工机具及编号 | A. 长杆随车吊　　　　　　　　　　1台
B. 行车 7.5 t　　　　　　　　　　1台
C. 榔头 2P 和 12P　　　　　　　　各1把
D. 常用电工工具　　　　　　　　　2套
E. 梅花扳手 14～17，17～19　　各2把
F. 梅花扳手 24～27，27～30　　各2把
G. 铜棒 φ50 mm 长 300 mm　　　1根
H. 钢丝绳 φ10 mm 长 8 m　　　　2根
I. 葫芦　2 t　　　　　　　　　　1只 | 需用材料 | 1. 松锈剂　　　　　1瓶
2. 绝缘胶布　　　　4卷
3. 砂纸 0#　　　　　2张
4. 角布　　　　0.25 kg
5. 记号笔　　　　　1支 | 需要人数 | 7人 | 工种代码 | 钳工：a1、a2
电工：b1、b2
起重：q1、q2
行车工：h |

工时工序

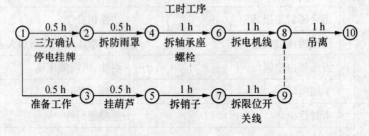

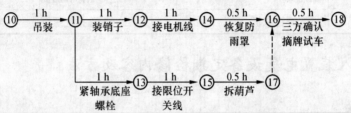

步　序	作 业 方 法	作业人员代码	使用工具、材料编号	安全措施	技术要点
①→② 0.5 h	班长(项目负责人)和点检、生产到 CDQ 电气室及现场操作盘进行三方确认停电挂牌	a1		确认 1# CDQ 动力缸开关断开，三方确认并签证	
①→③ 0.5 h	其余施工人员准备好工机具及材料到现场，并把备件吊到平台	a2，b1，b2，q1，q2,h	A，B，C，D，E，F，G，H，I，1，2，3，4，5		
②→④ 0.5 h	用梅花扳手 14～17，17～19 拆除防雨罩螺栓，并用人力抬出至安全处	a1，a2，b1，b2	C，E，1，	防止搬运物伤人	
③→⑤ 0.5 h	在 A，B 吊车过道通廊正对1# CDQ 电动缸处挂好葫芦	q1，q2，h	H，I，	高空作业拴好安全带	吊点大于 1.5 t
④→⑥ 1 h	1. 放下 7.5 t 行车吊钩，挂住动力缸前缸体 2. 拆除销子的卡板螺栓，取出卡板 3. 在销子上喷松锈剂，用铜棒和 12 P 榔头配合敲击取出销子	a2，b1，b2，q1，q2	B，C，F，G，H，I，1，4，	1. 和点检、生产确认 A，B 吊车不能运行到 1# CDQ 上空 2. 正确使用工具 3. 行车严禁歪拉斜吊	轴孔过渡配合 0.05 ～ 0.1 mm

⑤→⑦ 1 h	拆除动力缸轴承座的 4 只地脚螺栓,并保管好	a2, h	C, F, 1, 4,	正确使用工具	
⑥→⑧ 1 h	电工拆除电动缸电源线,并做好原始标记,拆下的电源线用绝缘胶布包好	a1, a2, b1	D, 2, 4, 5	先验电后拆线	
⑦→⑨ 1 h	电工拆除电动缸限位开关线,并做好原始标记,拆下的芯线用绝缘胶布包好	b2, q1, q2	D, 2, 4, 5	先验电后拆线	
⑧→⑩ 1 h	用 7.5 t 行车和 2 t 葫芦配合吊离动力缸至平台	a1, a2, b1, b2, q1, q2, h	B, H, I	和点检、生产确认A,B 吊车不能运行到 1# CDQ 上空	
⑩→⑪ 1 h	用 7.5 t 行车和 2 吨葫芦配合吊装新的动力缸,并就位	a1, a2, b1, b2, q1, q2, h	B, H, I	和点检、生产确认A,B 吊车不能运行到 1# CDQ 上空	
⑪→⑫ 1 h	1. 修磨销子和孔 2. 对准销子和孔的中心 3. 用榔头和铜棒配合装入销子 4. 装上销子卡板	a1, b1, b2, q1, q2	B, C, F, G, H, I, 1, 3, 4	防止伤手脚	轴孔过渡配合0.05 ~ 0.1 mm
⑪→⑬ 1 h	装上轴承,并按要求均匀拧紧轴承座螺栓	a2, h	F, 4	防止摔倒	铜套必须加油2/3
⑫→⑭ 1 h	按照原始标记对电机进行接线,并拧紧连接螺栓	a1, b1, q1,	D, 2, 4		
⑬→⑮ 1 h	按照原始标记对动力缸限位开关进行接线,并拧紧连接螺栓	a2, b2, q2	D, 2, 4		
⑭→⑯ 0.5 h	恢复防雨罩,并拧紧连接螺栓	a1, a2, b1, b2, h	E, 1, 4	防止搬运物品伤人	
⑮→⑰ 0.5 h	拆除 2 t 葫芦,旧动力缸吊离现场	q1, q2, h	H, I	高空作业拴好安全带	
⑰→⑱ 0.5 h	5 S 工作,三方确认,摘牌,试车	a1, a2, b1, b2, q1, q2, h	A, B, C, D, E, F, G, 1, 2, 3, 4, 5	工完场清	

12.5 锅炉及循环风机电气设备状态维护及检修标准

12.5.1 概述

在 CDQ 装置中各类电动阀的种类、数量较多。根据生产工艺的要求，不同场所的电动阀所起的作用各不相同，主要用于蒸汽、水、空气、煤气、焦炭以及焦粉等载体的导通、关断和排放，如锅炉部分有蒸汽遮断阀、蒸汽放散阀、紧急放水阀；循环气体部分有：入口电动阀、GAS 放散阀、常用放散阀、非常放散阀、空气导入阀；排出装置部分有：旋转密封阀、切替电动阀、检修用闸板阀；集尘部分有：上部集尘挡板阀、下部集尘挡板阀、1DC 和 2DC 排灰球阀等。主要危险源：高温、高压、高空、蒸汽、煤气、粉尘、烟尘、油污、运转设备、移动机械、吊物、带电作业、交叉作业、噪音、个别区域照明光线不足等。

12.5.2 锅炉电气设备的维护保养

1. 每日巡查

可以通过中央控制室内主操作台上的 CRT 操作画面，对各类电动阀的运行情况进行了解，查看开闭信号、开度指示、电流显示等信号参数是否正常。再查看现场电动阀的运转情况是否良好，操作盘箱是否完好，电缆管接头是否松动、脱落，电缆是否破损，各种选择开关手柄、按钮、指示灯是否完好等。

2. 日常维修

每周进行一次现场操作盘箱的清扫、接线端子紧固工作。每三个月一次进行电气室内控制盘柜的清扫和接线端子紧固，检查电动阀内部电动头机构是否良好，触点是否良好，动作是否可靠，控制继电器等元件是否良好，过电流热继电器、过力矩机构等保护是否有效可靠，开闭信号、开度指示、电流显示是否正常。

3. 常见故障及处理方法

见表 12-15。

表 12-15 锅炉电气设备常见故障及处理一览表

现　　象	原　　因	处 理 方 法
电动阀不能运转	① 电源未送 ② 运转条件不满足 ③ 线路断路 ④ 电机烧坏	① 检查确认、送电 ② 对照原理控制图查看运转条件，检查并处理，使之达到运转准备条件 ③ 检查故障点后进行修复 ④ 检查确认，更换电机
电动阀开、闭不到位	① 电动头动作不良 ② 开、闭度显示偏差 ③ 控制继电器动作不良	① 检查确认，更换电动头 ② 检查、调查 ③ 检查确认，更换继电器

现　　象	原　　因	处 理 方 法
过力矩保护动作	① 电动阀开、闭位偏差 ② 机械阻转	① 检查、调查 ② 检查确认，修理、更换
过电流继电器动作	① 电机绝缘不良 ② 机械阻转 ③ 热继电器整定值偏低 ④ 热继电器动作不良	① 检查确认，更换 ② 检查确认，修理、更换 ③ 检查确认，调整 ④ 确认、更换

12.5.3 CDQ 循环 GAS BLOWER（循环风机 3 kV/780 kW）电气设备常见故障及处理方法

常见故障及处理方法见表 12-16。

表 12-16　CDQ 循环风机常见故障及处理一览表

现　　象	原　　因	处 理 方 法
不能启动	① 电源 ② 启动条件未满足 ③ 复位（未复位）	① 分别检查高压柜小车是否在工作位，控制电源是否投入 ② 对照原理控制图，查看运转准备条件是否满足 ③ 检查确认，进行复位
风机转速不能调节	① 液离接手故障 ② 加、减速控制失灵	① 对应检查、确认、调查 ② 控制电位器、模块检查、更换

12.6　排出装置电气设备状态维护及检修标准

12.6.1　基本工作原理

本排出装置设置在冷却箱体下部，是一种连续的且始终在密封状态下，将平均约在 250℃ 以下可冷却的焦炭的箱体外排出的装置。本装置是一种由切出装置的振动进料器和密封装置的清洁密封阀（以下简称RSV）构成的。冷却了的焦炭通过振动进料器被RSV切出，RSV的转子经旋转，将焦炭连续定量切出。被连续定量切出的焦炭，经过切换滑槽，通过排出用输送机，向系统外运出。

12.6.2　主要设备技术性能指标

1. 切出装置（振动进料器）

本切出装置是由为切出冷却焦炭所用的振动进料器和振动外壳（中方范围）构成。振动进料器主要规格见表 12-17。

表 12-17　振动进料器主要规格

项　目	规　格
型　式	电磁式振动进料器
处理能力	常用:75 t/h,最大:83 t/h,最小:约 20 t/h

2. 密封装置(RSV)

本密封装置能有效防止 CDQ 设备的循环煤气向系统外泄露,采用 RSV 方式进行。从本RSV上泄露的一部分煤气(初期800 Nm^3/h左右)被吸入集尘机中。RSV 主要规格见表 12-18,表 12-19。

表 12-18　RSV 主要规格

项　目	规　格
尺寸	ϕ1 800 mm×1 400 mm
叶片数	12 块
驱动装置	带循环减速机马达 3.7 kW×4 P×380 V
转子旋转数	约 5 rpm
转子、外壳	S450,SS400
衬垫	WELTEN AR 320C
转子叶片端	SKH 10

表 12-19　自动给脂泵规格

项　目	规　格
型式	Farval 式自动集中给脂(KEP-16SL)
吐出压力	210 kg/cm^2(Max.)
吐出量	37 ml/min

3. 切换滑槽

切换滑槽是一种通过振动进料器及RSV,为了将被切出的焦炭引导到输送机上而设置的装置,其驱动装置主要规格见表 12-20。

表 12-20　切换滑槽用驱动装置主要规格

项　目	规　格
型　式	马达油缸 0.75 kW×4 P×380 V
推　力	2.0 t
行　程	700 mm

4. RSV 清洁用风扇

其主要规格见表 12‑21。

表 12‑21　RSV 清洁用风扇主要规格

项　　目	规　　格
型　　式	单侧吸入型清洁风扇
风　　量	2 400 Nm^3/h
全 压 力	1 560 mm H$_2$O

12.6.3　排出装置电气设备点检维护项目及其周期

排出装置的点检、维护项目及其周期见表 12‑22。

表 12‑22　排出装置的点检维护项目

序号	机器名称	点检维护项目	周　　期	备　　考
1	振动进料器	挠性软管的损伤	1 次/3 个月	
		各部衬垫的磨损	1 次/3 个月	
		振动进料器主体		参照说明书
2	RSV	框体衬垫装配螺栓的旋紧		1 次/3 个月
		侧面底部的排池口	1 次/3 个月	
		旋转体叶片端部及装配螺栓的磨损	1 次/3 个月	
		密封圈的磨损		1 次/3 个月
		各部衬垫的磨损		1 次/3 个月
		振动吸收器的磨损	1 次/3 个月	
		循环减速机		参照说明书
3	切换滑槽	关于马达油缸,参照机器操作说明书		
4	自动给脂装置	油脂的补充	1 次/日	
5	煤气配管	关于减压阀、清洁风扇,参照机器操作说明书		

12.6.4　RSV 点检与维护

1. RSV 的送出、送入方法及维护

在点检维护中,当判定 RSV 应该换上备机时,请使用所准备的维修用升降机,进行RSV的送出、送入。

升降机安装/设置在箱体基础下面的升降机导轨上,通常是不运转的。

RSV 的送出顺序如下:

(1)拆除周围的作业踏脚板(作业踏脚板、摆渡踏脚板等)。

（2）拆除 RSV 连接部件（上部滑槽、清洁配管等）。

（3）挂上 RSV 钢丝绳。

（4）将 RSV 和 RSV 底座分开。

（5）起吊 RSV，运出（从排出装置基础向外送出时，应临时放一放，点检钢丝绳的挂钩情况后再向外送出）。

2. 运出的详细顺序

有关旋转密封阀的运出，应按以下顺序实施。另外，运入顺序是按运出顺序相反的顺序实施的。实施时请注意安装精度检查一览表所记载的项目。

（1）拆除振动进料器保温材料。本作业是拆除振动进料器框体时的事前准备。

关于拆除保温材料的范围，在作业性差的场所，视需要再决定拆除范围。

（2）拆除振动进料器框体。在拆除振动进料器框体之前，需拆除 N_2 配管及集尘配管的法兰部的螺栓，使二者脱离关系。

（3）作业踏脚板拆除。拆除振动进料器框架作业完成后，接着拆除作业踏脚板。如果作业情况不好，即使采用和拆除振动进料器框架相反的顺序也无问题。

拆除作业踏脚板时，最好采用连体拆除，这样便于恢复原样。但是在不能拆除的情况下，由于采用的是容易分割的构造，因此可以从这一部分开始进行分割。

起吊振动进料器框体及拆除作业踏脚板作业时的机器，要利用的吊具（现状只有端板有）及箱体下部架台，用葫芦吊进行。

（4）二股滑槽切离。当旋转密封阀上部的解体作业一结束，便切离与二股滑槽的连接法兰。

（5）准备起吊旋转密封阀。为了起吊旋转密封阀，要切离底座。为了能进行起吊，要拆除电气仪表类的配线，要切实做到在起吊旋转密封阀时不会损坏其他机器，并以此为目的进行准备工作。

接着，将钢丝绳挂上旋转密封阀起吊用的吊具上。

（6）旋转密封阀的运出。使用维修用升降机，将旋转密封阀缓慢地起吊。此时，要十分注意不要碰撞其他机器。

3. RSV 的解体、组装方法

以下的作业，在桥式吊架设置的修理工程中进行。

关于解体，按下述顺序实施。组装顺序按相反的顺序进行。

（1）在旋转体叶片下部装入枕木，以支撑起旋转体主体的自重。此枕木从旋转体密封阀出口滑槽的检查口放入并垫好。

（2）将圆棒插入旋转体两侧的均压用孔眼中，在此圆棒上挂上钢丝绳，起吊旋转体主体。

当旋转体主体一起吊，便稍稍向旁边移动一下，从框体上拉出。旋转体主体露出离框体端面 2/3 以上时，将钢丝绳重新挂上旋转体主体上，抽出旋转体。

4. RSV 的维护

密封装置、端部零件旋转体衬垫调整、更换要领如下：

（1）端部零件更换。旋转体叶片和框体的间隙因影响到密封性能，故当发现在端部零件上有裂纹及严重的磨损时要进行更换。端部零件安装调整,在旋转体组装完成后进行。

(2)端部零件调整。利用塞尺调整端部零件和框体的间隙为(2±1.5)mm,调整端部零件的出入。

(3)调整完后,为了不使螺栓松动,要增大旋紧力。为了防止偏移,对挡板进行焊接。

(4)密封装置。RSV阀为了发挥高密封性能,在端面上设置有密封圈,以此来防止从旋转体侧面的煤气泄露。如果密封圈及保护环发生磨损,应进行更换。

(5)密封装置的安装。将旋转体主体插入框体内后进行密封装置装配。最终的微调整在侧板组装后进行,但在侧板组装前按下述顺序进行事前装配:

① 保护环装配;

② 装饰充填物装配;

③ 密封圈及密封圈压头装配。

保护环及密封圈的接合部,要涂上密封剂,进行密封。

(6)密封圈弹簧的装配。密封圈用弹簧紧密地贴在框架端面上,这样便能适应于滑动面的磨损及旋转体、框架间的热胀冷缩。每1组的压着力设定在约11 kg上。

密封圈的调整,通过旋转压盖来进行。

密封圈弹簧按图纸尺寸进行装配。

(7)密封圈、密封圈弹簧的调整。按图纸尺寸进行装配后,由于在密封圈的两端备有楔形孔,因此插入螺栓,用两手拉紧密封圈,据此,来确认密封圈稍稍上浮。另外,再确认当手一离开后,又自然地恢复原样。

(8)密封圈微调整。实施工厂试运转要领书的旋转体密封阀侧面密封性能试验,进行局部泄露大的地方的微调整。微调整是通过弹簧微调整及密封圈的平直度来进行调整的。

但是,作为密封圈的接触面的框体衬垫的平直度,已制作成 5/100 以下。

12.6.5 振动进料器的点检与维护

1. 概要

本振动进料器是一种用弹簧将槽和驱动部直接连接的两个重量系列的共振型电磁式进料器。驱动源采用电磁石,槽通过电磁石进行吸引、反弹而连续振动。电磁式进料器的优点是,通过专门的控制器,能进行广范围的、连续的流量调整,机械结构较简单。由于不采用炭刷、轴承、齿轮、V 型皮带等,维护起来也很方便。

2. 振动进料器的维护

本振动进料器是电磁石驱动式,无轴承机构等。在正常运转时,不需要衬垫等的消耗品之外的更换。但是,在定期点检时解体的场合,应在运转前,检查更换部件的螺栓及驱动部的螺栓的松动情况。

3. 电磁驱动部的解体

电磁驱动部在制作时,因已进行了充分的调整,所以除了发生异常情况之外,一般不需解体。必要时,按以下要领进行。

（1）间隙的点检。当槽振幅上有反常的减少、增加的场合,有磁心的冲击声音产生的场合,说明间隙上有异常。所谓间隙,是指电磁石磁心 3 和可动磁心 4 之间的间隙,如图 12-3 所示,用塞尺测定检查间隙是否在额定值(记载在实验记录上)的范围内。

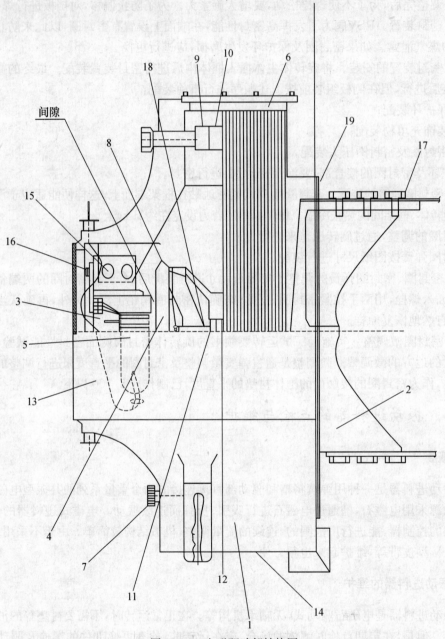

图 12-3　电磁驱动部结构图

1—固定铸物；2—可动铸物；3—电磁石磁心；4—可动磁心；5—电磁线圈；6—板弹簧；7—外侧板弹簧紧固螺栓；8—中央板弹簧紧固螺栓；9—外侧板弹簧块；10—外侧板弹簧压调块；11—中央板弹簧压块；12—中央板弹簧压调块；13—电磁石罩子；14—横侧罩子；15—电磁石磁心安装螺栓；16—电磁石磁心位置调整用螺栓；17—槽安装螺栓；18—振幅检视器；19—橡皮板

另外,应检查电磁石磁心安装螺栓15是否有松动现象。

(2) 间隙的调整。当间隙变大后,槽振幅便下降。当变小后,吸引力又变大,故槽振幅增加。但是,由于小到一定限度后,便产生电磁石磁心3和可动磁心4的冲击,所以间隙不要小于1.8 mm。

间隙的调整按下述顺序进行:

① 松掉电磁石磁心安装螺栓15;

② 松掉调整用螺栓16,使电磁石磁心3前进到碰到为止;

③ 慢慢地紧固调整用螺栓,扩大间隙;

④ 当设定值的间隙塞尺在间隙中尚能滑动时,旋紧安装螺栓15及调整用螺栓16的锁紧用螺母,并固定。

(3) 电磁线圈的更换。电磁线圈的更换,请按下述要领进行:

① 拆除螺栓15,在电磁石磁心和电磁线圈相接触的状态下拆除;

② 拆除电磁线圈旋紧螺母,从电磁石磁心中拉出;

③ 将新的电磁线圈装入电磁石磁心中;

④ 将电磁石磁心装入固定铸物1中,固定,间隙的调整和前项(2)一样进行。

(4) 板弹簧的更换。板弹簧6是一块块单独组装着的零件。连接压块的最后一块是带有两面铝块的面座。关于板弹簧的使用块数,参照试验记录。以下所述的是板弹簧更换要领:

① 一开始,松掉电磁石磁心安装螺栓15,将电磁石磁心3贴在可动磁心4上,固定固定铸物1和可动铸物2;

② 按中央→左端→右侧的顺序,松掉紧固螺栓7、8,松掉的距离为10 mm 左右,中央板弹簧压块11的紧固装置,只要不从板弹簧上移动便可以了;

③ 两侧的压块,各自向左右抽出;

④ 将板弹簧从靠近压块9、11的顺序,顺次抽出。当抽出第一块时,要注意中央板弹簧压块11的紧固装置,不要从板弹簧上移动,跌落到下方去。

在组装板弹簧时,基本上和解体顺序相反。但是,应注意以下几点:

当板弹簧全部收齐后,对齐末端,并且将板弹簧的中心和可动磁心4的中心对准一致,紧固螺栓。开始轻轻地旋紧右端的螺栓,接着,一边注意不要让板弹簧移动,一边紧固左端的螺栓。之后,旋紧中央的螺栓。最后,再次将右端的螺栓完全旋紧。由于紧固螺栓是重要的部分,应增加旋紧力。

(5) 橡皮板的更换:

① 应急对策:将备用的橡皮板部分切断,在损坏了的橡皮板的上面,涂上硅胶(损坏部分及备用橡皮板的切断部分都要涂上),贴上橡皮板;

② 长久对策:在调换应急处理时用的橡皮板及定期点检时破损的橡皮板时,要将驱动部从槽部上切离开来,换上新的橡皮板。此时,新的橡皮板不用切断,原封不动地使用。

4. 定期点检

点检内容见表12－23。

表 12 - 23　CDQ 用进料器(型式:F‑88BDT)年修时点检内容

序号	点 检 项 目	部 位 及 方 法	测 定 值	异常处理
1	外观、目视、检查 重点放在因高温引起的零件恶化	(1) 板弹簧 (2) 橡皮板 (3) 罩子密封体 (4) 电线 (5) 驱动部内部的线圈、电线 (6) 挠性接头 (7) 涂漆 (8) 驱动部内的粉尘		更换 更换 更换 更换 更换 更换 再涂漆 除去
2	衬垫磨损,有无龟裂	尤其是高铬钢衬垫的目视及色彩检查		更换
3	确认各部安装螺栓的紧固状态	(1) 槽安装螺栓(M30) (2) 衬垫安装螺栓(M12)		增加旋紧力 增加旋紧力
4	确认防震弹簧的高度	槽侧、驱动部侧的高度测定	试运转时相差 2 mm 为好	更换
5	确认焊接部有无龟裂	对槽和驱动部的安装部周围重点进行 目视及色彩检查		修补
6	确认振幅电流	投入输入信号(4～20 mA),测定槽振幅及电流 电流计使用可动铁片型 50 A(无 CT)	试运转时的记录和相互对应	

5. 振动进料器的故障和对策

见表 12 - 24。

表 12 - 24　振动进料器常见故障及处理一览表

现 　 象	原 　 因	对 　 策
无动作	停电	电流检查
	电磁线圈、导线的断线	更换
振幅异常	板弹簧的损坏	更换
	间隙的变动	调整到规定值(试验记录)
异常音	槽、框架等的裂纹	修补
	板弹簧的损坏	更换
	电磁石磁心的冲击	间隙的调整
	螺栓的松动	增加紧固
衬垫的损坏及磨损	因螺栓的松动及运输引起的磨损	增加紧固、更换

第 13 章　干熄焦仪表设备状态维护与检修技术

在干熄焦锅炉控制系统中,仪表设备起着极其重要的作用。它不仅监测着现场的各种数据,如压力、流量、物位、温度等工艺参数,还将检测的各种工艺参数参与先进的 DCS 控制系统中。本章所涉及的干熄焦本体仪表,在实用性、普遍性、重要性、先进性几个方面进行总结,分别对其工作原理、检修方法及其施工安全进行阐述,编制了分析仪、射线型料位计等 5 种仪表的检修技术。由于焦炉与干熄焦设备的共通性,如热电偶、热电阻、智能型变送器等仪表设备的检修技术在本章中将不做介绍,可参照《焦炉设备状态维护与检修技术》。

13.1　γ射线料位计状态维护与检修规范

13.1.1　概述

该装置利用放射线检测容器内被测定物的位置,并输出检测信号进行控制。该料位计由 γ 放射源和 γ 放射线检测器组成。其中 γ 放射源由屏蔽的容器和线源架组成,主要是乘放射源及开关射源。γ 放射线检测器是将射线在闪烁器内部反射、吸收并以脉冲形式输出,经整形后输出 $1\sim5$ V DC 电压。

1. 主要性能指标

测定对象	红焦炭
测定物密度	0.5 g/cm^3
温度	$1\,000\sim1\,100$℃

2. 规格

电　　源	100 V AC
测定精度	±5 mm
使用温度	$-5\sim80$℃
输出方式	接点,$1\sim5$ V DC

3. 对维修人员的要求

(1) 熟悉并掌握设备性能及相应的使用说明书和有关技术资料。

(2) 了解生产工艺流程及 γ 射线料位计在其中的作用。

(3) 掌握电子技术及数字电路的基础知识。

(4) 掌握电工、电气仪表等方面的维护检修知识及基本技能。

(5) 掌握常用检测仪器的性能及其使用方法。

13.1.2 维护保养

1. 每日巡检

(1) 了解 γ 射线料位计的运行情况。

(2) 检查供电电源。

(3) 检查接线端子是否松动。

(4) 检查表体及线路有无损坏。

(5) 检查冷却水流量情况。

(6) 做好巡检记录、交接班记录。

2. 定期维护

(1) 每班进行一次 γ 射线料位计外部清扫(尤其是粉尘大的场所)。

(2) 每一年进行一次 γ 射线料位计的综合保养。

13.1.3 检修

1. 检修周期

检修周期为一年,通常与工厂"年修"同步。

2. 检修内容

(1) 检查 γ 射线料位计的绝缘状况。

(2) 检查 γ 射线料位计内部的接线、焊点有无接触不良、间接短路等现象,如有则更新导线,处理短路。

(3) 检查接线端子有无表面氧化、接触不良,如有则进行针对处理。

3. 检修后处理

(1) γ 射线料位计检修后必须进行试运转。

(2) γ 射线料位计检修后应填写检修记录,并将其存入检修档案。

(3) γ 射线料位计检修后必须按规定进行检定。

4. 检修质量标准

检修后的 γ 射线料位计必须符合现场使用要求。

13.1.4 常见故障及处理方法

见表13-1。

表 13-1 常见故障及处理方法

现　　象	原　　因	处理方法
没有输出	闪烁器破损	更换闪烁器
	高压元件故障	检查后更换

13.1.5 注意事项

（1）维护必须由两个或两个以上人员同时进行操作。

（2）拆装或调整带有联锁装置的仪表前,必须首先切除联锁装置。

（3）有毒、有害装置仪表的维护人员,在进入有毒害区域时,必须有相应的保护措施。

（4）对运行γ射线料位计进行检修时,必须办理"三方安全确认"、"危险预知"和"检修牌"等手续。必要时,须办理动火手续。

13.2 CM8G电磁氧气浓度计状态维护与检修规范

13.2.1 概述

此氧气浓度计用于连续检测气体中的氧气含量。当检测气体中不含氧分子时,辅助气体氮气左右流量 QL、QR 相等;如含有氧分子时,由于电磁场对氧分子的作用力使得 QL 与 QR 产生流量差,这种流量差与检测气体中含有的氧含量成比例,通过放大回路转换为电信号,以此来反映检测气体中的氧气的含量。该仪表由气体采样部、气体调压部、气体过滤器及变换器组成。气体采样部采集检测气体,气体调压部是将经过水洗、过滤、除湿后的试样气体由调压桶保持一定压力,送入气体过滤器。气体过滤器将检测气体再次过滤后送入变换器,变换器对检测气体含氧量测量后以直流信号输出。

1. 主要性能指标

（1）测定范围（含氧量）　　　　$0\sim5\%$或$0\sim25\%$

（2）测定方式　　　　　　　　　电磁流量比方式

（3）测定流量　　　　　　　　　$(200\pm10\%)$ml/min

2. 规格

（1）输出信号　　　　　　　　　$1\sim5$ V, $4\sim20$ mA DC

（2）电　　源　　　　　　　　　$(100\pm10\%)$V AC

（3）功　　耗　　　　　　　　　$\leqslant100$ W

（4）使用温度　　　　　　　　　$0\sim40℃$

（5）环境湿度 $\leqslant 85\%$

3. 对维修人员的要求

（1）熟悉并掌握设备性能及相应的使用说明书和有关技术资料。
（2）了解生产工艺流程及热量计在其中的作用。
（3）掌握电子技术及数字电路的基础知识。
（4）掌握电工、电气仪表等方面的维护检修知识及基本技能。
（5）掌握常用检测仪器的性能及其使用方法。

13.2.2　维护保养

1. 每日巡检

（1）了解分析计的运行情况。
（2）检查供电电源。
（3）检查接线端子是否松动。
（4）检查表体及线路有无损坏。
（5）做好巡检记录、交接班记录。
（6）检查气体流量稳定性。

2. 定期维护

（1）每班进行一次仪表外部清扫（尤其是粉尘大的场所）。
（2）每季度进行一次仪表内部清扫。
（3）每半年进行一次仪表的综合保养。

3. 定期校准

校准周期为一个月。校准用仪器设备为数字电压表：0.05级，标准气体（零点、量程）。

13.2.3　检修

1. 检修周期

检修周期为一个月。

2. 检修内容

（1）采样部分检修：
① 检查水桶内水位情况，清洗水桶；
② 检查、更换干燥剂；
③ 调压部各采样气体的压力输出；
④ 检查接线端子有无表面氧化、接触不良，如有则进行针对处理。
（2）分析计检修：各连接管道密封检查。

3. 检修后处理

(1) 分析计检修后必须进行校准。

(2) 分析计检修后应填写检修记录，并将其存入仪表档案。

(3) 分析计检修后必须按《计量器具检定规程》进行检定。

4. 检修质量标准

检修后的分析计必须符合现场使用要求。

13.2.4　常见故障及处理方法

见表 13-2。

表 13-2　常见故障及处理方法

现　象	原　因	处　理　方　法
指示不良	检测气体流量变动大	检查检测气体流量是否大幅度变动;减压阀两侧和本体之间有无漏气;管路有无漏气
	辅助气体压力不正常	检查减压阀两侧的压力是否在规定的压力范围

13.2.5　注意事项

(1) 维护必须由两个或两个以上人员同时进行操作。

(2) 在不允许中断测量的装置上安装仪表时,必须有同种规格、型号的仪表备用。

(3) 拆装或调整带有联锁装置的仪表前,必须首先切除联锁装置。

(4) 有毒、有害装置仪表的维护人员,在进入有毒害区域时,必须有相应的保护措施。

(5) 煤气区域施工必须按煤气施工作业标准进行。

(6) 对运行仪表进行检修时,必须办理"三方安全确认"、"危险预知"和"检修牌"等手续。必要时,须办理动火手续。

13.3　热传导式气体分析计状态维护与检修规范

13.3.1　基本工作原理

此种气体分析计可检测 CO_2, H_2, CH_4 等气体含量,该气体分析计由测定室与比较室组成,并在两腔室中心各拉上白金线,并用直流电流加热至 $100℃$。当检测气体进入分析计中的测定室,检测气体的热传导率发生变化,测定室中的白金线温度变化引起电阻变化,使得电桥回路不平衡,通过放大回路转换为电信号,以此来反映检测气体中的气体分子的浓度。

该仪表由采样部、测定室、比较室、放大器组成。气体采样部将经过水洗、过滤、除湿后的试样气体由调压桶保持一定压力,送入测定室。测定室将试样气体进行测定。比较室是恒定白金线的阻值与测定室构成惠斯登电桥回路。放大器将电桥回路的电压差放大,转换为电

219

信号。

1. 技术性能及规格

(1) 主要性能指标：

基本误差 　　　　 ±1.0%

回程误差 　　　　 ±1.0%

(2) 规格：

输出信号 　　　 1～5 V, 4～20 mA DC

电　源 　　　　 100 V±10%AC

功　耗 　　　　 ≤10 W

使用温度 　　　 −5～45℃

环境湿度 　　　 ≤85%

2. 对维修人员的要求

(1) 熟悉并掌握设备性能及相应的使用说明书和有关技术资料。

(2) 了解生产工艺流程及分析计在其中的作用。

(3) 掌握电子技术及数字电路的基础知识。

(4) 掌握电工、电气仪表等方面的维护检修知识及基本技能。

(5) 掌握常用检测仪器的性能及其使用方法。

13.3.2　维护保养

1. 每日巡检

(1) 了解分析计的运行情况。

(2) 检查供电电源。

(3) 检查接线端子是否松动。

(4) 检查表体及线路有无损坏。

(5) 做好巡检记录、交接班记录。

2. 定期维护

(1) 每班进行一次仪表外部清扫(尤其是粉尘大的场所)。

(2) 每季度进行一次仪表内部清扫。

(3) 每半年进行一次仪表的综合保养。

3. 定期校准

(1) 校准周期为一个月。

(2) 校准用仪器设备：

数字电压表：0.05 级。

标准气体。

电阻箱:1只。

13.3.3 检修

1. 检修周期

检修周期为一个月。

2. 检修内容

(1) 采样部分检修:

① 检查水桶内水位情况,清洗水桶;

② 检查、更换干燥剂;

③ 调压部各采样气体的压力输出;

④ 检查接线端子有无表面氧化、接触不良,如有则进行针对处理。

(2) 分析计检修:各连接管道密封检查。

3. 检修后处理

(1) 分析计检修后必须进行校准。

(2) 分析计检修后应填写检修记录,并将其存入仪表档案。

(3) 分析计检修后必须按《计量器具检定规程》进行检定。

4. 检修质量标准

检修后的分析计必须符合现场使用要求。

13.3.4 常见故障及处理方法

见表 13-3。

表 13-3 常见故障及处理方法

现　象	原　因	处　理　方　法
输出不正常或无输出	电源故障	检查是否有 100 V 工作电源送入,如没有送入,则检查保险丝和接插件是否有效,如不正常应更换
	采样气体流量不够	检查管路的密封性及引起采样气体流量不够的原因

13.3.5 注意事项

(1) 维护必须由两个或两个以上人员同时进行操作。

(2) 在不允许中断测量的装置上安装仪表时,必须有同种规格、型号的仪表备用。

(3) 拆装或调整带有联锁装置的仪表前,必须首先切除联锁装置。

(4) 维护有毒、有害装置仪表人员,在进入有毒害区域时,必须有相应的保护措施。

(5) 煤气区域施工必须按煤气施工作业标准进行。

(6) 对运行仪表进行检修时,必须办理"三方安全确认"、"危险预知"和"检修牌"等手续。必要时,须办理动火手续。

13.4 同步位置发信器状态维护与检修规范

13.4.1 概述

此类位置发信器能同步反馈位置信号,与执行机构相连即可反映执行机构的开度。该仪表由同步马达、整流器组成。同步马达的结构与小型三相交流电动机结构相似,单相的一次线圈为转子,三相的二次线圈为定子,在一次线圈上加入交流 100 V 的电源,根据二次线圈的角度,感应出正弦波电压送到整流器。整流器将上述电压通过整流回路进行全波整流后输出 4～20 mA DC。

1. 技术性能及规格

(1) 主要性能指标:

基本误差	$I_1 \leqslant (0.08 \pm 0.5\%)\text{mA}$
回程误差	$I_1 \leqslant (0.08 \pm 0.5\%)\text{mA}$
控制精度	$\pm 1\%$

(2) 规格:

输入/输出信号	4～20 mA DC
电　　源	$(100 \pm 5\%)\text{V AC}$
驱动方式	轴驱动、杆驱动
使用温度	-5～$55℃$
环境湿度	$\leqslant 85\%$

2. 对维修人员的要求

(1) 熟悉并掌握设备性能及相应的使用说明书和有关技术资料。
(2) 了解生产工艺流程及同步位置发信器在其中的作用。
(3) 掌握电子技术及数字电路的基础知识。
(4) 掌握电工、电气仪表等方面的维护检修知识及基本技能。
(5) 掌握常用检测仪器的性能及其使用方法。

13.4.2 维护保养

1. 每日巡检

(1) 了解同步位置发信器的运行情况。
(2) 检查供电电源。
(3) 检查接线端子是否松动。
(4) 检查表体及线路有无损坏。

（5）做好巡检记录、交接班记录。

2. 定期维护

（1）每班进行一次仪表外部清扫(尤其是粉尘大的场所)。
（2）每季度进行一次仪表内部清扫。
（3）每半年进行一次仪表的综合保养。

3. 定期校准

（1）校准周期为一年。
（2）校准用仪器设备：
① 数字电流表：0.05 级；
② 信号发生器：0.05 级。

13.4.3 检修

1. 检修周期

检修周期为一年，通常与工厂"年修"同步。

2. 检修内容

（1）电气部分检修：
① 检查位置发信器的电压与回转角度是否同步；
② 检查整流器输出是否达到精度要求；
③ 检查执行机构动作是否正常；
④ 检查检出器内部的接线、焊点有无接触不良、间接短路等现象，如有则更新导线和处理短路；
⑤ 检查接线端子有无表面氧化、接触不良，如有则进行针对处理。
（2）位置发信器检修：
① 检查供电电压；
② 检查接线端子有否松动；
③ 检查连接皮带是否完好；
④ 检查驱动轴是否松动。

3. 检修后处理

（1）位置发信器检修后必须进行校准。
（2）位置发信器检修后应填写检修记录，并将其存入仪表档案。
（3）位置发信器检修后必须按《计量器具检定规程》进行检定。

4. 检修质量标准

检修后的位置发信器必须符合现场使用要求。

13.4.4 常见故障及处理方法

见表13-4。

表13-4 常见故障及处理方法

现　象	原　因	处　理　方　法
输出不正常或无输出	电源故障	检查是否有100 V AC工作电源送入,如没有送入,则检查保险丝和接线是否有效
	整流器故障	用三用表测定位置发信器的同步端子S1、S2之间的交流电压:①如无电压,则确认位置发信器的同步轴是否回转,如回转也无电压,则认定同步部件不良,应进行更换;②如上述检查无异常,则为整流器或可变电阻器故障,应进行更换。
	驱动轴松动	紧固固定螺栓
	齿轮磨损	更换齿轮

13.4.5 注意事项

（1）维护必须由两个或两个以上人员同时进行操作。

（2）必须锁定现场翻板。

（3）拆装或调整带有联锁装置的仪表前,必须首先切除联锁装置。

（4）有毒、有害装置仪表的维护人员,在进入有毒害区域时,必须有相应的保护措施。

（5）对运行仪表进行检修时,必须办理"三方安全确认"、"危险预知"和"检修牌"等手续。必要时,须办理动火手续。

13.5　二连式油压泵站状态维护与检修规范

13.5.1 概述

油压泵站作为油压控制系统的油压源使用。该油压泵站由油压泵、同步驱动电机、轴连接器、释放阀组成。

1. 技术性能及规格

（1）主要性能指标:

吸入口径　　　　PT11/2

排出口径　　　　PT11/2

排出油压　　　　8 kgf/cm^2(15$^\#$油),10~15 kgf/cm^2(46$^\#$油)

（2）规格:

	排出压力/(kgf · cm^{-2})	8	10	12	14	15
50 Hz 1 425 r/min	排出量/(L · min^{-1})	72	78	76	74	74
	电机输出/kW	2.2	2.2	3.7	3.7	3.7

电　　源　　　380 V AC
驱动方式　　　修正正弦弧齿轮泵
使用温度　　　−5～55℃
环境湿度　　　≤85％

2. 对维修人员的要求

(1) 熟悉并掌握设备性能及相应的使用说明书和有关技术资料。
(2) 了解生产工艺流程及油压泵站在其中的作用。
(3) 掌握电子技术及数字电路的基础知识。
(4) 掌握电工、电气仪表等方面的维护检修知识及基本技能。
(5) 掌握常用检测仪器的性能及其使用方法。

13.5.2　维护保养

1. 每日巡检

(1) 了解油压泵站的运行情况。
(2) 检查供电电源。
(3) 检查接线端子是否松动。
(4) 检查表体及线路有无损坏。
(5) 做好巡检记录和交接班记录。

2. 定期维护

(1) 每班进行一次油压泵站外部清扫(尤其是粉尘大的场所)。
(2) 每一年进行一次油压泵站的综合保养。

13.5.3　检修

1. 检修周期

检修周期为一年,通常与工厂"年修"同步。

2. 检修内容

(1) 检查油压泵是否绝缘。
(2) 检查油压泵内部的接线、焊点有无接触不良、间接短路等现象,如有则更新导线和处理短路。
(3) 检查接线端子有无表面氧化、接触不良,如有则进行针对处理。

3. 检修后处理

（1）油压泵检修后必须进行试运转。

（2）油压泵检修后应填写检修记录，并将其存入检修档案。

（3）释放阀检修后必须按规定进行检定。

4. 检修质量标准

检修后的油压泵必须符合现场使用要求。

13.5.4 常见故障及处理方法

见表 13-5。

表 13-5　常见故障及处理方法

现　象	原　因	处　理　方　法
油压不够	吸入阀中混入空气	检查吸入阀的连接法兰、连接管路
	油黏度过低	检查油黏度后更换
油压不够	释放阀的设定过低	调整释放阀的设定值
	齿轮磨损	更换齿轮，油泵修理

13.5.5 注意事项

（1）维护必须由两个或两个以上人员同时进行操作。

（2）拆装或调整带有联锁装置的仪表前，必须首先切除联锁装置。

（3）维护有毒、有害装置仪表的人员，在进入有毒害区域时，必须有相应的保护措施。

（4）对运行油压泵进行检修时，必须办理"三方安全确认"、"危险预知"和"检修牌"等手续。必要时，须办理动火手续。